KB239356

강산무진

강산무진 江山無盡

김훈 소설

문학동네

차례

배웅

― 세종로 일대와 종묘공원에서 오후 세시부터 시작된 노동자 농민단체들의 집회로 서울 도심 일대 간선도로의 교통이 마비되어 있습니다. 집회가 끝나면 가두시위가 예정되어 있어 교통정체는 저녁까지 계속될 것으로 보입니다. 도심을 통과하려는 차량들은 외곽순환도로를 이용해주시기 바랍니다.

　교통방송 앵커는 같은 멘트를 수없이 되풀이했다. 앵커는 현장 리포터를 불러서 종로, 충무로, 을지로, 퇴계로, 서울역 앞의 정체상황을 전했다. 도심의 정체가 두 시간 넘어 계속되자 외곽으로 연결되는 간선도로가 마비되었다. 성수대교, 동작대교, 금호대교, 성산대교 위에서 차량들은 오도 가도 못 했고 정체의 대열은 점점 길어졌다. 폭양에 달아오른 아스팔트가 진득거렸고 길바닥이 콜타르 냄새를 뿜어냈다. 겨울의 북한강이 완강하게 얼어붙듯이, 도로는 동결되었고 빨간 후미등의 대열이 도심에서 강 건너까지 이어졌다.

저녁반 택시 운전사 김장수(47세)는 오후 네시에 영업을 시작했다. 연신내 차고지에서 운행신고서를 제출하고 회사가 부담하는 LPG가스 이십오 리터를 넣었다. 차고 앞 네거리에서 첫 손님을 태웠다. 중년 여자와 아들로 보이는 고교생이었다. 여자는 화장기가 없었고 머리가 헝클어져 있었다.

"원남동 서울대 병원으로 갑시다. 빨리 부탁합니다."

김장수는 구기터널→경복궁 앞→비원 앞→서울대 병원 코스를 잡았다. 구기터널을 빠져나오자 옥인동 네거리에서부터 길이 막혔다. 네시 삼십오분이었고, 미터기에 오천팔백원이 찍혀 있었다. 여자 승객에게 휴대전화가 걸려왔다.

"지금 옥인동이야. 길이 막혀 있어. 갑자기 그랬어? 기도가 막혔대? 어떡하니……"

여자 승객이 운전사 김장수를 다그쳤다.

"아저씨, 애 아빠가 병원에서 위독해요. 옆길로 좀 빠질 수 없나요?"

전경들이 청와대 쪽으로 통하는 이면도로를 바리케이드로 막고 있었다.

"보다시피 길이 다 막혀서……"

"아저씨, 저 전경들한테 말해보면 안 될까요?"

"안 될 겁니다. 될 리가 없지요."

도심이 마비되자 차들은 외곽도로로 몰려들었다. 남부순환도로의 진입로에 차들이 묶여 있다고 교통방송 앵커는 전했다. 앵커는 순환도로 진입로의 리포터들을 차례로 불러냈다.

—어느 쪽 도로가 뚫려 있다고 방송을 타면 삽시간에 차량들이 그길로 몰려서 차량들이 거기에 도착했을 때는 이미 막혀 있으니, 안타까운 일입니다. 방송하는 사람의 고충을 이해해주십시오.

라고 앵커는 말했다.

"손님, 지하철이 빠를 겁니다. 경복궁역에서 3호선을 타십시오."

"그럼 종로3가에서 1호선으로 갈아타고 종로5가에서 내려서 걸어가야 하잖아요."

"그래도 그 편이 빠를지도 모르겠습니다."

"아, 참……"

여자 승객에게 다시 휴대전화가 걸려왔다.

"아직도 옥인동이야…… 아니, 뭐?"

휴대전화를 가방 안에 넣고서, 여자 승객은 한동안 조용히

창 밖을 내다보았다. 아들이 겁먹은 표정으로 어머니의 안색을 살폈다. 대오를 갖춘 전경들이 인도를 따라서 경복궁 쪽으로 달려갔다. 앰뷸런스가 차량들 틈에 끼어서 오도 가도 못 하고 사이렌을 울렸다. 여자 승객이 아들을 끌어안고 울음을 터뜨렸다.

"아빠가⋯⋯"

"엄마!"

여자 승객이 울음을 추스르는 동안 택시는 이십 미터를 전진했다. 미터기에 육천삼백원이 찍혔다.

"얘, 병원엔 삼촌들이 있으니깐 우린 돌아가야 해. 장례 준비해서 다시 와야 해. 아저씨, 연신내로 돌아가주세요."

"돌아가요? 뒤도 막혀 있습니다. 지하철이 빠를 겁니다. 내려서 경복궁역으로 가세요."

여자 승객이 만원짜리 한 장을 내밀었다. 김장수는 삼천칠백원을 거슬러주었다. 여자 승객이 택시에서 내려 지하철 3호선 경복궁역 쪽으로 걸어갔다. 아들이 울먹이는 어머니를 부축했다.

김장수는 저녁 여덟시까지 옥인동 네거리에 갇혀 있었다. 광화문 쪽에서 함성이 일었다. 핸드마이크로 외쳐대는 시위대의 함성과 경찰서장의 마이크 방송이 뒤섞여서 무슨 소리인지 알아들을 수는 없었다. 운전자들이 가까운 파출소 화장실 앞에 줄을 서서 차례를 기다렸다. 오줌 대열에는 전경들도 섞여 있었다. 여자 운전자들은 동사무소 화장실로 들어갔다. 김장수는 파출소 화장실에서 오줌을 누고 24시간 편의점에서 삼각김밥 두 개를 사서 택시 안으로 돌아왔다. 마른 밥에 목이 메었고 김밥 속에 박힌 어묵에서 쉰내가 났다.

어두워지는 거리에서 전경들이 저녁을 먹었다. 전경들은 닭장차 옆 인도 위로 간이천막을 치고 천막 안으로 들어갔다. 전경들은 알루미늄 통으로 운반해온 국과 밥을 식판에 담아서 천막 안으로 들어가서 먹었다. 열 명씩 조를 짜서 교대로 먹었다. 전경들은 2열 횡대로 방석모를 깔고 마주 앉아서 먹었다. 전경들은 다 먹은 빈 식판을 천막 밖으로 내밀어서 포갰다. 신참인 듯한 전경 한 명이 빈 식판을 끈으로 묶어서 닭장차에 실었다. 신참 전경이 한 말들이 주전자를 들고 파출소 안으로 들어가 물을 떠왔다. 천막 안에 모여 있던 전경들이 일회용 컵에 물을 따라 마시고 담배를 피웠다. 전경들의 빈 국통 속으로 빗줄기가 떨어졌다.

김장수는 김밥을 뜯어먹으면서, 저녁밥을 먹는 전경들을 바라보았다. 전경들이 가로수의 마른 가지를 꺾어서 이를 쑤셨다. 대열을 이탈한 시위대 몇 명이 옥인동 쪽으로 넘어와서 편의점에서 컵라면을 먹고 있었다. 먹기를 마친 시위대들은 편의점 계단에 쭈그리고 앉아서 소주를 마셨다. 교통방송 앵커가 세종로 방면 리포터를 불러냈다.

—종묘공원의 시위대들이 세종로로 진출하면서 경찰 저지선과 충돌하고 있습니다. 시위대들이 경찰 버스를 불 지르고 쇠파이프로 폴리스라인을 공격하고 있습니다. 도심 일대의 교통정체는 당분간 계속될 것으로 보입니다. 시민 여러분들은 지하철을 이용해주시기 바랍니다.

저녁밥을 먹은 전경들이 대오를 이루어 청와대 쪽 골목으로 달려갔다. 인왕산 치마바위가 비에 젖어 번들거렸고 거기에 도심의 불빛이 비쳤다. 옥인동 네거리에서 신장개업한 호프집에 네온사인이 켜졌다. 호프집 앞 인도에서 풍선인형이 춤을 추고 있었다. 어른 키 두 배만한 인형이었다. 인형 속에서 전기 모터가 일으키는 바람의 힘으로, 인형은 팔다리가 꺾이고 허리가 뒤틀리면서 춤을 추었다. 땅바닥에까지 닿았던 대가리가 하늘로 치솟았고 팔다리는 앞으로 꺾이고 뒤로 꺾였다. 무릎이 접히는 동시에 두 팔로 만세를 불렀고 가랑이가 비틀렸다.

풍선인형이 춤추는 거리에서 김장수는 깜빡 잠이 들었다. 뒤차의 클랙슨 소리에 깨어났을 때 거리는 서서히 뚫리기 시작했다. 그날 김장수의 영업매출은 사납금에 미달했다. 새벽 네시에 김장수는 연신내 차고지로 돌아가 일일 정산했다. 사납금 구만오천원에서 육천원이 모자랐다. 초과연료비 오천원은 운전사 부담이었다. 월 고정급 육십오만원에서 사납금 미달액 육천원을 빼는 정산서에 김장수는 서명했다.

장거리 할증료 오천원을 더 받고 일산까지 손님을 태우고 갔는데, 서울로 돌아올 때는 손님이 없었다. 빈 차를 몰아서 자유로를 따라 한강변을 달릴 때 휴대전화가 울렸다.

"사장님, 저예요. 어제 서울에 왔어요. 아버님 칠순이에요."

김장수는 갓길에 차를 세웠다. 젖은 비음이 섞인 윤애의 목소리에 오 년의 세월이 지워졌다. 오 년이 삽시간에 빠져나가고, 오 년 전의 시간과 현재가 바로 들러붙어버리는 환각을 김장수는 느꼈다. 장마에 물이 불어서 강물은 가득히 출렁거렸다. 김장수는 휴대전화를 귀에서 떼어내서 눈앞에 대고 들여다보았다. 이것이 시간인가 싶었다. 바늘구멍 속에서 다시 목소리가 흘러나왔다. 멀어서 앵앵거리는 소리였다.

"사장님, 잘 지내시는지요?"

김장수는 휴대전화를 귀에 가져다대었다.

"그래. 겨우 견뎌. 윤애는 어떤가?"

"애기 낳았어요. 딸이에요. 네 살인데, 이번에 데리고 왔어요."

"큰일 했구나. 언제 돌아가나?"

"한 일 주일 있을 거예요. 사장님, 보고 싶어요."

"그래, 너 편할 때 다시 전화해라."

"모레쯤 할게요. 사장님 시간 괜찮으세요?"

"저녁땐 좀 바빠. 낮에는 괜찮구…… 내 전화번호는 어떻게 알았니?"

"먼저 다니던 회사 사람들한테 물어봤어요."

오 년 전에 김장수가 바다식품회사의 하청업체를 경영할 때 윤애는 경리직원이었다. 그때의 '사장'이라는 호칭을 윤애는 계속 쓰고 있었다. 바다식품은 민물참게장, 가자미식혜, 전복내장젓, 대구아가미젓, 숭어알젓 같은 전통식품 업계에서 국내 최고의 브랜드였다. 시장점유율이 삼십 퍼센트가 넘었다. 바다식품은 주로 선전과 판매, 유통에 주력했고 제품 생산은 하청업체에 맡겼다. 김장수의 식품공장은 '장수식품'이라는 등록상호가 있기는 했지만 브랜드 가치가 없어서 시장에 진입할 수는 없었다. 민물참게장 한 품목 안에서도 하청업체 여덟 개가 매달려 있었고 바다식품의 생산이사가 하청업체들의 생산과정을 감독했다.

장수식품의 직원은 작업장 바닥을 물청소하는 중년 여자까지 합쳐서 일곱 명이었다. 윤애는 경리직원이었지만, 경리의 일이 따로 정해진 것은 아니었고 버스럭거리는 게 위에 간장을 끓여 붓는 일이나 생강 마늘을 구입해서 흙을 털어내고 껍질을 까는 일까지도 직원들이 다 함께 했다.

김장수는 일 톤 트럭을 직접 몰아서 늦여름이면 경북 내륙 산간마을로 들어가서 생강이나 마늘 고추를 구입했고 돌아오는 길에 전북 김제 고창의 참게 양식장에 들러서 씨알이 굵은 게들을 선금을 주고 예약했다. 윤애는 이 년제 전문대학에서 식품가공학을 전공했지만 대학에서 배운 지식은 민물참게장을 담그는 일에는 쓸모가 없었다. 윤애는 김장수와 함께 트럭을 타고 오지를 다니면서 재료 구매의 일을 거들었다. 선매계약서를 챙기는 일, 대금을 계산하는 일, 어음의 유통을 시골 농부들에게 이해시키는 일, 흥정이 끝난 물건을 트럭에 싣는 일, 생강이나 마늘의 씨알을 꼼꼼히 살피는 일, 그리고 김장수가 트럭을 운전할 때 옆자리에서 지도를 봐주는 일이 모두 윤애의 일이었다.

산지 농산물 값이 싸다고는 하지만, 봄부터 자본력이 좋은 유통업자들이 영세농민들에게 무이자로 선금을 주고 물건을 미리 수매해놓아서, 싸고 굵은 물건을 구하려면 유통업자들의 자금력이 닿지 않는 오지를 찾아다녀야 했다. 영양, 봉화, 청송의 산골마을을 차례로 뒤지고 다니다가 결국 영양의 물건이 그중 싸고 튼실해서 다시 영양으로 돌아온 적도 있었다.

윤애를 트럭 옆자리에 태우고 오지의 비포장 산길을 달릴 때, 김장수는 윤애의 반팔 블라우스 아래로 뻗은 흰 팔이 때때로 힘에 겨웠다. 김장수는 여름이 빨리 가기를 바랐으나 말을 할 수는 없었다. 그처럼 하얀 팔을 가진 인간을 산간오지의 낯선 비포장 길로 끌고 다녀야 한다는 일이 민망하게 느껴졌다. 자갈길에서 차가 흔들릴 때 윤애의 가슴이 흔들렸다. 옆자리에서 잠들어 있을 때 윤애의 머리카락이 흘러내려 차창을 넘어 들어오는 바람에 날렸다. 출렁거리는 어깨가 운전석 쪽으로 넘어올 때 김장수는 트럭 유리창을 내리고 얼굴에 바람을 쐬었다.

여인숙 방에는 누워서 팔을 뻗쳐 닿을 수 있는 벽에 씹던 껌이 말라붙어 있었다. 오지의 여인숙에서 윤애는 무덤덤하게 김장수의 몸을 받았다. 초저녁에는 방을 두 개 얻어서 따로따로 들어갔는데, 양쪽 방에서 가끔씩의 헛기침 소리와 오랜 침묵이 계속되고 나면 결국 김장수가 윤애의 방으로 건너갔다. 김장수는 그것이 사랑이라고는 생각하지 않았다. 그것은 사랑이라고도, 불륜이나 치정이라고도, 심지어 욕망이라고도 말할 수 없는 일처럼 느껴졌다. 그것은 뭐랄까, 물이 흐르듯이, 날이 저물면 어두워지듯이, 해가 뜨면 밝아지듯이, 그렇게 되어져가는 일인 것처럼 느껴졌다.

"사장님, 마늘은 영양 쪽이 좋아 보이네요."

라고 말하면서, 윤애는 김장수의 머리를 안고 쓰다듬었다.

"요가 너무 얇아서 배기겠네."

"그래도 바닥은 따듯하네요."

"불 끌까?"

"전 괜찮아요."

"밝으면 너무 보이잖아."

"그럼 끄세요."

바다식품은 외환위기 직후에 아이템을 축소했다. 다섯 가지 아이템 중에서 가장 단가가 비싸고 유통기한이 짧은 민물참게장을 먼저 정리했다. 처음에는 하청물량을 줄이면서 납품단가를 깎자고 덤비더니 IMF 발표 두 달 후에는 아이템을 폐지하고 하청계약을 취소했다. 바다식품의 민물참게장은 하청업체인 장수식품이 만들어낸 것이었지만 장수식품의 브랜드로는 시장에 진입할 수 없었고 김장수는 선전비와 유통비를 감당할 수 없었다. 백화점이나 재래시장들은 모두 기존 거래처를 거느리고 있었다. 백화점들은 식품코너에 진열해주는 대가로 삼십 퍼센트의 마진에 판매량과 관련 없는 웃돈을 요구했다.

장수식품은 문을 닫았고, 직원들은 흩어졌다. 김장수는 팔다 남은 게장을 떠나는 직원들에게 나누어주었다. 윤애가 결혼해서 라오스로 갔다는 소식을 김장수는 우연히 승객으로 만난 옛 장수식품 직원에게서 들었다.

저녁반 택시는 오후 네시부터 새벽 네시까지 운행한다. 날마다, 택시의 종착점은 장소가 아니라 시간이다. 골인지점이 없는 장거리 달리기 선수처럼, 교대시간을 향하여 뛰고 또 뛰어서 사납금을 벌고, 사납금 구만오천원의 고지를 넘어서 다시 뛰고 또 뛰어서 뛴 만큼만 벌어먹고 산다는 일은 잔혹했지만 선명했다.

저녁반 택시운전사들의 수입은 대체로 저녁 열한시께부터 새벽 한시 사이에 결판이 난다. 저녁 내내 막혔던 도심의 도로가 밤 열한시께부터 풀리기 시작하고, 술 취해서 퇴근하는 도심의 승객들이 몰리는 시간이다. 이 두 시간 사이에 같은 방향으로 가는 승객을 서너 명 모아서 한강 너머의 외곽 쪽으로 한두 탕 해서 한 번에 오륙만원쯤 올려놓아야 새벽 두시 전에 사납금의 고지를 넘어설 수 있다. 새벽 두시가 지나면 도로는 훨씬 더 풀려서 백 킬로미터 이상씩 쏠 수 있지만 승객을 만나기가 어렵다. 또 한시 이후의 승객은 대체로 술이 억병이 되어서 행선지를 횡설수설했고, 전조등이 닿지 않는 어둠 속에서 주정뱅이들이 비틀거렸다. 사납금을 돌파한 새벽에 도로가 휑 뚫리면 과속의 유혹을 견디기 어려웠는데, 한 번 적발되면 벌금이 칠만원이었다. 과속이건 정차위반이건 신호위반이건 벌금은 모두 운전사 부담이었다.

밤 열한시 삼십분께 김장수는 종로3가 탑골공원 앞으로 차를 몰아갔다. 취객들이 차도 한복판까지 몰려나와 동네 이름을 외쳐댔다.

"잠실 두 배!"

"봉천동 일억!"

와이셔츠가 찢겨나간 취객이 다른 사내들의 부축을 받으면서 차도로 나왔다.

"울릉도 이억!"

취객들은 어두워지면 필사적으로 집을 향하는, 가엾은 귀소본능의 동물처럼 보였다. 날이 밝으면 그들은 또 필사적으로 도심을 향해 몰려나왔다.

택시의 도어를 열고 머리를 들이밀며 '한남동'을 외치던 승객이 범퍼를 발길로 걷어찼다. 붉은색 경광봉을 든 교통순찰은 차도까지 밀려나온 취객들을 단속하지 못했다. 김장수는 택시를 향해 마구 달려드는 취객들을 피해서 지그재그로 차를 몰아갔다. 삼송리로 가는 취객 한 명을 조수석에 태우고 김장수는 같은 방향의 승객들을 기다렸다. 먼저 탄 취객은 차에 오르자마자 고개를 떨구고 잠들었다. 구파발 한 명, 봉일천 한 명을 더 태우고 김장수는 열두시에 출발했다. 새벽 열두시 오십분에 김장수는 봉일천에서 사납금을 돌파했다. 봉일천에서 서울 도심으로 되돌아나오는 길에는 승객이 없었다.

새벽 한시 삼십분부터 김장수는 세종로 코리아나 호텔 앞에서 빈 차로 대기했다. 새벽 한시 사십분에 김포로 가는 여자 승객이 만원을 더 줄 테니 합승을 하지 말자는 조건으로 뒷자리에 올라탔다. 김장수는 강변북로를 타서 김포대교를 넘어가는 코스를 골랐다. 김포에서 손님이 없으면 빈 차로 도심까지 나와서 다시 외곽 쪽으로 한두 탕 하고 차고지로 돌아가면 새벽 네시의 교대시간에 맞을 성싶었다. 오늘은 잘하면 오만원쯤은 되겠구나…… 김장수는 액셀을 세게 밟았다. 먼 교차로의 신호등 불빛이 다가와서 칼날처럼 눈을 찌르고 지나갔다.

룸미러에 비친 여자 승객은 울었는지 세수를 했는지 마스카라가 흘러내려 볼에 검은 얼룩이 그려졌고 앞니에 립스틱이 묻어 있었다. 강변북로 램프를 돌아나올 때 여자 승객이 휴대전화를 꺼내들었다. 혀가 꼬부라진 소리였다.

"야, 뭐 사랑? 너 개수작하지 마. 넌 사랑이 뭐라고 생각해? 난 책임지는 거라고 생각한다…… 야, 관두자 관둬. 책임이라고 말하니까 왠지 치사하구나. 다 정리하자. 그게 좋겠어. 너도 좋지? 취했냐구? 야, 나 말짱해."

하루 일을 끝낸 노점상들이 손수레를 끌고 자유로 갓길을 따라서 걸어갔다. 노점상들의 손수레는 들판 저쪽에서 반짝이는 불빛을 향해 어둠을 건너갔다. 앞에서 한 사람이 끌고 뒤에서 한 사람이 밀었다. 장맛비가 멎으면서 한강이 흐린 안개를 뿜어냈고 양화대교 나트륨 가로등의 불빛이 부푼 강물 위에서 일렁거렸다. 트림을 하는지 흐느끼는지, 뒷자리의 여자 승객은 목울대를 흔들며 꾸룩꾸룩 소리를 냈다. 김포대교 북단에서 여자 승객은 다시 휴대전화를 꺼냈다.

"나야, 잘 들어갔어? 내가 잘못했어. 책임은 요구하는 게 아니잖아. 그래 미안해…… 나, 거의 다 왔어. 아까 좀 취했었나봐. 잘 자…… 잘 자라니까 또 이런다……"

새벽 세시 오십분에 김장수는 연신내 차고지에 도착했다. 윤애의 전화를 받던 날, 사납금과 추가 연료비를 제하고, 김장수의 수입은 오만팔천원이었다. 자정 이후에 봉일천 방면 합승 승객들과 김포로 가는 술 취한 여자가 낸 요금이 김장수의 수입금이었다. 새벽에 술 취한 여자 승객을 김포에 내려놓고 빈 차를 몰아서 도심으로 다시 들어올 때, 마지막 한 탕을 위해 자유로에서 백십 킬로 이상을 밟았는데, 성산대교 부근 무인카메라에 칠만원짜리 벌금이 찍힌 것이나 아닌지, 김장수는 조마조마했다. 성산대교 쪽 무인카메라 밑을 통과할 때 속도를 줄이긴 줄인 것 같은데, 자유로에는 무인카메라가 너무 많아서 확실한 기억은 없었다.

"그냥, 잘 지내시는지 뵙고 싶어서요."

윤애는 얼굴이 새까맣게 그을려 있었다. 반팔 블라우스 밑으로 뻗은 두 팔도 검게 그을려서 오 년 전의 흰 팔이 아니었다. 김장수는 윤애의 검은 팔이 보기에 편안했다. 네 살 먹은 딸은 눈매와 턱이 엄마를 꼭 닮아 있었다. 김장수는 그 아이의 얼굴에서 엄마를 닮지 않은 부위를 가려낼 수 있을 것 같았다. 엄마를 닮지 않은 부분은 아버지의 것일 터이었다. 딸아이도 라오스의 햇볕에 그을려서 얼굴이 가무잡잡했다.

"난 잘 지내. 겨우 견디지. 다들 견디니까."

"애가, 제 딸이에요. 라오스에서 낳아서, 이름을 남희(南姬)라고 했어요."

"네 살이라면서? 말도 하니?"

"그쪽 애들하고 놀아서 한국말은 잘 못해요."

24

"예쁘구나. 꼭 엄마 닮았네."

"얼굴은 저 닮고, 몸매는 아빠 닮았어요."

아이가 뒤뚱거리면서 김장수에게 다가왔다. 김장수는 아이를 안아서 무릎에 올렸다. 윤애를 안던 오지의 밤들이 생각났다. 김장수는 아이를 무릎에서 내려놓았다.

장수식품이 문을 닫은 후 윤애는 라오스로 이민 간 한국 남자와 결혼했다. 캄보디아 접경에서 외국인 여행자들을 상대로 간이숙박시설을 경영하는 남자였다. 사십 킬로미터 이상씩 떨어진 곳에 숙박시설을 한 동씩 지었는데 남편과 함께 자동차를 타고 다니면서 숙박시설 세 개소를 관리하고 있다고 윤애는 말했다.

"사장님은 뭘 시작하셨나요?"

"난 그저, 작은 개인사업을 하고 있어. 말할 거리는 못 되지만……"

김장수는 호텔 이층 커피숍 창 밖을 내다보았다. 새벽에 김포로 가는 여자 승객을 태웠던 코리아나 호텔 앞 택시 승강장이 빤히 내려다보였다. 윤애가 바닥을 기는 아이를 끌어당겨 안으면서 말했다.

"사장님, 그냥 계시기만 해도 저는 좋아요."

"그냥……?"

윤애가 김장수를 바라보며 웃었다. 엷고 희미한 웃음이었다.

"그래, 라오스는 살 만한가?"

"물가가 싸서 좋아요. 더위는 이제 다 적응이 됐어요. 여관에 손님들도 사철 있어요. 거긴 겨울이 없잖아요."

"다행이구나. 서울에서보다 살기가 낫겠구나."

"그런 편이에요. 사장님, 라오스에 한번 놀러 오세요. 저희 여관에 방이 많아서 숙소 걱정은 없어요. 사장님 오시면 저희들이 운전해서 모시고 다닐게요."

"차도 샀니?"

"지프차예요. 일제 토요타. 저도 거기서 운전 배웠어요. 사장님 오시면 장거리 가야 하니까 애 아빠랑 저랑 교대로 운전하면 될 거예요."

"그래…… 시간 나면 한번 갈게."

오후 한시가 넘어 있었다. 네시까지 연신내 차고지로 가려면 서둘러 점심을 먹어야 했다. 김장수는 윤애를 데리고 커피숍에서 나와 호텔 삼층 일식집으로 갔다. 윤애는 잠든 아이를 안고 따라왔다. 삼층으로 가는 계단을 오를 때 김장수가 윤애의 품에서 잠든 아이를 받아안았다.

"다다미 방을 주시오."

김장수는 다다미 위에 잠든 아이를 눕혔다. 여종업원이 타월을 가져와서 잠든 아이의 배 위에 덮었다. 잠든 아이가 침을 흘렸다. 윤애가 물수건으로 아이의 입을 닦았다. 아이가 칭얼 거리며 돌아누웠다.

"젖은 떼었나?"

"그럼요. 네 살인데요."

종업원이 냄비우동 두 그릇을 가져왔다. 가쓰오 다시에 달 걀을 푼 우동이었다. 면발이 굵고 부드러웠다. 윤애는 젓가락 을 들어서 후루룩거리며 먹었다.

"거긴 더운 음식이 없어요. 저는 여름에도 더운 국물이 좋 아요."

"그래 많이 먹어라."

아이가 몸을 뒤챌 때마다 윤애는 젓가락질을 멈추고 아이를 토닥여주었다.

"언제 돌아가니?"

"내일이요. 저녁 여덟시 비행기예요."

저녁 여덟시면, 오후 네시에 차고지에서 차를 몰고 나와서 시내에서 태우고 인천공항까지 도착할 수 있는 시간이었다.

"공항에 누가 바래다주니?"

"아뇨. 저하고 애하고 둘이서 가요. 택시 타고 가야지요."

"내가 공항에 데려다줄게. 숙소가 어디지?"

윤애는 호텔 길 건너편 골목을 가리켰다.

"저 골목 안에 웰빙여관이라고 있어요."

"내가 내일 다섯시까지 차 가지고 여관 앞에 갈게. 준비하고 있어."

강화 쪽으로 썰물이 빠져서 바다는 아득한 갯벌을 드러냈다. 붉은 나문재풀 위에 석양이 내려 있었다. 다리 긴 새들이 뻘 위에 내려서 흙 속을 쑤셨고 정치망 어장 쪽으로 나갔던 배들이 갯고랑을 거슬러 올라왔다. 저녁에 닿는 비행기들이 영종도 쪽 하늘로 다가왔다. 영종대교 램프를 지날 때까지 뒷자리에 앉은 윤애는 말이 없었다.

다섯시에 웰빙여관 앞에 택시를 들이대고 타라고 했을 때도 윤애는 택시를 한번 훑어보았을 뿐 아무 말도 없었다. 김장수는 어깨에 쇠줄이 달린 택시운전사 근무복에 명찰을 달고 있었다.

영종대교를 건널 때, 마니산 너머로 해가 빠지면서 노을이 서해에 가득 찼다. 김장수는 천천히 액셀을 밟았다. 노을을 향해 액셀을 밟으면, 노을은 더욱 멀어져서 택시는 노을 속으로 저물어가는 듯싶었다. 죽은 자를 상여에 실어서 장지까지 데려다주듯이, 윤애를 이 세상의 끝까지 데려다주는 느낌이었다. 그 느낌은 아마도 노을 때문일 것이었다. 영종대교가 끝나고, 공항진입로가 시작되는 건널목에서 윤애가 말했다.

"사장님, 라오스에 꼭 한번 오세요."

"그래 내가 꼭 갈게, 꼭."

김장수는 출국장 입구에서 택시를 멈추었다. 윤애는 잠든 아기를 흔들어 깨웠다. 김장수가 트렁크를 열고 가방을 꺼내서 카트에 실었다. 김장수가 카트를 밀고 길을 건넜고 아기를 안은 윤애가 뒤를 따랐다. 길가에 세워둔 김장수의 택시 뒤를 다른 택시들이 돌아나오면서 클랙슨을 울렸다.

"사장님, 이제 돌아가세요. 주차위반으로 걸리시겠어요."

윤애가 안고 있던 아기를 바스켓 속에 앉히고 카트를 넘겨받았다.

"윤애야, 안경을 좀 벗어봐."

윤애가 선글라스를 벗었다.

"라오스에서 햇볕이 강해서 눈이 좀 상했어요."

라고 말하면서, 윤애는 맨얼굴로 웃었다. 아랫입술 안쪽의 분홍색 살이 젖어 있었다. 경북 산간오지를 함께 돌아다니던 얼굴이었다.

윤애가 카트를 밀고 청사 안으로 들어갔다. 잠에서 깬 아이가 김장수를 향해 손바닥을 펴 보였다.

저녁 일곱시가 지나자, 인천공항에는 비행기들이 잇달아 도착했다. 도심으로 가는 승객들이 택시 승강장에 줄지어 있었다. 김장수는 당산동 쪽으로 가는 승객을 태우고 영종대교를 건너왔다. 휴가를 마친 피서객들이 서울로 몰려들고, 을지로에서 간선수도관이 터져서 도심 교통은 두 시간째 정체되어 있다고 교통방송 앵커는 전했다. 새벽 네시까지는 아득한 시간이 남아 있었다.

화장
火葬

1

"운명하셨습니다."

당직 수련의가 시트를 끌어당겨 아내의 얼굴을 덮었다. 시트 위로 머리카락 몇 올이 삐져나와 늘어져 있었다. 심전도 계기판의 눈금이 0으로 떨어지자 램프에 빨간 불이 깜박거리면서 삐삐 소리를 냈다. 환자가 이미 숨이 끊어져서 아무런 처치도 남아 있지 않지만 삐삐 소리는 날카롭고도 다급했다. 옆 침대의 환자가 얼굴을 찡그리면서 저편으로 돌아누웠다.

이 년에 걸친 투병의 고통과 가족들을 들볶던 짜증에 비하면, 아내의 임종은 편안했다. 숨이 끊어지는 자취가 없이 스스로 잦아들듯 멈추었고, 얼굴에는 고통의 표정이 없었다. 아내는 죽음을 향해 온순히 투항했다. 벌어진 입술 사이로 메말라 보이는 침이 한 줄기 흘러나왔다. 죽은 아내의 몸은 뼈와 가죽뿐이었다. 엉덩이 살이 모두 말라버린 골반뼈 위로 헐렁한 피부가 늘어져서 매트리스 위에서 접혔다. 간병인이 아내를 목욕시킬 때 보니까, 성기 주변에도 살이 빠져서 치골이 가파르게 드러났고 대음순은 까맣게 타들어가듯 말라붙어 있었다. 나와 아내가 그 메마른 곳으로부터 딸을 낳았다는 사실은 믿을 수 없었다. 간병인이 사타구니의 물기를 수건으로 닦을 때마다 항암제 부작용으로 들뜬 음모가 부스러지듯이 빠져나왔다. 그때마다 간병인은 수건을 욕조 바닥에 탁탁 털어냈다.

"시신은 병실에 두지 못합니다. 곧 냉동실로 옮기겠습니다."

수련의가 전화로 직원을 불렀다. 직원 두 명이 병실로 들어와 아내의 침대 주변과 쓰레기통, 변기에 분무소독액을 뿌렸다. 직원들은 아내의 시신을 벨트로 고정시켜서 침대에 싣고 나갔다.

아침 일곱시였다. 십오층 병실 창문 밖에는 빌딩 사이로 날이 밝아왔다. 봄 안개가 거리에 낮게 깔렸다. 청소부들이 거리를 쓸었고 음식점 앞 쓰레기통에 비둘기들이 모여 있었다.

딸에게 전화를 걸까 하다가 좀더 재우기로 했다. 아내의 임
종을 지키며 새운 간밤에도 나는 오줌을 눌 수가 없었다. 아
내의 심전도 그래프가 어느 정도 안정될 때마다 병실을 빠져
나와 화장실에 다녀왔지만 오줌은 나오지 않았다. 여자처럼,
좌변기에 앉아서 오줌을 눈 지가 여섯 달이 넘었다. 남자의
방식대로 서서 오줌이 나오기를 기다리기 힘들었다. 변기에
앉아서 방광에 힘을 주었더니, 고환과 항문 사이에서 날카로
운 통증이 방사선으로 퍼져나갔다. 성기 끝에서 오줌은 고드
름 녹듯 겨우 몇 방울 떨어졌다. 붉은 오줌방울들이었다. 요
도 속에서 오줌방울들은 고체처럼 딱딱하게 느껴졌고, 오줌
이 빠져나올 때 요도는 불로 지지듯이 뜨겁고 쓰라렸다. 몸속
에 오줌만 남고 사지가 모두 떨어져나가는 느낌이었다. 밤새
나온 오줌은 붉은 몇 방울이 전부였다. 배설되지 않는 마려움
으로 내 몸은 무겁고 다급했다. 다급했으나 내보낼 수는 없었
다. 밤새 다섯 차례나 화장실을 들락거렸지만, 오줌은 성기
끝에서 이슬처럼 맺혔다가 떨어졌다. 죽은 아내의 시신이 침
대에 실려 나갈 때도 나는 방광의 무게에 짓눌려 침대 뒤를
따라가지 못했다.

회사에서는 일 주일 동안의 휴가를 줄 것이었다. 장사를 치
르려면 우선 비뇨기과에 가서 오줌을 빼고 몸을 추슬러야 했

다. 비뇨기과가 문을 열려면 두 시간쯤 남아 있었다. 그 두 시
간은 난감했다. 아내의 시신이 빠져나간 병실 앞을 혼자서 지
키고 있을 만한 근력이 남아 있지 않았다. 병원 근처 사우나에
가서 잠을 청해보기로 했다. 사우나 프런트에서 딸에게 전화
를 걸었다.

"아침에 엄마 돌아가셨다."

딸아이는 흑, 숨을 몰아쉬더니 한동안 대답이 없었다.

"너도 회사에 알리고 준비해서 병원으로 와라. 파출부 아줌
마한테 연락해서 집 봐달라고 하고, 오기 전에 개밥 줘라."

"아빠, 고생하셨어요. 소변은 보셨나요?"

딸아이의 목소리가 울음으로 변해가고 있었다.

"그래 조금. 올 때, 영정에 쓸 사진하고, 아빠 갈아입을 속옷
도 챙겨와라."

거기까지 말했을 때, 휴대폰 배터리가 끊어졌다. 휴대폰은
꼬르륵 꼬르륵…… 소리를 내면서 죽었다. 휴대폰이 죽자 나
는 아내의 죽음이나, 오늘부터 치러야 할 장례절차와도 단절
되는 것 같았다. 휴대폰이 죽는 소리는 사소했다. 새벽에, 맥
박이 0으로 떨어지면서 아내가 숨을 거둘 때도 심전도 계기판
에서 그런 하찮은 소리가 났었다.

사우나 프런트에는 휴대폰 급속 충전기가 설치되어 있었다.

나는 종업원에게 충전을 부탁하고 탕 안으로 들어갔다. 밤을 새운 사내들 몇 명이 물 속에 몸을 담그고 늘어져 있었다. 충전기에 물려 놓은 휴대폰으로 전화가 걸려 올 때마다 종업원이 탕 안으로 들어와서 사내들을 호명했고, 벌거벗은 사내들은 고환을 덜렁거리며 탕 밖으로 불려나갔다.

뜨거운 물 속에서 오줌에 찬 방광은 더욱 부풀어오르는 듯했고, 나는 내 몸속의 오줌에 빠져 허우적거리는 꼴이었다. 몸속으로 스미는 더운 증기가 오줌에 삼투되는 느낌이었다. 아내와 살아온 세월들, 잡지사 여기자인 젊은 아내가 벌어온 돈으로 대학원을 마치고, 결혼해서 딸을 낳고, 단칸 전세방에서 시작해서 십억짜리 단독주택을 장만하고 재벌급 화장품회사 말단사원에서부터 상무로까지 승진한 세월들이 애초부터 존재하지 않았던 것처럼 종잡을 수 없이 사우나탕 증기 속에서 풀어졌다.

아내의 병은 뇌종양이었다. 발병 초기에는 편두통인 줄 알았다. 아내는 이 년 동안 세 번 수술을 받았다. 그때마다 증세는 더욱 악화되었다. 아내는 발작적인 두통을 호소하며 먹던 것을 뱉어냈고, 시퍼런 위액까지 토해놓고 정신을 잃곤 했다. 아내의 수술을 집도한 의사는 내 대학 동기였다. 학번은 같았지만 전공이 달라서 안면은 없었다. 아내가 병실에 누워 있는 동안 그는 주치의 방으로 나를 불러서 뇌종양 판정을 내렸다. 그때 그는 설명했다.

 ……뇌종양은 암의 계통이다. 인간의 두개골 안에서 발생할 수 있는 종양은 백삼십여 종류다. 조직 내의 모든 신생물이 종양이다. 종양은 어떤 신체조직 안에서도 발생할 수 있다. 종양이 발생하게 되는 환경과 조건은 알 수 없다. 종양은 생명 속에서만 발생하는 또다른 생명이다. 죽은 조직 안에서 종양은 발생하지 않는다. 종양의 발생과 팽창은 생명현상이다. 생명 안에는 생명을 부정하는 신생물이 발생하고 서식하면서 영역을 넓혀나간다. 이 현상은 생명현상의 일부인 것이다. 종양과 생명을 분리시킬 수는 없다. 그래서 치료는 어렵다. 고생할 각오를 하고 환자의 마음을 준비시켜라.

 그때, 나는 의사의 설명을 알아들을 수가 없었다. 그의 말은 비어 있었다. 그의 말은, 죽은 자는 종양에 걸리지 않고, 살아 있는 자만이 종양에 걸리는 것인데 종양 또한 삶의 증거이기 때문에 이도 저도 아니라는 말처럼 들렸다. 나의 이해가 아마도 옳았을 것이다. 뻔한 소리였고, 하나마나한 소리였지만, 나는 그때 그의 뻔한 소리의 그 뻔함이 무서웠다. 그리고 그 무서움은 그저 무덤덤했다. 그의 설명은 뻔할수록 속수무책이었다. 새벽에 아내가 죽고 나서, 팔목에 꽂힌 링거 주사관을 걷어내면서 병실 창 밖으로 안개 낀 시가지의 아침을 내려다볼 때, 나는 그 뻔한 소리에 대한 나의 이해가 그다지 틀리지 않았음을 알았다.

주치의가 뇌종양 판정을 내리던 날, 나는 의사의 판정을 아내에게 전했다. '생명현상'을 강조하던 의사의 설명은 전하지 않았다. 환자를 상대로 하나마나한 얘기를 하고 싶지 않았다.

"여보, 당신 뇌종양이래. MRI 사진에 그렇게 나왔대."

울음의 꼬리를 길게 끌어가며 아내는 질기게 울었다. 울음이 잦아들 때 아내는 말했다.

"여보, 미안해…… 여보, 미안해."

"만땅꼬입니다."

사우나를 나올 때 종업원은 충전된 휴대폰을 내밀며 그렇게 말했다. 폴더를 열어보니, 배터리 눈금 네 개가 돋아나 있었다. 비뇨기과가 문을 열 시간이었다. 늘 다니던, 회사 근처의 비뇨기과는 거리가 멀었다. 사우나 옆 골목, 교회와 정육점이 들어선 건물 삼층에 비뇨기과 간판이 붙어 있었다. 간호사가 물걸레질을 하고 있었고 늙은 의사는 조간신문을 들여다보고 있었다.

"전립선염인데…… 오줌을 좀……"

"저리 누우시오."

나는 의사가 가리킨 침대에 누워서 허리띠를 풀었다. 의사
는 옷 위로 내 아랫배를 더듬었다.

"아이고, 어찌 이리 고이도록……"

"어젯밤에 잠을 못 잤소……"

"신경 쓰면 더 안 나옵니다. 연세가 얼마나 되시오?"

"쉰다섯이오."

"전립선염은 나이 먹으면 저절로 생기기도 합니다. 병이라
고 할 수도 없는 노화현상이지요. 옛말에 늙으면 오줌줄기가
약해진다는 게 바로 이겁니다. 선생은 증세가 좀 심한 편입니
다만."

의사는 물걸레질을 하는 간호사에게 지시했다.

"이봐 최양, 이분 배뇨해드려. 양이 많다. 시간 좀 걸릴 거
야. 오줌통 두 개 준비하고."

간호사가 다가왔다. 간호사는 머리에 흰 두건을 뒤집어쓰고
두 눈만 내놓고 있었다. 나는 누워서 두건 쓴 간호사를 올려다
보았다. 밍밍한 향수냄새와 융기한 젖가슴이 아니라면, 그가
여자라는 것을 알아볼 수 없었다. 간호사는 내 성기를 주무르
게 될 자신의 얼굴을 내가 혹시라도 기억하게 될까봐 흰 두건
을 뒤집어쓴 모양이었다.

"허리를 좀 드세요."

나는 허리를 들었다. 간호사가 바지와 팬티를 한꺼번에 끌어내렸다. 간호사는 고무장갑 낀 손으로 애무를 해주듯 손을 움직여 내 성기를 키웠다. 고무장갑 낀 간호사의 손 안에서 내 성기는 부풀었다. 성기는 내 몸의 일부가 아닌 것처럼 낯설었지만, 내 몸이 아닌 내 성기가 나는 참담하게도 수치스러웠다. 간호사가 성기 쪽으로 고개를 숙이고 성기 끝 구멍을 두 손가락으로 벌렸다. 간호사는 그 구멍 안으로 긴 도뇨관을 밀어넣었다. 도뇨관은 한없이 몸 안으로 들어갔다. 요도가 쓰라렸고 방광 안에 갇혀 있던 오줌이 아우성을 쳤다.

"움직이시면 안 됩니다. 시간이 좀 걸릴 거예요. 요도에 통증이 심하시면 벨을 누르세요."

간호사가 물러갔다. 도뇨관을 따라서 오줌은 장난감 물총을 쏘듯 간헐적으로 흘러나왔다. 쪼르륵 쪼르륵…… 침대 밑 오줌통으로 오줌이 떨어져내리는 소리가 들렸다. 방광의 압박이 서서히 줄어들면서, 몰아쉬는 숨이 쉬어졌다. 병원 유리창으로 아침 햇살이 쏟아져들어왔다. 나는 눈을 감았다. 눈에 해가 비치어 눈꺼풀 속으로 분홍의 바다가 펼쳐졌고, 그 바다 위에 반점 몇 개가 떠다녔다. 눈꺼풀 속 분홍의 바다 위에서 반점들은 수평선 쪽까지 흘러갔다가 되돌아오곤 했다. 눈꺼풀 밑의 바다는 내 생애로 건너갈 수 없는 낯선 바다처럼 보였다. 쪼르륵…… 쪼르륵…… 오줌 떨어지는 소리가 들렸다. 소리는 멀고도 선명했다. 그 분홍의 바다 저쪽 끝으로 죽은 아내의 상여가 흘러가고 있었다. 방광의 통증이 수그러드는 어느 순간에 나는 깜빡 잠이 들었다.

2

아침 열시가 좀 지나서 나는 다시 병원으로 돌아왔다. 원무과에서 지정해준 영안실은 3호실이었다. 아내의 사체는 냉동실로 들어갔고 빈소에는 시체도 문상객도 아직은 없었다. 아내의 영정 앞에서 딸이 엎드려 울었고 까만 양복을 차려입은 딸의 약혼자 김민수가 우는 딸의 어깨를 쓰다듬었다. 딸은 이년 전에 대학을 졸업하고 무역회사에 취직했다. 두 달 후에 결혼해서 유학 가는 신랑과 함께 뉴욕으로 옮겨 살 계획이었다.

딸의 얼굴과 몸매는 죽은 아내를 빼다박은 듯이 닮아 있었다. 눈이 동그랬고 귀가 작았고 볼이 도톰했다. 쓰러져서 우는 딸은 어깨의 둥근 곡선과 힘없어 보이는 잔등이까지도 죽은 아내를 닮아 있었다. 나는 영정 속의 아내의 얼굴과 쓰러져서 우는 딸의 얼굴을 번갈아 바라보았다. 죽은 사람의 얼굴 표정이 아직 죽지 않은 사람의 얼굴 위에서, 살아서 어른거리고 있었다.

어쩌다가 저녁 식탁에 세 식구가 마주 앉아 있을 때면, 나는 아내와 딸의 닮은 모습에 난감해했다. 그때, 살아서 마주 앉아 밥을 먹는다는 일은 무겁고 또 질겨서 헤어날 수 없을 듯했다. 그러나 죽은 아내의 영정과 죽지 않은 딸의 얼굴이 닮아 있다는 사태는 더욱 헤어나기 어려울 듯싶었다. 오래고 또 가망 없는 병 수발의 피로감에 불과한, 쓸데없는 생각이었다. 아침에 아내의 임종을 관리하던 당직 수련의가 "운명하셨습니다"라고 말하던 순간, 터질 듯한 방광의 무게에 짓눌려서 그 자리에 주저앉아버리고 싶었던 그 무거움 같은 느낌이었을 것이다.

문상객들은 저녁 일곱시가 지나서야 하나둘씩 나타날 것이고 부산이나 광주에 사는 친척들은 다음날에나 도착할 것이었다. 친척이래야 내 남동생 부부와 조카들, 그리고 미혼으로 늙어가는, 죽은 아내의 여동생이 전부였다. 친척들에게 초상을 알리는 일은 딸이 알아서 할 것이고, 신문에 부음을 내거나 내 고등학교 대학교 동창회, 학군단전우회, 향우회, 거래은행 임원, 지역대리점 사장, 감독관청 공무원, 동종업계 임원, 광고매체 간부, 광고제작대행사, 광고모델, 원료납품업체 사장, 용

기제작사 사장, 어음할인거래처, 미용전문잡지 기자, 일간신
문 미용담당기자들에게 알리는 일은 회사 비서실에서 오전중
에 처리할 것이었다. 장례용품과 상복, 육개장을 국물로 주는
접대용 식사와 음료수까지 모두 병원 영안실에 준비되어 있었
고, 영안실 직원은 진단서를 첨부해서 사망신고를 제출하는
일과 시립 화장장에 연락해서 화장 순번을 받아내는 일을 맡
아주었다. 운구용 버스를 예약하고 납골함을 구입하고 납골당
의 자리를 교섭하는 일까지도 영안실 직원은 전화 몇 번으로
끝냈다. 아내의 죽음을 몸으로 감당해야 할 사람은 나였지만,
아내의 장례일정 속에서 나는 아무 할 일이 없었다.

빈소에 설치된 전화기가 울렸다. 병원 경리직원이었다. 경
리직원은 고인의 명복을 빈다고 말하고 나서, 아내가 죽기 전
일 주일 동안의 치료비와 병실료를 납부해달라고 요구했다.
아내가 발병한 후 병원비는 삼천만원쯤 들어갔다. 수술을 여
러 번 했고, 의료보험이 적용되지 않는 정밀검사와 고액처치
가 많았다. 나와 딸이 병수발하느라고 쓴 돈을 합치면 사천만
원쯤 들어간 셈이었다. 환자가 이미 죽었는데, 살아 있던 동안
의 마지막 치료비를 내놓으라는 요구는 공정한 거래가 아닌
것도 같았지만, 죽음은 죽은 자 그 자신의 사업일 뿐 병원이
거기에 대해서 책임을 질 수는 없을 것이었다. 나는 지갑에서

신용카드를 꺼내 딸의 약혼자 김민수에게 건네주고 경리창구에 가서 계산을 하도록 시켰다.

마무리를 추스르는 동안의 긴 울음까지도 딸은 아내를 닮아 있었다. 딸이 내게 물었다.

"새벽에 엄마 많이 아파하셨나요?"

"아니, 아주 고요했어. 난 네 어머니 숨 넘어가는 것도 몰랐다. 자는 줄 알았어."

"그 동안, 그렇게도 아파하시더니……"라면서 딸은 또 울먹였다. 아내는 두통 발작이 도지면 머리카락을 쥐어뜯고 시퍼런 위액까지 토해냈다. 검불처럼 늘어져 있던 아내는 아직도 저런 힘이 남아 있을까 싶게 뼈만 남은 육신으로 몸부림을 치다가 실신했다. 실신하면 바로 똥을 쌌다. 항문 괄약근이 열려서, 아내의 똥은 오랫동안 비실비실 흘러나왔다. 마스크를 쓴 간병인이 기저귀로 아내의 사타구니를 막았다. 아내의 똥은 멀건 액즙이었다. 김 조각과 미음 속의 낟알과 달걀 흰자위까지도 소화되지 않은 채로 쏟아져나왔다. 삭다 만 배설물의 악취는 찌를 듯이 날카로웠다. 그 악취 속에서 아내가 매일 넘겨야 하는 다섯 종류의 약들의 냄새가 섞여서 겉돌았다. 주로 액즙에 불과했던 그 배설물은 흘러나오자마자 바로 기저귀에 스몄고, 양이래봐야 한 공기도 못 되었지만 똥냄새와 약냄새는 섞이지 않고 제가끔 날뛰었다.

계통이 없는 냄새였다. 아내가 똥을 흘릴 때마다 나는 병실 밖 복도로 나와 담배를 피웠다.

"엄마, 이제는 안 아프지? 다 끝났지?"

딸은 아내의 영정을 바라보며 혼잣말로 중얼거리면서 또 울먹였다.

숨이 끝나는 순간, 아내의 몸속에 통증이 있었다 해도 이미 기진한 아내가 아픔을 느낄 수 없었고 아픔에 반응할 수 없었다면 아내의 마지막이 편안했는지 어땠는지는 알 수 없는 일이었다. 아내가 두통 발작으로 시트를 차내고 머리카락을 쥐어뜯을 때도, 나는 아내의 고통을 알 수 없었다. 나는 다만 아내의 고통을 바라보는 나 자신의 고통만을 확인할 수 있었다. 밤새 뒤채는 아내의 병실 밖으로 겨울의 날들과 봄의 날들은 훤히 밝아왔고 병실을 지키는 날 아침에 나는 병원에서 회사로 출근했다. 뇌종양이 '생명현상'의 일부라고 강조하던 주치의에게 아내의 고통과 나의 고통 사이의 상관관계에 대하여 묻는다면, 그는 뻔하고도 명석한 답변을 준비하고 있을 것이었다.

─생명현상은 그 개별적 생명체 내부의 현상이다. 생명은 뒤섞이지 않는다. 생명에서 생명으로 건너갈 수 없고, 이 건너

갈 수 없음은 생명현상이다.

라고.

　김민수가 계산을 마치고 빈소로 돌아왔다. 김민수는 신용카드와 영수증을 나에게 내밀었다.

　"빈소 사용료까지 합쳐서 백오십만원이 나왔습니다. 아버님, 어젯밤에도 못 주무셨을 텐데 좀 쉬시지요."

　약혼 뒤부터 김민수는 나를 '아버님'이라고 불렀다. 듣기에 쑥스러웠으나 다른 호칭을 일러줄 수도 없었다.

　문상객이 몰려오기 시작할 저녁 일곱시 무렵까지는 긴 하루가 고스란히 남아 있었다. 딸과 김민수를 데리고 사체도 문상객도 없는 빈 빈소를 지켜야 하는 일은 감당하기 어려웠다. 자꾸만 아내의 영정과 겹쳐지는 딸의 얼굴도 견디기 힘들었다.

　"너희는 집에 가서 엄마 물건 정리해놓고 일곱시께 오너라. 그전에는 할 일이 없을 거다. 엄마 옷을 골라서 양로원으로 보내라. 동사무소에 물어보면 마땅한 양로원을 소개해줄 거야. 라면박스에 넣어서 택배로 보내라."

　나는 그렇게 딸과 김민수를 빈소에서 내보냈다.

　빈소의 한구석에는 작은 부속실이 딸려 있었다. 문상객이 없는 시간에 상주들이 틈틈이 눈을 붙일 수 있는 방이었다. 부속실은 전기 온돌방이었고 창문이 없었다. 나는 부속실로 들어가 누웠다. 출입문을 닫자 방 안은 캄캄했다. 어제, 그제 사이에 병원에서 죽은 사람이 아내 이외에는 없었는지, 영안실 전체가 조용했다. 오줌이 빠져나간 방광이 빈 들판처럼 느껴졌다. 눈이 쓰라렸고 입이 말라왔다. 아내의 영정 하나가 지키고 있는 빈소 옆 부속실의 어둠 속에서 나는 잠들었다.

휴대폰 울리는 소리에 잠이 깼다. 눈을 떴을 때, 내가 어디에 와서 누워 있는지 알 수 없었다. 철지난 벌레가 울듯이 멀고 희미한 휴대폰 소리가 어둠 속에서 나를 부르고 있었다. 그 희미한 소리가 아내의 죽음과 오늘 저녁부터 시작될 장례일정과 내가 아내의 빈소에 누워 있다는 현실을 일깨워주었다. 바지 주머니에서 휴대폰을 꺼냈다. 사장이었다. 해소에 전 노인의 목소리는 메말랐다.

"오상무, 소식 들었네. 지금 어디 있나?"

"병원 영안실에 있습니다."

"이 박복한 사람아, 그 나이에 상처란 견디기 힘든 거야."

"진작부터 각오했던 일입니다."

"그 동안 자네 정성이 유별나서 고인도 여한이 없을걸세. 자네가 걱정이야. 회사의 기둥 아닌가."

"저야, 하던 일이 있으니 이럭저럭……"

"그 일 말인데 말이야, 여름 광고 전략은 자네가 끝까지 마무리해주게. 상중이라고 미뤄둘 수가 없는 일 아닌가. 자네한테 면목 없지만, 어쩔 수 없어. 전화로 보고받고 지시할 수 있겠지?"

"모레 중역회의에서 논의되겠지요."

"그야 그렇지만, 회의에서 나온 얘기 대충 들어보고 자네가 판단해서 밀어붙여주게. 늘 그래왔잖아."

"컨셉이 어느 정도 좁혀졌으니까, 얘기 들어보고 결정하겠습니다."

"고맙네. 난 오늘은 선약이 있고, 내일 저녁 때 빈소에 들르겠네."

사장은 팔십 노인이었다. 무릎 관절염이 만성이었다. 사장실을 온돌로 꾸며놓고 여름에도 무릎에 담요를 덮고 있었다. 이십 평이 넘는 온돌방 한가운데 불상을 모셔놓고 늘 향을 피우고 있었다. 직원들은 사장실을 대웅전이라고 불렀다. 사장은 삼십대 초에 단신 월남해서 기초화장품 세 종류만으로 회사를 차렸다. 세상의 모든 감각들이 관능화되고 세분화되는 세월 동안에 사장의 회사는 번창했다. 지금은 기초화장품 이십여 종에 색조화장품 삼십여 종을 생산하고 유통시키는 시장 점유율 1위의 회사로 성장했다. 기초화장품은 클렌징로션, 폼

클렌징, 스킨로션, 밀크로션, 메이크업베이스, 자외선차단용 선블록, 리퀴드파운데이션, 콤팩트파운데이션 들이었고 색조 화장품은 립스틱, 립글로스, 아이섀도, 아이라이너, 마스카라, 블로셔, 매니큐어 들이었다. 색조화장품들이 다시 울트라 마린블루나 쇼킹 핑크 또는 인디언 레드, 헌터스 그린 같은 색의 계통별로 분류되면 출시되는 상품 종수는 훨씬 더 다양했다. 작년부터 사장은 화장품이 아니라 의약부외품인 질 세척제와 질 방향제 개발사업에 연구비 오십억을 투입하면서 임원진을 다그쳐왔다. 연구개발중인 질 세척제는 인체 적용실험에서 많은 문제를 드러냈다.

세척효과는 좋았으나 젤리 타입의 약물이 멘스의 찌꺼기와 부작용을 일으켜서 질 내부에 염증과 작열감을 유발했다. 또 질 깊숙이 투입된 약물이 오줌으로 완전히 씻겨내려가지 않고 자궁 입구에서 악취 나는 침전물로 변질되어 흘러나오는 경우가 있었다. 연구개발실은 원숭이 암컷 수십 마리로 적용실험을 거듭했으나, 그 실험결과는 여성의 질 내부온도와 분비물의 산성농도에 따라 수많은 편차를 드러냈고 개발실은 시제품이 인체에 적용되는 과정에서 발생하는 생화학적 과정의 문제들을 해결하지 못하고 있었다. 중역회의 때 연구개발실장은 여성 생식기의 여러 부위들을 크게 확대한 해부학 사진들을 천연색 환등으로 보여주면서 인체 적용의 난점들을 설명했다. 연구개발실장은 수많은 질들의 개별성을 극복하기가 어렵다고 보고하면서 아마도 질 내부의 산성 정도를 서너 계통으로 분류해서 거기에 맞는 제품들을 별도로 생산해야 할 것 같다는 대안을 제시했다.

사장은 생산비가 두 배 이상 들어가고, 선전에서 추가비용이 발생하며 유통과정 관리가 힘들어진다는 이유로 연구개발실장의 대안을 승인하지 않았다. 질 방향제는 스프레이 타입이었다. 인체 적용에서 문제점은 드러나지 않았으나, 생산라인을 가동시키는 문제에 대해서 사장은 생각이 달랐다. 사장은 질 내부의 향기를 아무리 절묘하게 만들어놓아도 그 향기가 질 밖으로 발산되는 휘발성 향기가 아니라면 수요는 극히 제한적일 수밖에 없으므로 수요를 창출해낼 수 있는 선전, 마케팅 전략을 확실히 수립한 다음 생산에 착수하라고 지시했다. 회의석상에서 중역들은 사장의 판단에 대해 일제히 침묵할 수밖에 없었다. 사장이기 때문이 아니라, 그의 판단이 영업적으로 옳았기 때문이었다. 그때 사장은 질 내부의 여러 부위들을 보여주는 환등 화면을 볼펜으로 가리키며 "저게 다 제가끔이란 말이지. 제가끔이라 하더라도 따로따로 맞게 만들어줄 수는 없지 않은가. 시장은 무진장인데, 들어서기가 어렵구만"

이라고 중얼거렸다.

회사의 직제는 상무인 내가 회사의 모든 업무를 관장하고 결재하기로 되어 있었으나 연구개발실의 신제품 개발업무는 의사나 약사, 생리학, 약리학 교수들에게 용역 발주되어 있었다. 나는 보고를 듣고 영업적 판단을 할 뿐 연구과정에 간여할 수는 없었다.

사장이 아내의 빈소를 지키는 나에게 전화를 걸어서 지시한 사항은 올 여름시장에 출시되는 제품 다섯 종의 선전과 마케팅 전략을 기한 안에 확정해서 집행에 착수하라는 것이었다. 작년 하반기부터 대리점들로부터 올라오는 판매대금 회수가 세 달 이상씩 지연되었다. 지방 대리점에서 올라오는 결제대금은 전부가 어음이었는데, 미수율이 십 퍼센트였고 부도율은 삼 퍼센트였다. 지방 대리점들은 담합했다. 미수금 청산을 거절했고, 마진폭 인상을 요구해왔다. 본사 기획팀을 내려보내 총판장들을 구슬렀으나 성과는 없었다. 미수금 총액이 십억을 넘어서자 지방 총판장들은 물건을 팔고도 일정 부분은 대금을 받을 수 없는 영업현장의 애로를 본사가 인정해줄 것을 요구했다. 본사는 미수금을 자꾸만 이월시켜나갔지만, 이월된 미수금 액수는 단지 숫자일 뿐 수익은 아니었다. 작년 하반기 이후 회사의 유동 자금은 극도로 경색되었고, 금년 여름에는 단

기성 개발비 동결로 시장에 내놓을 신제품이 없었다. 이 년 전
에 재고 처리했던 쇼킹 핑크 계통의 립스틱 세 종과 울트라 마
린블루와 코발트 블루 계통의 마스카라 네 종류와 여름용 선
탠크림을 라벨과 용기와 포장만 바꾸고 십오억원의 선전비를
투입해서 시장으로 떠밀어내는 것이 올 여름의 영업내용이었
다. 건더기는 없고 껍데기뿐이었지만, 이 업계에서 건더기와
껍데기가 구별되는 것도 아니었고 껍데기 속에 외려 실익이
들어 있는 경우는 흔히 있었다. 여름시장에 내놓을 이 재고상
품 여덟 가지 전체의 선전과 광고에 적용될 리딩 이미지와 문
구를 결정하기 위한 회의는 부서별, 직급별로 다섯 차례 열렸
다. 그 회의에서 논의된 리딩 이미지의 문구는 '여름에서 가을
까지 — 여자의 내면여행'과 '여름에 여자는 가벼워진다', 그
렇게 두 가지로 압축되어 중역회의에 제출되었다. 장례휴가가
계속되는 일 주일 동안 그 둘 중의 하나를 리딩 이미지로 결정
하고, 거기에 따른 포스터와 영상제작, 모델, 촬영기사, 디자
이너를 교섭하는 일, 광고매체를 확보하는 일과 전국 영업조
직에 판매전략을 시달하고 훈련시키는 일들을 해당 실무부서
에 분담시켜야 했다.

3

　당신의 이름은 추은주(秋殷周). 제가 당신의 이름으로 당신을 부를 때, 당신은 당신의 이름으로 불린 그 사람인가요. 당신에게 들리지 않는 당신의 이름이, 추은주, 당신의 이름인지요.

　제가 당신을 당신이라고 부를 때, 당신은 당신의 이름 속으로 사라지고 저의 부름이 당신의 이름에 닿지 못해서 당신은 마침내 삼인칭이었고, 저는 부름과 이름 사이의 아득한 거리를 건너갈 수 없었는데, 저의 부름이 닿지 못하는 자리에서 당신의 몸은 햇빛처럼 완연했습니다. 제가 당신의 이름과 당신의 몸으로 당신을 떠올릴 때 저의 마음속을 흘러가는 이 경어체의 말들은 말이 아니라, 말로 환생하기를 갈구하는 기갈이나 허기일 것입니다. 아니면 눈보라나 저녁놀처럼, 손으로 잡을 수 없는 말의 환영일 테지요.

　당신의 이름은 추은주. 오 년 전 신입사원 공채 때 인사과장이 가져온 최종합격자 이력서에서 당신의 이름을 읽었을 때, 이제는 지층 밑에 묻혀버린 먼 고대국가의 이름이 내 마음에 떠올랐습니다. 그리고 당신의 몸은, 구석자리에서 컴퓨터 자판을 두드리며 결재서류를 작성하고 있던 당신의 둥근 어깨와 어깨 위로 흘러내린 머리카락과 그 머리카락이 당신의 두 뺨에 드리운 그늘은 내 눈앞에서 의심할 수 없이 뚜렷했고 완연했습니다. 아, 살아 있는 것은 저렇게 확실하고 가득 찬 것이로구나 싶어서, 저의 마음속에 조바심이 일었습니다. 당신은 광고파트의 신입사원으로 입사했고, 상무인 저와는 보고계통이나 결재라인에서 마주칠 일이 없는 업무일선에 배치되었습니다.

회사가 신축사옥으로 옮겨가기 전에는 부서별로 방이 없이 칸막이 사무실을 쓰고 있었는데, 내 자리 칸막이 너머로 바라보이는 당신의 둥근 어깨는 공중에 떠 있었습니다. 분기 말마다 미결업무들을 한꺼번에 정리하느라고 직원들은 중국음식을 배달시켜놓고 야근을 했었지요. 그 분기 말의 저녁에 당신은 아마도 새로 출시된 아이섀도의 소비자선호조사 보고서나 매체별 광고효과분석 보고서나 또는 선탠크림 부작용에 대한 무더기 고발사건의 뒤치다꺼리를 위해 소비자단체와 신문기자들에게 풀어먹인 홍보비와 접대비 지출내역 보고서를 작성하고 있었겠지요. 장맛비가 며칠째 쏟아지던 여름 분기 말의 저녁이었습니다. 당신은 목둘레가 둥글게 파인 블라우스를 입고 있었고, 당신의 목 아래로 당신의 빗장뼈 한 쌍이 드러났습니다. 결재서류가 올라오기를 기다리던 나는 내 자리에서 일어서서 칸막이 너머로 당신을 바라보았습니다. 당신의 가슴의 융기가 시작되려는 그곳에서 당신의 빗장뼈는 당신의 가슴뼈에서 당신의 어깨뼈로 넘어가고 있었습니다. 그 빗장뼈 위로 드러난 당신의 푸른 정맥은 희미했고, 그리고 선명했습니다. 내 자리 칸막이 너머로 당신의 빗장뼈를 바라보면서 저는 저의 손으로 저의 빗장뼈를 더듬었지요. 그때, 당신의 몸을 생각했습니다. 당신의 몸속의 깊은 오지까지도 저의 눈에 보이는 듯했습니다. 여자인 당신, 당신의 깊은 몸속의 나라, 그 나라의 새벽 무렵에 당신의 체액에 젖는 노을빛 살들, 그 살들이 빚어내는 풋것의 시간들을 저는 생각했고, 그 나라의 경계 안으로 제 생각의 끄트머리를 들이밀 수 없었습니다. 당신은 흰 블라우스 위로 구슬이 많은 호박 목걸이를 드리우고 있었습니다. 비구름이 갈라지고, 빌딩의 옥상 간판들 사이로 내려앉는 저녁 해가 당신의 목걸이에 비쳐, 목걸이 구슬마다 해는 저물었습니다. 사위는 잔광 한 줌씩을 거두어가면서 구슬 속으로 저무는 일몰은 위태로웠습니다. 그때, 저는 저의 생애가 하얗게 지워지는 것을 느꼈습니다. 그때, 지체 없이 당신의 이름을 부르지 않으면 당신이 당신의 몸속의 노을빛 살 속으로, 내가 닿을 수 없는 살의 오지 속으로 영영 저물어버릴 것 같은 조바심으로 나는 졸아들었고, 분기 말의 저녁마다 당신의 어깨는 저무는 날의 위태로운 노을로 내 앞에 번져 있었습니다. 당신은 부서의 동료들끼리 중국음식을 배달시키고 나는 설렁탕을 시켜서, 당신은 당신의 자리에서 먹고 나는 내 자리에서 먹었습니다. 고개를 숙일 때마다 흘러내리는 머리카락을 한 손으로 쓸어올리면서 당신은 젓가락질을 했습니다. 당신은 휴대백에서 실핀을 꺼냈습니다. 당신은 앞니로 실핀 끝을 벌리고, 그 실핀을 귀밑머리에 꽂아 흔들리는 머리타래를 고정시켰습니다. 빗장뼈 위로 솟아오른 당신의 목은 흰 절벽과도 같았습니다. 당신은 계속 먹었습니다. 볶음밥을 한 숟갈 입에 넣고 나서 국물을 한 숟갈 떠넣기를 당신은 반복했습니다. 당신이 밥을 먹는 모습에서는 끼니때를 놓친 시장한 노동자의 식욕이 느껴졌습니다. 당신이 음식을 넘길 때마다 흔들리는 당신의 턱 밑의 흰 살들을 저는 칸막이 너머로 바라보았습니다. 그리고 또 제 손으로 제 턱 밑 살을 더듬어보았지요. 사무실 안에 인공 조미료의 느끼한 냄새가 가득 찼고, 당신이 젓가락질을 할 때마다 당신의 목걸이 구슬들은 마구 흔들렸습니다. 당신의 몸속으로 들어가서 당신의 체액과 비벼지면서 당신의 몸속을 흘러가는 볶음밥 낱알들의 행로를 저는 생각했습니다. 아니지요. 그 고대국가의 지층 밑을 저는 엿볼 수 없었습니다. 내 두 눈을 찌를 듯이, 그렇게 확실하게 살아서 머리타래를 흔들며 밥을 먹고 있는 당신의 모습은 매몰된 지층 밑의 유적이

나 풍문처럼 아득하고 모호했습니다. 그 확실함과 모호함 사이에서 저는 아둔하게도 저 자신의 빗장뼈와 목 밑 살을 더듬고 있었지요. 그리고 그 확실함과 모호함 사이에서 당신은 계절마다 옷을 바꾸어 입었고 야근하는 저녁마다 볶음밥을 시켜다 먹었고, 입사한 지 여섯 달 만에 청첩장을 돌리며 결혼했고, 동료직원들이 당신의 부푼 배를 위태로워할 때까지 만삭의 배를 어깨끈 달린 치마로 가리며 출근했고, 당신을 꼭 닮았다는 딸을 낳았고, 산후휴가가 끝난 뒤 다시 당신의 자리로 돌아왔습니다. 어쩌다가 회사 복도나 엘리베이터에서 당신과 마주칠 때, 당신의 몸에서는 젊은 어머니의 젖냄새가 풍겼습니다. 엷고도 비린 냄새였습니다. 가까운 냄새인지 먼 냄새인지 분간이 되지 않는 냄새였지요. 확실하고도 모호한 냄새였습니다. 당신의 몸냄새는 저의 몸속으로 흘러들어왔고, 저는 어쩔 수 없이 당신의 몸을 생각했습니다. 당신이 볶음밥을 먹으며 야근하는 저녁에 저는 저의 자리에 앉아서, 당신의 모든 의식과 기억을 풀어헤쳐서 다만 숨쉬게 하는 당신의 잠든 몸을 생각했습니다. 당신이 잠들 때, 당신의 날숨이 당신의 가슴에서 잠든 아기의 들숨 속으로 흘러들어갈 것이고, 아침이 오도록 당신의 방에서 익어가는 당신의 몸냄새를 생각했습니다. 여자인 당신의 모든 생물학적 조건들 속에 깃드는 잠과 당신이 잠드는 동안 당신의 몸속에서 작동하고 있을 허파와 심장과 장기들을 생각했습니다. 그리고 당신의 몸속 실핏줄 속을 흐르는 피의 온도와 당신의 체액에 젖는 살들의 질감을 생각했습니다. 내 마음속에서, 당신의 살들은 손으로 만질 수 없는 풍문과도 같았습니다. 그 분기 말의 저녁에도 오줌이 빠지지 않는 저의 몸은 무거웠고, 몸 전체가 설명되지 않는 결핍이었습니다. 몇 년 전에 신입사원인 당신이 상무인 내 자리로 찾아와 웃으면서 청첩장을 내밀고 결혼휴가를 청할 때도 저의 몸은 그렇게 무거웠고, 결핍의 덩어리였습니다. 그때 저는 방광의 무게가 힘들어서 자리에서 일어서지 못하고, 아마도, 축하한다, 신랑은 뭐 하는 사람인가, 사장 명의로 식장에 화환을 보내줄게, 결혼 후에 아기 낳더라도 회사에 다닐 건가, 결혼식날 지방출장 갈 일이 있다, 식장에 못 가더라도 섭섭하게 생각하지 말라, 라는 말을 주절거렸던 것 같습니다. 저는 봉투에 수표 두 장을 넣고, 그 봉투 위에 '축 화혼'이라고 써서 당신에게 내밀었지요. 당신은 두 손으로 봉투를 받았습니다. 당신이 고개를 깊이 숙여 절할 때, 당신의 뺨 위로 흘러내리는 머리타래를 저는 외면했습니다. 당신은 뒤로 돌아서서 제자리로 돌아갔습니다. 그때 당신은 결혼을 앞둔 신부의 정장 차림이었습니다. 돌아선 당신의 몸은 블라우스와 스커트 속에서 완연했고 반팔 블라우스 소매 아래로 노출된 당신의 팔에는 푸른 정맥이 드러났습니다. 당신의 정맥은 먼 나라로 가는 도로처럼 보였습니다. 그 정맥 속으로 내가 확인할 수 없는 당신의 시간이 흐르고, 저와 사소한 관련도 없을 당신의 푸른 정맥이 저의 눈앞에 드러나서 이 세상의 공기에 스치게 되는 여름을 저는 힘들어했습니다. 저는 여름에도 당신이 긴팔 블라우스를 입기를 바랐고, 당신은 여름마다 짧은팔 블라우스를 입었습니다. 저희 두 사람이 여러 어른과 친지들을 모시고 백년해로의 가약을 맺으려 하오니 부디 축복하여주시기 바랍니다—당신이 놓고 간 청첩장에는 그렇게 적혀 있었습니다. 당신이 결혼하던 날 저는 전라북도 지역으로 출장을 떠났습니다. 미리 예정되었던 출장이었지요. 상무인 제가 부하직원의 결혼식에 가지 않아도 좋게 된 이 공식일정에 저는 안도했습니다. 그 무렵, 새로 출시된 피부 미백제가 대량 부작용을 일으켜 전라북도 지방의 소비자 단체들이 고발할 움직임을 보이고 있었습니다.

저의 출장 목적은 피해자들을 돈으로 진정시키고 소비자단체 대표들을 구슬러 고발을 막는 일, 그리고 아이섀도와 립글로스의 마진율 인상을 요구해온 지방 총판장들과 타협을 보는 일이었습니다. 당신의 결혼식이 시작되었을 시간쯤에 저는 군산, 익산 지역을 돌며 피해자들을 만나서 돈을 건네고

"민형사상의 문제를 제기하지 않겠다"는 각서를 받았습니다. 당신이 신혼여행지인 제주도에 도착했을 시간쯤에 저는 김제에서 소비문화보호협회 대표라는 중년여성들을 만나 "제품을 감시하는 여러분들의 노력이 기업을 긴장시켜주고 있다"고 치하하면서 돈봉투를 나누어주었습니다. 저녁에는 총판장들을 김제 시내의 한 룸살롱으로 불러모아서 술을 마셨습니다. 총판장들은 농산물 개방 이후 농촌 경기는 수렁으로 빠졌으며 주소비층인 젊은 여성들이 모두 사라져버려서 마진율을 인상하지 않으면 총판이고 대리점이고 영업권을 반납하겠다고 으름장을 놓으면서, 미수금 전액을 본사가 떠맡아줄 것을 요구했습니다. 저는 마진율과 미수금은 연동시킬 수 없는 전혀 별개의 회계이며, 만성적인 유동성 자금난으로 월급 때마다 단기융자를 끌어다 써야 하는 본사의 어려움을 설명했습니다. 제가 "잘 아시면서 왜들 이러십니까?"라고 말하면, 총판장들도 똑같은 말로 대답했습니다. 아무런 소득도 없이 술이 취했습니다. 여자들이 옷을 벗었고, 술 취한 총판장들이 여자들의 사타구니 밑으로 손을 넣었습니다. "너는 낯짝을 보니까 구멍 속이 인디언 레드겠구나. 너는 쇼킹 핑크겠고." 전주 총판장이 여자 사타구니를 더듬던 손을 코에 대고 냄새를 맡았습니다. "좀 씻고 다녀라, 이 더러운 년아." "사장님 그게 조개 냄새가 좀 나야 맛있는 거예요." "이게 지금 조개 냄새냐? 썩은 곤쟁이젓 냄새지."

회사 법인카드로 술값과 팁을 계산했습니다. 김제 들판이 끝나는 만경강 어귀의 포구마을에 전주 지사장이 저의 여관을 잡아놓았습니다. 저는 대리운전을 불러서 여관으로 갔습니다. 당신이 결혼하던 날, 저의 하루 일과는 그렇게 끝났지요. 여관 창문 밖으로 썰물의 개펄이 아득히 펼쳐져 있었고 흰 달빛이 개펄 위에서 질척거리면서 부서졌습니다. 바다는 개펄 밖으로 밀려나가 보이지 않았고, 거기에는 아무것도 없었습니다. 저 승에 뜬 달처럼 창백한 달빛이 가득한 그 공간 속으로 새 한 마리가 높은 소리로 울면서 저문 바다로 나아갔습니다. 저는 제가 어디에 와 있는지 알 수가 없었습니다. 그 여관방에서 당신의 몸을 생각하는 일은 불우했습니다. 당신의 몸속에서, 강이 흐르고 노을이 지고 바람이 불어서 안개가 걷히고 새벽이 밝아오고 새떼들이 내려앉는 환영이 밤새 내 마음속에 어른 거렸습니다. 당신의 이름은 추은주. 제가 당신의 이름으로 당신을 부를 때, 당신은 당신의 이름으로 불린 그 사람인가요. 당신에게 들리지 않는 당신의 이름이, 추은주, 당신의 이름인 지요.

4

　저녁 일곱시가 지나자 문상객들이 몰려왔다. 사장이 어른
키만한 조화를 보내왔다. 사장의 조화는 영정 가까이, 거래
처 대표들이 보낸 조화는 영정 좌우로 진열되었다. 동창회와
향우회, 전우회에서 만장을 보내와 빈소 입구에 세웠다. 회
사 경리직원이 나와서 부의금 접수업무를 맡았다. 절을 마친
문상객들은 식당으로 가서 그룹별로 모여 앉아 육개장으로
저녁을 먹었다. 저녁 아홉시가 좀 지나서 추은주가 빈소에
나타났다. 추은주가 결혼하던 날 내가 지방출장을 갔듯이,
아내의 장례기간중에 추은주가 어디론가 출장을 가거나 휴
가를 가서 빈소에 나타나지 말기를 나는 바랐다. 추은주는
함께 온 여직원들과 나란히 서서 아내의 영정을 향해 두 번
절했다. 나는 두 손을 앞으로 모으고 바닥에 엎드린 추은주
의 몸을 내려다보았다. 추은주는 블루진 바지에, 양말을 신
지 않은 맨발이었다. 추은주의 머리가 바닥에 닿을 때 머리
타래가 흘러내렸고 맨발의 뒤꿈치가 도드라졌다. 뒤꿈치의
각질과 엄지발가락 밑의 둥근 살도 보였다. 엎드린 추은주의
등과 엉덩이는 완연한 몸이었다. 세상 속으로 밀치고 나오는
듯한 몸이었다. 그리고 그 몸은 스스로 자족(自足)해 보였다.

추은주가 결혼하던 날, 만경강 개펄가의 여관방에서 보낸 밤이 생각났다. 나는 고개를 흔들어서 생각을 떨쳐냈다. 생각은 떨어져나가지 않았다. 영정 속에서 아내는 엷게 웃고 있었다. 미소 띤 사진은 영정으로 쓰지 말라고 미리 유언이라도 남기고 싶었다. 나는 추은주와 맞절했다. 절을 마친 추은주는 내 앞으로 다가왔다.

"상심이 크시겠습니다. 너무 일찍 가시는군요. 저희 어머님하고 동갑이신데……"라고 추은주는 말했다.

"뭐, 병원에서 해볼 만큼 다 해봤으니까……"

나는 겨우 그렇게 대답했다. 추은주는 여직원들과 함께 식당으로 물러갔다. 저녁 열시가 넘어서 광고기획1과장 박진수와 광고기획2과장 정철수가 빈소에 나타났다. 그들은 화장품 광고업계의 신예들로 사장이 고액연봉으로 스카우트한 사람들이었다. 박진수는 기초화장품 담당이었고 정철수는 색조화장품 담당이었다. 두 과장들은 까만 양복에 까만 넥타이를 매고 까만 양말을 신고 있었다. 병원 영안실에서 빌려입은 상복이었다. 과장들이 절할 때, 망사처럼 얇은 양말 밑으로 발바닥이 비쳐 보였다. 절을 마친 과장들은 내 팔을 끌어서 빈소 옆 부속실로 데리고 들어갔다.

"황망중에 예의가 아닙니다만, 여름 광고 이미지 문안을 시급히 결정해주셔야겠습니다. 경쟁사들이 먼저 치고 나올 기세입니다."

2과장 정철수가 말했다.

"딴 중역들은 별 의견 없으실 겁니다. 상무님하고 저희들이 결정해서 밀어붙이면 될 겁니다."

1과장 박진수가 말했다. 과장들은 스스로 회사의 실력자임을 의식하고 있었다.

"알고 있네. 아침에 사장께서도 전화로 지시하시더군."

2과장 정철수는 까만 양복 윗도리를 벗고 넥타이를 느슨하게 풀었다. 넥타이를 풀 때 그는 고개를 좌우로 힘있게 흔들었다.

"그런데 말입니다, '여자의 내면여행'은 너무 관념적이고 스모키하지 않겠습니까? 오히려 가을 시즌에 맞는 이미지가 아닐까 싶은데. '내면여행'을 채택한다면 영상제작도 쉽지 않을 겁니다. 이미지를 돌출시켜내기가 어려울 것 같습니다."

"연상연출로 이 관념성을 넘어가야 합니다. 사인화(私人化)된 정서가 도시여성에게 어필합니다. 도시로부터 이탈하려는 게 여자들의 여름 정서의 핵심이라고 봅니다."

"그게 문제지요. 밖으로 뛰쳐나가지 못해 안달인 판에 '내면'이란 고루하고 폐쇄적인 느낌이 듭니다. 화장품은 내면사업이 아니라 외면사업입니다. 전 '여름에 여자는 가벼워진다' 쪽으로 가야 한다고 봅니다. 올 여름은 유례없이 질퍽거리고 끈끈할 것이라는 예보가 나와 있습니다. 한국 여자들의 심성에는 물기가 너무 많지요. 물주머니들이 돌아다니는 거예요. 여자들은 자신들의 이 대책 없는 물기를 증오하는 겁니다. 그러니, 이걸 거꾸로 타넘어가려면 역시 '가벼움'의 이미지를 밀고 나가는 게 좋을 겁니다."

"여름엔, 여성 존재의 전환감을 강조해야 합니다. 존재의 전환, 낯섦과 설렘, 이런 쪽으로 가야지요. 그러니 '내면여행'을 영상으로 잘 다듬어내는 것도 좋을 겁니다."

"'내면여행'은 품격 있는 이미지가 될 수야 있겠지만 도발성이 모자라요. 기초에는 어떨지 몰라도 색조에까지 적용하기엔 좀 엉성할 겁니다. 꽉 조여드는 힘이 없잖아요. 나는 '가벼워진다' 쪽이 오히려 존재의 전환감과 합치된다고 봅니다. 여기에 촉촉함과 메마름의 이미지를 함께 연출해낼 수 있다면 먹혀들 겁니다. 여름은 무겁고 질퍽거리니까요."

"'가벼워진다'에는 이탈적 정서가 확실히 들어 있기는 하지만, 이 가벼움이 그야말로 너무 가벼워서 중량감이 전혀 없는 게 문제지요. 거기에 비하면 '내면여행'의 중량감은 안정돼 있다고 봐야지요."

'내면여행'과 '가벼움' 사이에서 박진수와 정철수는 오랫동안 갈팡질팡했다. 젊은 과장 둘은 그 두 개의 리딩 이미지 중에서 어느 한편을 택할 경우에, 거기에 맞는 여자 모델들의 이름을 열거하면서, 머리카락의 질감, 눈동자의 깊이, 눈두덩의 높이, 눈썹의 긴장감, 아랫입술의 늘어짐, 아랫입술과 윗입술이 만나는 두 점의 극한감, 어깨의 각도가 주는 온순성과 애완성을 분석해나갔다. 두 과장들은 리딩 이미지가 아직 결정되기도 전에 이미 광고 영상제작에 따른 대비를 하고 있었다. 여성의 신체부위의 질감을 분석하고 거기에 이미지를 입히려는 그들의 의견은 때때로 충돌하기도 했으나 '광고는 스모키 해서는 안 된다'는 점에는 일치했다. 두 과장들은 또 이미지에 따른 로케이션과 영상 구성의 내용, 손톱, 입술, 눈동자, 허벅지, 장딴지, 눈썹 같은 부분모델을 기용하는 문제와 그 모델들의 신체 특징을 열거해나갔다. 박진수가 들고 온 가방 속에는 모델들의 신체부위를 찍은 천연색 사진이 수십 장 들어 있었다. 정철수는 지난 일 년 동안 TV드라마, 영화, 가요, 패션, 무용에 나타난 여성성의 이미지들을 수집하고 분석한 자료를 꺼내 보였다. 그의 자료는 A4 용지에 깨끗하게 정리되어 바인더에 묶여 있었다.

"모레까지는 결정을 봐야 합니다. 이미지의 내용이 스모키

하더라도 표현은 명료해야 할 텐데요."

정철수가 말했다. 그의 어투는 늘 단정했고 단호했다. 모레라면 발인해서 화장하는 날이었다.

"자네들의 판단을 믿고 있네. 그게 늘 워낙 아리송해서 말이야. 다른 임원들 얘기도 좀 들어보고……"

과장들의 말은 돌격을 지휘하는 장교의 언어처럼 전투적이었으나, 그들의 말은 그야말로 스모키하게 들렸다. 헛것들이 사나운 기세로 세상을 휘저으며 어디론지 몰려가고 있는 느낌이었다. 나는 그 스모키한 헛것들의 대열 맨 앞에 있었다. 과장들은 자정 무렵에 자리에서 일어났다. 그들은 영안실 접수창구 옆 의상보관소에서 상복을 반납하고 제 옷으로 갈아입고 돌아갔다. 자정이 넘자 문상객들은 오지 않았다. 부의금을 접수하던 경리과 직원도 명부를 걷어서 돌아갔다. 밤샘을 할 작정인 직원 몇 명과 대학동창생들이 식당에서 고스톱을 쳤다. 추은주도 돌아가고 없었다. 빈소는 또 비었고, 영정 속에서 아내는 엷게 웃고 있었다.

수술 전날, 간호사가 아내의 머리카락을 잘랐다. 간호사는 머리카락을 한 움큼씩 손으로 쥐고 밑동에 가위질을 했다. 머리통을 간호사에게 내맡기고 아내는 울었다. 머리카락이 잘려나간 아내의 얼굴은 낯설어 보였다. 간호사가 잘려진 머리카락을 흰 보자기에 싸서 들고 나갔다. 그날, 주치의는 나에게 아내의 뇌를 찍은 MRI 사진을 보여주었다. 그는 슬라이드 여러 장을 벽에 걸어놓고 설명했다.

"좋지 않습니다. 이 오른쪽에 골프공처럼 자리잡은 환한 부분이 종양의 핵입니다. 벌써 크게 자리잡았지요. 종양 속에서 이미 출혈이 시작되었습니다. 이 종양이 뇌를 압박해서 두통을 일으키고, 온갖 신경계통을 교란시키게 됩니다. 아직 사진에 나타나지 않았지만, 세포 속에서 진행되고 있는 종양도 있을 수 있습니다."

슬라이드 속에서, 두개골 안쪽으로 들어찬 뇌수는 부유하는 유동체처럼 보였다. 뇌수는 아직 형태를 갖추지 못하고 흐느적거리는 원형질이었다. 인간의 지각과 기능을 통제하는 사령부가 아니라, 멀어서 아물거리는 기억이나 풍문처럼 정처 없어 보였다. 저것이 아내였던가. 저것이 아내로구나. 저것이 두통 발작 때마다 손톱으로 벽을 긁던 아내의 고통의 중추로구나. 슬라이드 속에서 종양이 번진 부위는 등불처럼 환했다. 환한 덩어리 주변으로 반딧불이 같은 빛들이 점점이 흩어져 있었다. 뇌수는 아무런 형태감도 없었다. 그것은 그저 안개나 바람 같은, 스쳐 지나가는 기류처럼 보였다. 살아 있다는 사태의 온갖 느낌을 감지하고 갈무리하는 신체기관이라고 하기에는 그곳은 꺼질 듯이 위태로웠고, 그 안에서 시간이나 말이 발생하지 않은 어둠에 잠겨 있었는데, 점점이 흩어져서 반짝이는 종양의 불빛들은 저녁 무렵인 듯싶었다. 수면제의 힘으로 아내가 깊이 잠들어 마음이 소멸하는 밤에도 그 종양의 불빛들은 잠든 아내의 뇌수 속에서 명멸한 것이었다. 그때 의사는 또 말했다.

"어려운 수술이지요. 종양 뒤쪽으로 시신경이 지나고 있습니다. 종양이 시신경을 압박하면 반맹이나 실명이나 착시가 될 수 있습니다. 수술은 다섯 시간쯤 걸릴 겁니다. 두개골을 열고 현미경으로 들여다보면서 0.1밀리미터씩 작업을 하게 됩니다. 가족들도 마음을 단단히 먹어야 합니다."

나는 아내의 뇌수 사진을 들여다보면서 혼잣말을 하듯이 의사에게 물었다.

"수술 후에 재발하지는 않을까요?"

"그렇지 않기를 바랍니다. 종양을 제거하면 우선 두통과 구역질은 없어질 겁니다. 뇌종양이라 해도, 병은 환자마다 제각끔입니다. 병은 개인에게 개별적이고도 고유한 징후이지요. 의사가 종양을 들어낼 수는 있어도, 종양을 빚어내고 키우는 환자의 생명에 개입할 수는 없습니다."

의사는 불필요하게 친절했다. 그의 친절한 설명은 종양의 나라를 규율하는 헌법처럼 들렸다.

아내의 두통은 발작이 시작되면 곧 극점으로 치달았다가 서서히 가라앉았다. 두통이 극점에 달했을 때 아내는 헛소리를 하면서 위액을 토했고, 두통이 가라앉을 때 아내는 식은땀을 흘리며 기진맥진하였다. 간병인이 뒤채는 아내의 팔다리를 벨트로 묶었다.

"여보…… 개밥…… 개밥……"

두통에서 겨우 벗어나기 시작했을 때 아내는 묶인 몸으로 가슴을 벌떡거리며 개밥을 걱정했다. 집에 파출부가 오지 않는 날 개는 하루종일 빈집에 묶여서 굶었다. 누런 털의 순종 진돗개였는데, 콩알처럼 생긴 마른 사료는 거들떠보지도 않았고 국에 말아주는 밥만 먹었다. 딸이 취직해서 출근을 시작하자 집 안이 썰렁하다고 아내가 얻어온 개였다. 아내가 입원한 뒤, 개는 하루 종일 혼자 묶여 있었다. 비 오는 날, 개는 개집 속에 엎드려 앞발을 내밀고 앞발에 떨어지는 빗방울을 혀로 핥았다. 개는 몇 시간이고 그러고 있었다.

"여보…… 개밥 줘야지, ……개밥."

간병인이 아내의 아랫도리를 벗기고, 두통 발작 때 흘린 사타구니 사이의 똥물을 닦아낼 때도 아내는 개밥을 못 잊어했다. 개의 이름은 보리였다. 내세에 사람으로 태어나라고, 아내가 지어준 이름이었다. 나는 개밥을 걱정하는 아내의 머리를 두 손으로 감싸주었다. 면도로 민 아내의 머리는 형광등 불빛에 파르스름했다. 종양을 키우고 있는, 작고 따스한 머리였다. 혈관을 흐르는 피의 맥박이 내 손에 느껴졌다. 그 핏줄의 아래쪽 뇌수 속에서 종양의 저녁 불빛들은 깜박이고 있을 것이었다.

"아침은 내가 줬어. 저녁은 미영이가 가서 줄 거야."

내 말이 들리지 않는지, 아내는 개밥…… 개밥을 신음처럼 중얼거리다가 까무룩이 늘어져 실신하듯 잠들었다.

첫번째 수술은 성공적이었다고 의사는 말했다. 두통과 구역질이 멎었다. 아내는 퇴원해서 집으로 돌아왔고, 개는 끼니때마다 국에 만 밥을 먹었다.

아내의 종양은 여섯 달 뒤에 재발했다. 두번째 수술을 하기 전날에도 의사는 나를 불러서 MRI 사진을 보여주었다. 먼젓번의 종양의 핵심부는 보이지 않았지만, 그 주변에 점점이 흩어져 있던 반딧불이 같던 불빛 두 개가 영역을 넓혀가며 자리잡고 있었다. 의사는 재수술을 결정했다.

"먼젓번 종양은 없어졌습니다. 이건 재발이 아닙니다. 새로 태어난 종양입니다"라고 의사는 말했다.

두번째 수술이 끝나고 아내가 회복실에서 병실로 실려왔을 때, 나는 아내가 이제 그만 죽기를 바랐다. 그것만이 나의 사랑이며 성실성일 것이었다. 아내는 삭정이처럼 드러난 뼈대로다만 숨을 쉬고 있었다. 종양이 뇌 속의 후각중추를 잠식하면 냄새를 맡는 신경이 교란되고 이 증세가 미각에까지 영향을 미치는데, 신경조직 속에서 후각과 미각은 긴밀히 연결되어 있다고 의사는 설명했다. 두번째 수술 후, 아내는 거의 아무것도 먹지 못했고, 체중은 삼십 킬로그램으로 떨어졌다. 새벽에 목이 마르다고 해서 아이스크림을 떠먹여주면 아내는 뱉어버렸다.

"아이스크림에서 구린내가 나요"라고 아내는 울먹였다. 나는 냉수를 떠먹여주었다. 병실 유리창 밖으로 여름의 새벽이 밝아오고 있었다. 빌딩 사이로 새벽은 멀리 울트라 마린블루의 하늘을 펼쳐놓고 있었다. 음식에서 구린내가 나서 입에 댈 수 없다며 아내는 도리질을 쳤다. 간병인이 피자에 얹힌 치즈와 베이컨을 걷어내고 가장자리의 밀가루 빵만 떼어먹여도 아내는 혀를 내밀어 뱉어냈다. 아내가 가장 견딜 수 없어했던 냄새는 김이 나는 더운 쌀밥의 냄새였다. 냄새는 혐오할수록 더욱 날카롭게 느껴지는 모양이었다. 아내는 옆 침대 환자가 김 나는 밥을 먹을 때도 고개를 돌리고 구토를 일으켰다.

"더운밥이 구린내가 더 심해요. 냄새가 김으로 퍼지거든요"

라며 아내는 간병인을 들볶았다. 아내가 야채즙이나 크림수프를 먹을 때도 간병인은 코를 막아주었고, 아내가 삼키고 나면 입 안을 물로 헹구어냈다.

아이스크림이나 더운밥 안에 애초부터 구린내가 깊이 숨어 있었던 것인지를 나는 의사에게도 아내에게도 물어볼 수 없었다. 알 수는 없지만, 인간의 후각중추가 교란되었다고 해서 음식 자체의 냄새가 바뀌지는 않을 것이다. 알 수는 없지만, 아내의 후각중추가 온전했을 때, 아내가 맡던 냄새가 음식의 본래 냄새였다고 말할 수도 없을 것이었다. 알 수는 없지만, 아내가 치를 떨던 그 구린내는 본래 음식 깊은 곳에 종양처럼 숨어 있던 냄새가 아니었을까. 그래서 뇌가 온전할 때 맡을 수 없었던 그 냄새가 종양이 번지자 비로소 아내에게 감지되는 것은 아닌지, 그래서 누리고 비리고 향긋하고 상큼하던 냄새들이 아내에게는 모두 구린내로 느껴지는 것은 아닌지를 나는 생각했지만, 아무런 생각도 더듬어낼 수 없었다. 먹는 것이 급격히 줄어들자 아내의 똥은 새까맣고 딱딱하게 굳어졌다. 바싹 졸여진 환약처럼 물기가 없었고 찌를 듯한 악취를 풍겼다. 아내의 똥은 창자와 음식물 사이의 사투의 고통이 응축된 사리처럼 보였다. 간병인은 아내의 기저귀를 갈아채울 때마다 향을 피우고 마스크를 썼다. 사지가 늘어진 아내는 기저귀를 갈아채울 때면 수치심으로 두 다리를 버둥거리며 간병인을 밀쳐내려 했지만, 이내 기진맥진했다. 아내는 제 똥이 발산하는 그 지독한 악취에는 아무런 반응도 보이지 않았다. 아내는 완전히 뒤바뀐 냄새의 세계에서 마지막 날들을 숨쉬고 있었다.

새벽에 빈소에서 라면을 먹었다. 딸과 약혼자는 자정께 돌려보냈다. 빈소에는 나 혼자뿐이었다. 영정 속의 아내는 여전히 웃고 있었다. 머리카락에 윤기가 돌았다. 라면은 짜고 누리고 느끼했다. 조미료 냄새가 빈소에 퍼졌다. 그 냄새 속에서 아내의 사진은 웃고 있었다. 장례일정의 첫째날은 그렇게 끝났다.

5

당신의 이름은 추은주. 제가 당신의 이름으로 당신을 부를 때, 당신은 당신의 이름으로 불린 그 사람인지요. 당신에게 들리지 않는 당신의 이름이, 추은주, 당신의 이름인지요.

아내의 빈소를 혼자서 지키던 새벽에 당신의 이름을 생각하는 일은 참혹했습니다. 당신의 딸이 두 살인가 세 살쯤 되던 여름에, 직원 몇 명이 회사에 나와서 특근을 하던 어느 일요일이 떠올랐습니다. 그날, 당신은 당신의 어린 딸을 데리고 출근했지요. 당신은 컴퓨터 자판을 두드리며 아마도 소비동향분석보고서를 작성하고 있었고, 그 옆자리에서 당신의 딸은 봉제곰을 안고 있었습니다. 그리고 당신의 책상에는 아이에게 먹일 우유와 딸기 몇 알이 놓여 있었습니다. 출근한 직원 몇 명이 아이 옆에 모여서 머리를 쓰다듬었지요.

그 여름에, 마린블루 계통의 아이섀도와 마스카라는 대박이 터졌습니다. 대리점들은 마진율을 낮춰가며 물건을 요구했고, 광고와 시장관리 업무로 회사는 여름휴가를 연기해가며 분주히 돌아갔습니다. 그 여름에 제작한 광고 포스터 속에서, 정오의 햇살이 직각으로 내리쬐는 지중해는 생선의 푸른 등처럼 무한감으로 빛났고 수평선 쪽 물이랑 너머로부터 바다는 다시 새로운 색조로 피어나고 있었습니다. 그 무한감의 바다 위로 여자의 눈동자가 클로즈업되고 바람에 주름지는 물결이 여자의 눈동자 속에서 출렁거렸습니다. 광고담당 부장들의 분석에 따르면, 그해 여름 장마는 유난히 길고 끈끈하고 질퍽거렸으며, 공기 속에 곤쟁이젓국 냄새가 자욱했는데, 마린블루 계통의 광고는 바스락거리는 환절기를 그리워하는 여름 여자들의 감성을 강타했다는 것이었습니다. 그 포스터는 전국 백화점과 헬스클럽과 찜질방과 지방대리점에 나붙었고 아홉시 뉴스 직전의 TV광고에도 나갔습니다. 저는 판촉비를 풀어서 소비자 단체간부들, 광고매체간부들, 미용담당기자들과 매일 저녁 술을 마셨습니다. 또 새로 생긴 주간지나 월간여성지의 광고담당자, 새로 차린 광고대행업자들과 쌍꺼풀, 입술, 손톱, 허벅지의 부분모델을 지망하는 여자들의 매니저들은 나를 불러내서 그들의 판촉비로 나에게 술을 먹였습니다. 질퍽거리는, 마린블루의 여름이었지요.

특근하던 그 일요일 아침에, 저는 당신의 옆 통로를 지나면서 당신의 아기를 보았습니다. 저는 놀라서 주저앉을 뻔했지요. 아직 이목구비의 윤곽이 뚜렷이 자리잡지 못한 그 아기의 얼굴에 당신의 표정이 살아 있었습니다. 눈매인지, 입술 언저리인지, 두 뺨인지 어딘지는 알 수 없었지만, 그 아기는 당신의 생명의 질감과 냄새를 그대로 빼닮아 있었습니다. 그 아기는 땅을 겨우 디디는, 뒤뚱거리는 걸음으로 사무실 안을 돌아다녔습니다. 그 아기의 걸음을 바라보면서, 저는 당신과 닮은 아기를 잉태하는 당신의 자궁과 그 아기를 세상으로 밀어내는 당신의 산도(産道)를 생각했습니다. 그리고 거기는 너무 멀어서, 저의 생각이 미치지 못했습니다. 등 푸른 생선의 빛으로 빛나면서 또다른 색조를 몰고 오는 광고 속의 지중해보다도,

아내의 뇌수 속에서 빛나는 종양의 불빛보다도, 그곳은 더 멀어 보였습니다.

그날 점심때, 저는 특근하는 직원들을 모두 데리고 회사 근처 설렁탕집에 갔습니다. 당신도 아기를 데리고 왔지요. 직원들이 긴 밥상에 둘러앉고, 당신은 저의 왼쪽 세번째 자리에 앉았습니다. 설렁탕과 수육이 나왔고, 남자 직원들이 "날씨 더럽게 좋구만"이라고 투덜거리면서 소주를 마셨습니다. 당신은 빈 그릇에 당신의 국밥을 덜어서 아기 앞에 놓았습니다. 숟가락질이 서툰 아기는 밥알을 많이 흘렸습니다. 당신은 손수건을 아기의 턱 밑에 걸어주었습니다. 당신이 숟가락으로 뜨거운 국밥을 떠서 입으로 후후 불어서 식혔고, 당신이 반쯤 먹고 숟가락 위에 남은 밥을 아기에게 먹였습니다. 아기가 입을 크게 벌렸지요. 아기의 입 속은 분홍색이었고 젖어 있었습니다. 당신의 아랫입술처럼 아기의 아랫입술이 아래로 조금 늘어져서 입술의 속살이 보였습니다. 작은 혀도 보였지요. 아기의 입 속은 피부로 둘러싸이지 않은 맨살처럼 부드럽고 연약해 보였습니다. 코를 들이대면 거기서 당신의 몸냄새가 날 것 같았습니다. 숟가락이 커서 아기는 자꾸만 밥알을 흘렸습니다. 당신은 아기의 뺨에 붙은 밥알을 떼어서 당신의 입으로 가져갔고 아기의 턱밑으로 흐르는 국물을 손수건으로 닦아주었습니다. 종업원이 작은 찻숟가락을 가져다주었습니다. 당신은 찻숟가락으로 아기에게 밥을 먹였습니다. 당신은 물에 행군 무김치를 당신의 이로 잘라서 숟가락 위에 얹어서 아기에게 먹였습니다. 자반고등어도 그렇게 먹였지요. 때때로 당신 가까이서 당신의 생명을 바라보는 일은 무참했습니다. 당신의 아기의 분홍빛 입 속은 깊고 어둡고 젖어 있었는데, 당신의 산도는 당신의 아기의 입 속 같은 것인지요. 그 젖은 분홍빛 어둠 속으로 넘겨지는 밥알과 고등어 토막과 무김치 쪽의 여정을 떠올리면서, 저의 마음은 캄캄히 어두워졌습니다. 어째서, 닿을 수 없는 것들이 그토록 확실히 존재하는 것인지요. 먹기를 마친 당신의 아기가 밥상 주변을 걸어다녔습니다. 아기는 넘어질 듯이 아장거렸습니다. 아기가 저에게 와서 저의 어깨를 짚었습니다. 아기를 안아주고 싶은 충동에도 불구하고 저는 몸을 움츠렸지요.

그날 저녁 때, 저는 퇴근길에 바로 아내의 병실로 갔습니다. 간병인이 오지 않는 날이어서, 저는 병실에서 딸과 교대했습니다. 아내는 두번째 수술을 받고 나서 시각중추까지 마비되어 있었습니다. 그날 밤 병실에 딸린 욕실에서 아내를 목욕시켰습니다. 침대에 누인 채로 아내의 옷을 모두 벗겼습니다. 저도 옷을 모두 벗었지요. 아내의 몸은 검불처럼 가벼웠고, 마른

뼈 위로 가죽이 늘어져서 겉돌았습니다. 저는 벌거벗은 아내를 안고 욕실 안으로 들어갔습니다. 아내의 상반신을 저의 어깨에 걸치고, 저는 등을 구부려서 아내의 허벅지와 다리를 씻겼습니다. 습기가 빠진 피부가 버스럭거렸습니다. 유아용 아이보리 비누를 풀어서 아내의 늘어진 피부를 손빨래하듯 씻어냈습니다. "여보…… 미안해요"라면서 아내는 울었습니다. 요강처럼 가운데가 뚫린 의자 위에 아내를 앉혔습니다. 의자 위에서 아내는 사지를 늘어뜨렸습니다. 아내의 두 다리는 해부학 교실에 걸린 뼈처럼, 그야말로 뼈뿐이었습니다. 늘어진 피부에 검버섯이 피어 있었습니다. 죽음은 가까이 있었지만, 얼마나 가까워야 가까운 것인지는 알 수 없었습니다. 저는 의자 밑으로 손을 넣어서 아내의 허벅지와 성기 안쪽과 항문을 비누칠한 수건으로 밀었고 샤워기 꼭지를 의자 밑으로 넣어서 비누를 닦아냈습니다. 닦기를 마치고 나자 아내가 똥물을 흘렸습니다. 양은 많지 않았지만, 악취가 찌를 듯이 달려들었습니다. "여보…… 미안해……" 아내는 또 울었습니다. 시신경이 교란된 아내는 옆을 볼 수가 없었습니다. 아내의 시각은 앞쪽으로만 고정되어 있었습니다. 울면서, 아내는 자꾸만 고개를 돌리면서 두리번거렸습니다. 아마도 수치심 때문이었을 것입니다. 저는 샤워 물줄기로 바닥에 떨어진 똥물을 흘려보내고 다시 아내를 의자에 앉혔습니다. 아내의 항문과 똥물이 흘러내린 허벅지 안쪽을 다시 씻겼습니다. 환풍기를 켜서 욕실 안의 냄새를 뽑아냈습니다. 마른 수건으로 몸을 닦아 침대에 뉘었습니다. 아내는 자꾸만 울었습니다. 아내의 울음소리는 가늘고 희미했습니다.

"여보 울지 마…… 내가 있잖아"라고 나는 말해주었습니다. 나는 선풍기를 틀어서 그루터기만 남은 아내의 머리카락을 말려주었습니다. 자정께 아내는 다시 두통 발작을 일으켰고, 진통제와 수면제 주사를 맞고 잠들었습니다. 아내가 깊이 잠들어서, 아내의 의식이나 수치심이 더이상 작동되지 않는 시간에 저는 안도했습니다. 아내가 잠든 뒤 저는 다시 욕실로 들어가서, 저의 손에 밴 악취를 비누로 닦아냈습니다. 악취는 잘 빠지지 않았습니다. 저는 복도로 나와서 담배를 피웠지요. 새벽 두시였습니다. 누군가가 또 숨을 거두려는지, 당직 수련의와 간호사들이 복도 저쪽 끝으로 급히 달려갔습니다. 그 새벽 두시의 병원 복도에서 당신의 아기의 입 속을 생각했습니다. 당신께 달려가서, 사랑한다고 말하고 싶었습니다. 사랑한다고, 시급히 자백하지 않으면 아내와 저와 그리고 이 병원과 울트라 마린블루의 화장품과 이미지들이 모두 일시에 증발해버리고 말 것 같은 조바심으로 저는 발을 구르고 싶었습니다.

그리고 당신께서 저의 조바심을 아신다면, 여자인 당신의 가슴은 저를 안아주실 것만 같았습니다. 당신의 이름은 추은주. 제가 당신의 이름으로 당신을 부를 때, 당신은 당신의 이름으로 불린 그 사람인지요. 당신에게 들리지 않는 당신의 이름이, 추은주, 당신의 이름인지요.

6

유리창 너머에서 마스크를 쓴 화장장 직원이 유족들을 향해 거수경례를 보냈다. 직원은 버튼을 눌러 소각로 입구를 열었다. 소각로 바닥에 열판 코일이 깔려 있었다. 소각로는 엘리베이터 식이었다. 직원은 아내의 관을 소각로 안으로 밀어넣고 입구를 닫았다. 딸이 약혼자의 등에 기대어 울었다. '소각중…… 완료 예정시간 오후 2시'라는 빨간 글자가 소각로 문짝 위에 켜졌다. 염을 할 때, 아내의 몸은 한 움큼이었다. 염습사는 기를 쓰듯이 염포를 끌어당겨 아내의 시신을 꽁꽁 묶었다. 염이 끝난 아내의 몸은 긴 나무토막처럼 보였다. 그 나무토막의 아래쪽에 꽃신이 걸려 있었다.

소각이 끝나려면 두 시간 이상을 기다려야 했다. 나는 우는 딸을 데리고 대기실로 나왔다. 대기실에는 유족들 수백 명이 소각완료시간을 기다리고 있었다. 대기실 왼쪽 구석에 안내판이 설치되어 있었다. 121번 소각완료…… 유족들은 관망실로 오셔서 유골을 수령하시기 바랍니다. 122번 소각완료 예정시간 오후 1시 30분, 123번 소각완료 예정시간 오후 1시 40분…… 본 화장장은 첨단 완전 소각시설을 갖추어 연기가 나지 않고 공해물질이 발생하지 않습니다. 국토이용 효율화를 위해 화장에 적극 협조하여주시기 바랍니다. 유족들은 대기실 벤치에 앉아서 왼쪽 구석의 안내판을 바라보고 있었다. 대기실 오른쪽 구석에는 대형 TV가 설치되어 있었다. 미군은 유프라테스강을 건너 바그다드로 향하고 있었다. TV 화면에서 불기둥을 거느린 미사일들이 어두운 밤하늘로 솟아올랐고, 폭격당하는 시가지들은 화염으로 작열했다. 이라크 군인들이 미군포로 다섯 명을 붙잡아서 카메라 앞으로 끌고 나왔다. 이라크 군인이 미군포로를 심문했다. "너는 이라크 군인을 몇 명이나 죽였니?" 미군포로는 대답하지 못했다. 항공모함은 십 초에 한 번 꼴로 미사일을 쏟아냈다. 이라크 피난민들이 노새에 짐을 싣고 국경 밖으로 빠져나갔다. 유족들은 왼쪽의 안내판과 오른쪽의 TV 화면을 번갈아 들여다보면서 차례를 기다렸다. '소각완료' 글자가 켜질 때마다 유족들 몇 명이 자리에서 일어나

대기실 밖으로 나갔다. 여기저기서 유족들은 울었다. 소복 차림의 젊은 여자들이 가슴을 쥐어뜯으며 울었고, 울다가 실신한 노인을 밖으로 옮겨갔다. TV 화면에서 전쟁특보는 계속되었다. 바그다드 진공작전이 지연되자 뉴욕 증시에서 주가가 폭락했고, 코스닥 지수도 바닥으로 내려앉았다. 바퀴벌레들이 대기실 바닥을 기어다녔다. 바퀴벌레는 TV 화면에까지 기어올라갔다. 파리채를 든 화장장 직원이 바퀴벌레를 때려서 잡았다. 바퀴벌레가 터지면서 생긴 얼룩을 직원은 대걸레로 밀었다. 대기하는 두 시간은 그렇게 지나갔다. 오후 두시에 아내의 소각은 완료되었다. 염을 한 직후에 아내의 시신은 다시 병원 냉동실로 들어갔었다. 아침에 다시 시신을 꺼내 화장장으로 싣고 왔으니까, 아내의 몸은 아마, 언 상태에서 탔을 것이다. 얼음과 불 사이는 가깝게 느껴졌다. 나는 딸을 데리고 다시 관망실 유리창 앞으로 갔다. '소각완료'라는 글자가 소각로 문짝에 켜져 있었다. 유리창 너머에서 화장장 직원이 다시 거수경례를 해 보였다. 직원은 버튼을 눌러 소각로 입구를 열었다. 바람에 불려가다가 멎은 듯한 뼛조각 몇 점과 재들이 소각로 바닥에 흩어져 있었다. 뼛조각들은 신체의 어느 부위인지를 알아볼 수 없이 흩어져 있었다. 대퇴부인지 두개골인지 알 수 없이, 흩뿌려진 조각들이었다. 희고, 가벼워 보였다. 아내의 뇌수 속에서 반짝이던 종양의 불빛은 보이지 않았다. 유리창 너머로 소각로 속은 아직도 뜨거워 보였다. 빗자루를 든 직원이 소각로 안으로 들어갔다. 그는 땀방울이 유골에 떨어지지 않도록 이마에 수건을 동이고 있었다. 직원이 빗자루로 뼛가루를 쓸어서 쓰레받기에 담아서 유골함에 넣었다. 직원은 가루부터 먼저 담고 큰 뼛조각들은 유골함의 위쪽에 담았다. 유골함 뚜껑을 닫고 나서 직원은 다시 거수경례를 보냈다. 직원은 유골함을 흰 보자기에 쌌다. 유리창 아래쪽 작은 구멍을 열고 직원은 유골함을 내밀었다. 나는 유골함을 받았다. 딸이 울었다.

"상무님, 추은주가 오늘 사직서를 내고 회사를 떠났습니다."
납골당에 유골함을 맡기고 돌아오는 버스 안에서, 거기까지 따라온 인사담당이사는 그렇게 말했다.
"추은주라면, 그 기획과의 여직원 말인가? 얼굴이 갸름한……"
"그렇습니다. 남편이 외무공무원인데, 워싱턴으로 발령을 받아 간답니다."
"그렇게 됐군……"
"상무님이 상중이라서 말씀드리지 못하고 떠난다고 했습니다."

"그렇군. 그 친구 근무 평점은 어땠나?"

"뭐, 중하쯤 됐을 겁니다. 담당부장이 별 아쉬워하는 기색
도 없더군요."

"그럼 후임을 충원해야 하는가?"

"아닙니다. 담당부장이 충원 없이 일하기로 했답니다."

"그렇군, 사표 처리합시다."

인사담당이사는 추은주의 퇴사를 내심 반기는 기색이었다.
오 년 전 호황 때 인력수요 판단에 착오가 있었다. 그때 신입
사원을 너무 많이 채용한 실책을 인사담당이사도 인정하고 있
었다. 금년 연말쯤에 감원을 시행하라고 사장은 은밀히 지시
해놓고 있었다. 아내의 장례가 끝나는 날까지 나는 '내면여
행'과 '가벼워진다' 사이에서 아무런 결정도 못 내리고 있었
다. 초상을 치른 다음날 나는 출근했다. 여름 광고 이미지 결
정을 위한 마지막 중역회의가 있는 날이었다. 인사부 직원이
추은주의 사직서 처리와 퇴직금 정산을 위한 결재서류를 내
책상 앞에 가져다놓았다. 과장부터 담당이사까지 이미 도장이
찍혀 있었다. 나는 추은주의 퇴사서류에 사인했고, 사직서를
수리했다. 퇴직금 정산서에 '신속집행요망'이라는 의견을 첨
부해서 경리과로 보냈다. 빈소에서 부의금 접수를 맡았던 경

리담당 직원이 접수결과를 보고했다. 오천육백만원이 접수되었다. 경리과 직원은 돈을 수표 한 장으로 바꾸어서 봉투에 넣어왔다. 부의록 장부를 내 책상 위에 올려놓고 경리과 직원은 돌아갔다. 부의금으로 딸의 혼수를 장만하느라고 빌려쓴 은행 빚을 갚아야겠구나라고 나는 생각했다. 그날 중역회의에서도 여름 광고 이미지는 확정되지 못했고, 사장은 나의 판단과 집행에 따르겠다고 말했다. 나는 판단할 수 없었다. 그날 저녁에는 일찍 퇴근했다. 퇴근길에 비뇨기과에 들러서 방광 속의 오줌을 뺐다. 성기에 도뇨관을 꽂고 두 시간 동안 누워서 오줌이 흘러나가기를 기다렸다. 침대 밑 오줌통 속으로 오줌은 쪼르륵 쪼르륵 흘러내려갔다. 오줌이 빠져나간 방광은 들판처럼 허허로웠다.

집에는 아무도 없었다. 묶인 개가 개집에서 뛰쳐나오면서 허리까지 뛰어 올랐다. 아내가 없는 집에서 개를 기를 수는 없을 것이었다. 나는 개를 끌고 동물병원으로 갔다. 오랜만의 나들이에 개는 흥분해서 마구 줄을 끌어당기며 앞서갔다. 나는 수의사에게 안락사를 부탁했다.

"좋은 종자군요. 길러보지 그러십니까."

수의사는 개머리를 쓰다듬으며 말했다.

"개를 기를 형편이 못 되오. 밥 줄 사람도 없고……"

수의사는 개를 쇠틀에 묶었다. 겁에 질린 개는 온순하게도 몸을 내맡기고 있었다.

"개 이름이 뭡니까?"

"보리입니다."

"보리라면?"

"사람으로 태어나라는 뜻이라고 우리 집사람이 그럽디다."

의사는 개 목덜미 살을 움켜잡고 주사를 찔렀다. 의사가 피스톤을 밀자 개는 천천히 아래로 늘어지더니, 굳은살 박인 발바닥을 내밀며 앞발을 쭈욱 뻗었다. 개의 사체는 수의사가 처리해주었다. 집에 돌아와서 나는 광고담당이사에게 전화를 걸었다.

"이봐, 지금 지지고 볶을 시간이 없잖아. '가벼워진다'로 갑시다. '내면여행'은 아무래도 너무 관념적이야. 그렇게 정하고, 내일부터 예산 풀어서 집행합시다."

"알겠습니다. 모델과 카메라 모두 스탠바이 상태입니다. 로케이션 섭외도 끝났으니까 별 어려움 없을 겁니다."

그날 밤, 나는 모처럼 깊이 잠들었다. 내 모든 의식이 허물어져내리고 증발해버리는, 깊고 깊은 잠이었다.

항로표지 航路標識

16시 30분께부터 갈매기들은 날아다니지 않았다. 아직 당도하지 않은 먼 바람의 낌새를 알아차렸는지, 그것들은 일시에 멸종이 되듯이 사라졌다. 수평선 너머에서 검은 구름이 피어올랐고 해수면은 뜨거운 습기를 뿜어냈다. 비는 오지 않았는데, 등대 유리창에 물방울이 맺혀서 흘러내렸다. 해수면은 흔들리지 않았다.

17시 정각에 남해 서부해상의 폭풍주의보가 파랑경보로 바뀌었다. 초속 20미터 넘는 바람과 파도높이 6~8미터가 예고되었다. 라디오가 정규 뉴스의 첫머리에서 기상특보를 전했고 그보다 십 분 앞서 지방항만청 수로국은 소라도 등대로 전화통지했다. 수로국 안전계장은 황천(荒天) 대비수칙을 외우듯이 고함쳤다.

—각 등대는 비상발전기 가동에 대비하고 모든 지상시설물을 고박(固縛)하라.

—시정(視程)이 흐려지면 등대장의 판단으로 일몰 전에 점등하라.

—직원 가족들의 옥외활동을 금하고 등대장은 통신축선상에 대기하라.

등대장 김철(40세, 6급 수로직)은 7급 직원 두 명을 데리고 사무실 밖으로 나왔다. 바람의 선착대들이 이미 섬에 당도해 있었다. 해안단애 꼭대기에서 물푸레나무 줄기들이 일제히 뒤채며 쓰러졌다. 백색 등탑 뒤쪽으로 바람을 등지는 사면에 발전실 축전지창고 유류저장고가 들어섰고, 그보다 높은 개활지에 풍향계 풍속계 백엽상과 태양열 집광판이 한 울타리 안에 모여 있었다. 등대장 김철은 풍향계 철탑지주와 태양열 집광판에 와이어로프를 걸어서 말뚝에 묶었고 발전실 창문에 철제 덧문을 내렸다. 7급 직원들이 숙사 문짝에 각목을 대고 대못을 질렀고 숙사 유리창을 판초로 덮었다.

일몰시각은 한 시간 삼십 분쯤 남아 있었으나 비구름이 연안으로 몰려와 해는 보이지 않았다. 구름이 찢어지는 틈새로 핏빛 석양이 쏟아져 물 위에 꽂혔다. 바람의 방향은 남남서와

서남서 사이에서 무질서했다. 풍향계 화살이 쉴새없이 방향을 바꾸며 어두운 원양을 가리켰다. 풍향계 화살 끝은 공격각도를 탐색하는 뱀 대가리처럼 긴장되어 있었고 긴장의 무게를 감당하면서 가벼웠는데, 그 가벼운 끝이 가리키는 방향에서는 아무것도 보이지 않았다.

수면을 밀면서 몰려오는 바람의 대열은 해안단애에 부딪치면서 치솟았고 흰 물줄기들이 바람을 따라 단애를 넘어왔다. 바람의 흐름이 끊어지고 이어지는 골짜기에서 풍향계 화살은 진저리를 치며 갈팡질팡했다.

바람이 취주(吹走)거리를 길게 끌면서 휩쓸어올 때 풍속계 바람개비는 맹렬히 돌면서 환(幻)으로 흐려졌다. 환은 맹렬할수록 희미했다. 맹렬한 환이 어둠 속으로 녹아들 때 바람에 끄달리는 물푸레나무숲이 후진하는 파도소리를 냈고, 허공에서 서로 쓸리우는 바람의 대열들은 길게 우는 짐승의 울음을 잇대었다.

물은 파구(波丘)를 횡렬로 연대해서 산맥처럼 달려들었다. 어둠의 바닥은 썰물이었다. 육지로 향하는 바람이 원양으로 나아가는 물의 대열을 뒤집었다. 바람에 부딪친 파도의 떼들은 대가리가 부서지면서 벌떡벌떡 일어섰다. 깨어진 대가리에서 흰 물보라가 쏟아졌다. 물보라는 갈기를 너울거리면서 바람 속으로 길게 흘러갔다.

18시에 지방항만청은 당직 교대했다. 야간 당직주임은 다시 관하 일곱 개 등대를 전문으로 다그쳤다.

―각 등대는 축전지와 연료 재고량을 보고하라.

―각 등대는 관측장비와 통신시설의 안전에 만전을 기하고 인접등대와 수시로 교신해서 이상 유무를 상호 확인하라.

―새벽에 농무(濃霧)가 예보되어 있다. 소라도, 서청도는 포그 시그널(fog signal)에 대비하라.

기상대 상황실도 항만청 당직실을 경유해서 등대에 전문을 보내왔다.

―각 등대는 관하 해상기상관측 부이(buoy)의 안전상태를 확인해서 명일 05시 30분에 보고하라.

소라도 부이는 등대 서남쪽 5마일 해상에 돌출한 암초 위에 가설되어 있었다. 8미터 높이의 철탑에 기압, 수온, 습도, 파고, 파향, 파주기를 자동 측정하는 장비와 측정된 정보를 기상대로 전송하는 전자장비와 축전지가 장착되어 있었다. 철탑 끝에 빨간 등이 켜져서, 해안으로 접근하는 배들에게 거기가 암초임을 알렸다. 김철은 부이 쪽으로 망원경을 들이댔다. 렌즈 속에서 부이의 등불은 물보라에 휩쓸리며 가물거렸고 철탑은 꼭대기를 넘는 파도를 견디고 있었다.

등대장 김철은 18시 25분에 점등했다. 등명기 필라멘트가 하얗게 사위면서 할로겐 램프가 빛을 뿜어냈다. 빛의 입자들은 태어나는 순간에 광원을 떠나서, 필라멘트에는 한 점의 빛도 묻어 있지 않았다. 필라멘트는 재처럼 적막했고 빛들은 그 재 속에서 다시 뿜어져나왔다. 반사경이 빛을 한 방향으로 몰아서 튕겨냈고, 프리즘 렌즈가 빛을 꺾고 합쳐서 먼 바다로 쏘아냈다. 등명기가 회전했다. 빛의 다발들이 어둠을 휘저었다. 바람이 물보라의 끄트머리를 고공으로 몰아왔다. 뻗어나가는 빛의 다발 속에서 물의 입자들이 나부꼈다.

　소라도 등대 등명기는 1분에 5회전했고 광달(光達)거리는 25마일이었다. 25마일 밖 해상에서 그 빛은 12초에 한 번씩 명멸하는 백색 섬광으로 보였다. 밤의 바다에서 어둠과 물보라에 가리워 섬은 보이지 않았고 12초에 한 번씩 깜박이는 불빛이 보였다. 12초 1섬광, 거기가 소라도였다.

　18시 50분께부터 장대비가 쏟아졌다. 빗줄기는 밀도가 높았다. 바람이 억센 빗줄기들을 사선으로 몰아왔다. 섬의 지형은 가팔랐다. 골짜기를 흘러내린 물이 해안단애에서 바다로 떨어지면서 단애를 치받는 바닷물과 부딪쳤다.

　19시에 등대장 김철은 다시 옥외 시설물을 점검했다. 7급 직원 두 명이 김철을 따랐다. 발전실에서 관측장비 쪽으로 이동할 때 김철은 배수로 고랑을 따라서 기었다. 김철은 부하직원들에게 고함쳤다.

― 발전실 굴뚝을 떼어내라.

직원들은 보조로프를 붙잡고 앉은걸음으로 이동했다. 김철은 흔들리는 유류저장고 문짝에 대못을 박았다. 풍향계 철탑이 바람에 갈리면서 쇳소리를 냈다. 김철은 허리춤에 찬 비너로 철탑에 몸을 묶고 풍향계 전달장치를 와이어로 묶었다. 김철은 발전실 뒤쪽 어둠을 향해 소리쳤다.

― 땅에 바짝 붙어라. 바람이 끊어질 때 이동하라.

김철은 다시 배수로 고랑을 기어서 사무실로 돌아왔다. 등명기가 쏘아내는 빛의 다발들이 김철의 머리 위로 어둠을 휘저었다.

연안 유자망 어선들은 16시 무렵부터 어망을 거두어 귀항했다. 27해역 남단에서 장기조업중이던 중대형 어선들은 송일만 북쪽 어업전진기지로 대피했다. 송일만으로 향하던 여객선은 회항했고 연안화물선은 중간기착지인 서청도에서 묘박(錨泊)했다.

송일만 안쪽 중화학공단 전용부두로 향하는 컨테이너선, 유조선, LNG 탱크선들이 그 황천(荒天)의 밤바다를 항해하고 있었다. 아라비아 반도를 떠나서 인도양과 남지나해를 건너온 그 배들은 27해역 북단에서 12초 1섬광의 소라도 등대 불빛을 확인했고, 거기서부터 남남서로 방향을 돌려 송일만으로 향했다. 송일만 어귀에서 대형 수송선박들은 만의 양쪽 돌출부에서 바다 한가운데로 뻗어나온 방파제 끝의 좌록우적(左綠右赤) 무인등대 사이를 통과했다. 대형 선박들은 컨테이너 부두 타워크레인 아래 우현을 접안했다.

송일만을 떠나서 남지나해로 나아가는 철강제 수송선박들은 무인등대 사이를 빠져나와 200마일을 북동진해서 27해역 남단에 진입했다. 그 해역에서 당직 항해사들은 광달거리 25마일을 건너온 12초 1섬광의 소라도 등대 불빛을 확인했다. 어둠 속에서, 빛과 배 사이의 거리는 가늠할 수 없었지만, 바늘끝 같은 백색 섬광은 12초에 한 번씩 어둠을 찔렀고, 빛의 방향은 북북서였다. 항해사들은 12초 1섬광을 확인하고 나서, 소라도를 등지고 남남동으로 항로를 수정해서 원양으로 나아갔다. 12초 1섬광에 의해서 항로를 수정할 때 항해사들은 교습생 시절에 배운 항해교본의 밑줄 친 페이지를 떠올렸다.

......항해술의 핵심은 진행방향의 설정과 변경이다. 선박은 자신의 위치를 알아야 진행방향을 설정할 수 있다. 항해사는 선박 외부의 육상표지물을 파악함으로써 자신의 위치

를 상대적으로 확인할 수 있다. 해도(海圖)는 항해사의 육
안과 육상표지물 사이의 매개물이다.

소라도 등대는 12초에 한 번씩 백색 섬광을 쏘아내며 여기
는 소라도…… 여기는 소라도, 라고 어둠을 향해 깜박였다. 보
이지 않는 섬을 지표로 삼아 배들은 제 위치를 확인했다. 배들
은 섬으로 가는 방향을 버리고 남남서, 서남서로 선수를 돌려
원양으로 나아갔다. 등대로는 아무런 배도 들어오지 않았다.

소라도 등대는 러일전쟁 때 남해를 우회해서 서해의 싸움터
로 나아가는 제국함대의 뱃길을 인도하는 항로표지로 건설되
었다. 벽돌로 쌓은 팔각형 등탑은 그후 몇 번의 보수공사를 거
치면서도 옛모습을 잃지 않아 지방문화재로 지정되었다. 초기
에 설치된 등명기는 광달거리 10마일 정도의 제4등급 청동제
가스등이었다. 초기의 가스등은 수은 위에 떠서 톱니바퀴에
물려 회전했고, 밑바닥에 메이지(明治)의 연호가 찍혀 있었다.
그 청동제 가스등 시절부터 소라도 등대의 불빛은 12초 1섬광
이었다. 섬광의 주기를 바꾸면 다른 등대와 혼동이 빚어질 것
이므로 12초 1섬광은 변경이 불가능한 신호였다.

검은 연기를 뿜는 제국함대의 증기선들은 12초 1섬광을 지
표로 북서진했다. 압록강 어귀까지 북상했던 함대는 몇 달 후

승리의 욱일승천기(旭日昇天旗)를 펄럭이며 남하했고, 다시 12초 1섬광을 지표로 삼아 열도의 모항으로 돌아갔다. 군함이 뿜어내는 검은 연기가 해풍에 밀려 섬에까지 흘러왔고, 물을 할퀴는 증기터빈의 흰 거품이 27해역 남단을 멀리 돌아갔다. 그후, 식민지의 밤바다에서도 어선들은 등대를 확인하고 나서 등대를 돌아서는 항로를 따라 포구에서 포구로 이동했다. 다시 전쟁이 터지자 아메리카의 군함들은 12초 1섬광을 지표로 삼아 소라도를 우회해서 북으로 나아갔다. 배들은 모두 광달거리 너머로 사라졌고 섬에는 아무런 배도 들어오지 않았다. 등대에서는 늘 섬을 멀리 우회하는 밤배들의 초록색 항해등만이 보였다. 12초 1섬광, 거기가 소라도였다.

동틀 무렵에 바람의 세력은 쇠퇴했다. 취주의 대열을 이루지 못하는 바람은 옷감을 흔들듯이 너울거렸고 풍향은 남서로 안정되었다. 기압골은 빠르게 반도를 건너갔고 농무예보는 빗나갔다. 고깃비늘 같은 잔물결이 수면을 뒤덮고 북동으로 흘렀다. 기상특보와 비상대기가 해제되었다. 해안단애에서 솟구친 갈매기들이 간밤의 허기를 채우느라고 수면으로 급강하했다. 등대장 김철은 06시 30분에 소등했다.

─각 등대는 인원 장비 시설물의 이상 유무를 보고하고 순번제근무로 전환하라.

비상대기 해제를 알리는 당직주임의 전화를 끊으면서 김철
은 유리창 너머로 새벽바다를 내려다보았다. 다시 어장으로
나아가는 채낚기 어선들이 푸른 고리연기를 토해내며 항진하
고 있었다. 잔물결들이 뱃머리에 엎드려 가지런히 밟혔고 갈
매기들이 배를 따라갔다. 그 수면 위에 무슨 비상이 있었던 것
인지 김철은 기억할 수 없었다.

07시에, 김철은 숙사로 돌아왔다. 태양열 집광판 아래쪽으
로 직원용 숙사 세 동이 들어서 있었다. 슬래브형 단층 벽돌건
물이었다. 등대장 김철은 가족들과 함께 숙사에서 살았고, 자
녀를 학교에 보내는 직원들은 혼자서 등대에 들어와 있었다.
김철은 물에 만 밥에 멸치젓을 얹어서 아침을 먹고 자리에 누
웠다. 밤을 새운 눈은 물기가 말라 쓰라렸으나 잠은 오지 않았
다. 망막 안쪽으로 간밤의 물보라가 일어섰다. 갈매기들이 숙
사 지붕 위까지 날아와서 짖어댔다. 투명한 대기 속에서 갈매
기 울음은 도끼처럼 허공을 찍었고 울음의 끝자락에 목울대
흔들리는 소리까지도 가까이 들렸다.

사흘 전에 아내는 둘째아이를 낳으러 육지로 갔다. 섬으로
건너온 장모가 만삭이 된 아내를 데려갔다. 일곱 살 난 첫째아
들 민식이도 그때 장모를 따라갔다. 등대에 디젤연료나 장비
부품을 가져다주는 보급선이 열흘이나 보름에 한 번씩 섬에

와 닿았다. 장모는 그 보급선 편에 다녀갔다. 등대가 들어선 언덕 아래는 선착장이 없었다. 보급선은 밀물의 만조에 맞추어 언덕 아래 모래톱에 뱃머리를 들이댔다. 배를 고정시킬 수가 없었으므로 보급선은 물건을 내려놓으면 곧 후진으로 모래톱을 떠났다. 모래톱에서 등대 마당까지는 도로가 없었다. 물가에서 배를 기다리던 등대 직원들이 케이블에 보급품을 실어서 전동활차로 감아올렸다. 만삭의 아내는 그 케이블을 타고 모래톱까지 내려가서 보급선에 옮겨탔다.

　—여보, 얼마 안 남았으니까 조금만 더 견뎌요.

　배가 떠날 때, 담요로 몸을 감싸고 배 바닥에 주저앉은 아내는 그렇게 말했다. 바람이 아내의 목소리를 씻어갔다.

　—빨리 올 생각 말고, 애기하고 병원에서 며칠 편히 지내구려. 이제 얼마 안 남았으니까……

　김철은 한 달 전에 사직서를 제출했다. 두 달 후에 사직서를 수리할 테니, 후임자를 물색할 때까지만 소라도 등대를 맡아달라고 항만청 인사과장은 회신을 보내왔다. 그 두 달이 이제 한 달 앞으로 다가왔다. 이 년 전에 김철은 서청도 등대에서 6급으로 승진했다. 6급은 초임 등대장으로, 원격지 등대를 맡아야 했다. 김철은 승진과 함께 소라도 등대장으로 부임했다. 서청도 등대는 20초 1섬광이었다. 맑은 날, 서청도는 소라도 동남쪽 수평선 위에 말미잘 같은 해안선을 드러냈으나 20초 1섬광의 서청도 등대는 섬의 단애에 가로막혀 보이지 않았다.

　일곱 살 난 민식이는 해월도에서 태어났다. 그때 김철은 8급이었다. 민식이는 섬에서 섬으로 옮겨가며 자랐다. 갈매기들은 해월도 단애 꼭대기에 모여 집단번식했다. 봄이면 알에서 깨어난 어린 갈매기들이 단애 끝에서 새까맣게 날아올랐다. 암초 위에서 우는 늙은 갈매기들의 울음은 깊이 울리면서 바다를 건너왔고, 단애 끝에서 날아오르는 어린 갈매기들의 울음은 짧고 날카롭게 부스러졌다. 그것들의 울음소리는 생명을 가진 것들의 몸통이 내지르는 소리라기에는 너무나도 메말랐고, 무엇을 부르고 무엇에 대답하는 소리인지 알 수 없었지만, 그 소리는 난해할수록 절박하고 다급했다. 바람이 원양으로 몰려간 아침에 그것들은 높은 목청으로 울면서 단애를 떠났고, 저물어서 돌아온 그것들은 노을 속을 선회하면서 울었다. 섬의 시간은 부스러져 흩어지는 그것들의 울음소리에 실려 있었고, 울음과 울음 사이를 해풍이 쓸고 갔다. 첫돌이 지난 민식이는 옹알이를 시작하면서 깍깍, 갈매기 울음을 흉내냈다. 그때마다 아내는 민식이를 끌어안고, 민식아 엄마 엄마 엄마……라고 사람의 말로 얼러주었다. 아이를 어르는 아내의 목소리는 갈매기 울음처럼 다급했다.

해월도 등대는 6초 1섬광이었다. 빠르게 명멸하는 백색 광선이 광달거리 30마일 안쪽을 찔렀다. 야간당직 때 김철은 풍향 풍속 기압 운량(雲量)을 시간별로 보고했다. 해월도 등대 관할해역을 야간 항해하는 선박들은 25해역 동단 제비꼬리 암초 부근에서 남남동으로 방향을 돌렸다. 거기가 빛의 한계점이었다. 빛들은 더 멀리 나아갈 수 없었다. 돌아선 배들의 초록색 항해등은 광달거리 밖 어둠 속으로 사라졌다. 배가 멀어지고 어둠의 저쪽으로 방향을 잡은 항해사들의 눈에 등대 불빛이 보이지 않게 될 때 등대에서도 선박의 항해등은 보이지 않았다. 그 초록색 항해등을 바라보면서 김철은 민식이가 초등학교에 입학하기 전에 등대를 떠나야 한다고 다짐했었다.

등대들의 명멸주기는 달랐지만, 잠을 기다리며 누운 김철의 혼곤한 의식 속에서 해월도 서청도 소라도는 한 덩어리의 섬으로 들러붙어 있었고, 모든 섬은 갈매기 울음에 떠가는 시간이었다.

—사무실로 전화가 왔습니다. 좋은 소식인 모양입니다.

7급 직원이 숙사 문짝을 두들겼다. 김철은 자리에서 일어나 사무실로 갔다. 장모의 목소리가 바다를 건너왔다.

—또 아들일세. 아주 크고 힘차. 에미는 별 고생 안 했어. 지금 막 잠들었는데, 깨면 전화할 걸세.

―고맙습니다. 한 며칠 쉬었다가 다음 배편으로 데리고 오십시오.

―새벽 세시에 나왔어. 거기 바람 많이 불었지?

―다 지나갔습니다.

―축시(丑時) 생인데, 사주가 어떤지 몰라. 얘는 육지에서 자랄 테니까 이름에 땅 육(陸)이나 언덕 원(原)을 넣을까 봐. 작명소에 들러서 이름을 받아가지고 갈 테니 그리 알게.

03시에 물결의 높이는 8미터가 넘었다. 깨어진 대가리로 흰 물보라를 내뿜는 파도와 어둠 너머에서 그 아이는 태어났다. 아내의 몸속에서 그 아이가 수태되던 밤에도 바다는 물결이 높았던 것 같았다.

송곤수(55세, 무직)는 불도저를 천천히 몰아갔다. 분속 80미터였다. 수직으로 고정된 삽날이 흙을 밀고 나갔다. 삽날에 돌부리가 걸릴 때, 타이어는 하중에 밀리면서 헛돌았다. 송곤수는 액셀을 밟아서 밀어붙였다. 실린더가 급회전하면서 검은 연기를 토해냈다. 액셀을 밟는 장딴지에 다시 땅에 들러붙는 타이어의 진동이 전해졌다. 돌부리가 뽑혀나오자 삽날은 안정된 밀착으로 땅을 밀고 나갔다. 삽날 양쪽으로 흙이 밀려나가면서 긴 고랑이 패었다. 개활지 끝에서 암벽의 밑동이 드러났

다. 불도저는 유턴할 수 없었다. 송곤수는 레버를 밀어서 후진
했다. 개활지 한가운데서 송곤수는 작업방향을 바꾸었다. 가
로로 밀던 방향을 버리고 세로로 밀었다. 가로로 밀 때 삽날
밖으로 밀려났던 흙이 세로로 밀 때는 고랑을 메웠다. 들뜬 흙
을 몰아서 고랑을 메우면 삽날 앞에서는 다시 흙이 일어섰다.
송곤수는 가로로 다섯 번 밀고 세로로 다섯 번 밀었다. 불도저
가 방향을 바꿀 때마다 개활지 도랑은 패어지고 메워졌다. 개
활지가 펼쳐진 언덕 아래서 두 강줄기가 만나서 하류 쪽을 향
했다. 내륙을 굽이쳐온 파행천의 양안으로 산들은 아득히 멀
었고 저녁이면 유로(流路)의 먼 쪽이 노을에 빛났다. 불도저
는 다섯 번 가로로 밀고 다섯 번 세로로 밀었다.

　─심심한 동네에 웃겨주는 놈 하나 들어왔구만. 저게 대체
뭐 하는 자식이여. 생긴 건 멀쩡하구만.

　─애들 장난도 아니고. 아니 저 짓거리를 하면서 연료를 태
우나?

　송곤수가 우편취급소 옆 식당에 내려와 밥을 먹을 때 마을
사람들은 그렇게 수군거렸으나 말을 걸어오지는 않았다. 불도
저는 무게 3톤의 스트레이트 형이었다. 흙을 앞으로만 밀고
나갈 수 있었다. 6기통 디젤엔진의 최대 추진력은 50마력이
었다. 무한궤도가 없는, 타이어 식이었다. 추진력이 약하고 지

면에 밀착하는 힘이 적어서 모래땅이나 진땅에서는 힘을 못 썼지만 송곤수의 개활지는 황토흙이었다. 삽날이 흙과 닿는 부분에 날카로운 이빨이 돋아 있어서 돌부리를 걷어내며 나아 갔다. 땅을 깎고 흙을 미는 중기 중에서 가장 작은 장비였다. 개활지 저쪽 끝에서 암반 밑을 긁적거릴 때 송곤수의 불도저 는 중장비라기보다는 흙에 들러붙어 뒹구는 땅강아지처럼 보 였다.

무림전자는 외환위기 직후에 부도액 오십억을 안고 무너졌 다. 연간 오천억이 넘는다는 매출액과 삼천억의 자산평가는 대부분이 분식회계였다. 부도액 오십억이 큰 액수는 아니었 다. 그러나 금융감독기관이 적발한 분식회계 수법과 액수가 신문에 보도되자 거래은행들은 구제금융을 거절했고 분식된 자산을 담보로 대출을 늘려주지도 않았다. 신문보도 직후부터 지방지사들은 판매대금을 입금시키지 않았고 환차손 누적액 이 매출신장액을 모조리 잠식해버린 상태에서 증시를 통한 증 자도 불가능했다. 최종 부도처리된 오후 네시부터 회사의 기 능은 마비되었다. 거래은행들이 채권단을 결성했고 직원들은 노조 사무실로 몰려가 회사의 대책을 요구했다. 비상총회에 모인 주주들은 청산을 주장하는 패와 매각을 주장하는 패로 나뉘어서 며칠을 지지고 볶았는데, 소액주주들은 어느 쪽도 아니면서 다만 경영자를 성토했다. 회계를 분식해 거품과도 같은 재무제표를 만들어내면서도 그 항목과 출납을 기업 회계 기준에 맞추어놓은 위장수법에 소액주주들은 격분했다. 폭력 배들까지 동원된 닷새간의 회의를 마치고 주주들은 결국 청산 방식의 정리를 의결했다.

무림전자 재무관리상무 송곤수는 그 청산절차를 관리했다. 회사의 모든 유무형 자산을 처분해서 그 매각대금을 주주와 채권자들의 지분율에 따라 배분하고 미불임금과 체납국세를 정리하고 나서 회사의 법인등기를 말소하는 일이었다.

송곤수는 등기이사였다. 회사의 채무에 연대보증되어 있었 고 유산으로 물려받은 개인소유 임야 칠만 평을 담보로 칠억 을 대출받아 법인회계상으로 증자했다. 재무관리상무로 승진 하기 전에 인사관리이사직을 맡고 있을 때의 일이었다. 외환 위기 전해에 무림전자는 국내 가전제품 시장의 사십 퍼센트를 점유했고 그 신장세를 바탕으로 정보기술산업 쪽으로 진출하 기 위해 뒤처진 계열사를 정리하면서 신규 설비투자를 늘려나 가고 있었는데, 환율이 무너져나가자 핵심부품을 수입에 의존 하고 있는 생산업체가 환차손을 감당해내기는 어려웠다. 매출 이 늘어도 수익은 줄었고 영업이윤의 장래는 불투명했다. 내 부자금이 없이 주로 대출금융으로 굴러가던 회사는 분기말과

월말마다 목을 죄는 듯한 유동성 위기를 겪었다.

외환위기 전부터 회장은 강도 높은 구조조정을 요구했다. 제조업에서의 이윤의 장래가 불투명하기도 했지만, 자본과 경영의 주력을 정보기술산업으로 집중시키려는 전환기에 기존의 제조업에서 머리가 굳은 고위직 인력들은 호봉이 높을수록 낙후되어 있었다.

—이봐. 이 피바다를 버리고 블루오션(Blue Ocean)으로 나가야 해. 아무도 입을 대지 않은 이윤의 바다 말이야. 모두 다 데리고 갈 수는 없어. 갑판장은 풍랑이 치면 짐을 바다에 버려야 하는 거야. 그래야 블루오션으로 나갈 수 있어. 내 눈엔 그 바다가 보여. 자네 눈엔 안 보이나? 우선 조직을 좀 가지런히 만들어봐. 가볍고 민첩하게 말이야.

육 개월 안에 구조조정을 끝내라고 지시하면서 회장은 그렇게 말했다. 그 구조조정의 효과로 연간 인건비 팔십억 이상이 절감되어야 하고 정보기술산업에 적응력이 빠르고 호봉이 낮은 사원들을 팀장으로 기용할 수 있는 인적 환경을 조성해놓으라고 회장은 지시했다. 일 주일 후에 인사담당이사 송곤수는 정리해고의 원칙을 회장에게 보고했다.

—인건비 절감목표액 팔십억에 맞추어 부장급부터 고액 봉급자 순으로 정리할까 합니다.

회장은 화들짝 놀라면서 안경을 벗었다.

─아니, 고액 봉급자부터…… 무조건 말이지?

─네. 그 편이 앗쌀하고 뒤탈이 없지 싶습니다.

─무조건 일렬로 세워놓고 고액부터라! 인사고과는 어떡하고?

─인사고과라는 게 원래 불신받는 것이어서 오히려 부작용이……

─그래도 부장급에서 건질 만한 자들이 없지 않을 텐데……

─하나나 둘을 선별하면 전체를 진행하기 어려울 겁니다.

회장은 눈을 감고 소파에 목을 기대었다. 회장은 눈을 감은 채 중얼거렸다.

─일렬로 세워놓고라……

회장이 주먹으로 책상을 내리쳤다. 회장은 눈을 가늘게 뜨고 송곤수를 바라보았다.

─자네, 보기보다 다부지군, 좋아. 한둘이 문제가 아니지. 나도 살리고 싶은 자가 있지만, 난 일절 간여하지 않겠네. 시행하게.

돌아서 나오는 송곤수를 회장은 다시 불러세웠다.

─이봐, 곧 추석이잖아. 명절은 지내놓고 시작해.

부장급 사원은 노조원이 아니었다. 노조는 부당해고를 규탄

하고 생존권을 절규하는 성명서를 발표했지만 별다른 저항은
없었다. 부장급 칠십 명을 포함해서 고액봉급자 여든다섯 명
이 삼 개월 안에 정리되었다. 자진해서 사표를 제출하는 사원
에게는 퇴직금과는 별도로 십이 개월치 급여가 위로금조로 지
급되었고 목을 내밀고 버티는 자들에게는 해고통지와 함께 삼
개월치 급여가 지급되었다. 해고된 사원 다섯 명이 부당해고
철회와 원상회복을 요구하는 소송을 냈다. 소송사건을 보고받
는 자리에서 회장은 말했다.

— 미친놈들. 소송으로 복직되면 일백만 실업자가 왜 생겼
겠나. 그렇게 아둔하니까 조직에서 낙후되는 거지. 법원이 밥
먹여주던가.

— 신문들이 노동자의 생존권을 편들고 있어서 여론환경은
좋지 않습니다.

— 그게 신문의 생존이야. 생존권이라! 누가 살지 말랬나.
법인도 생존권이 있어.

송곤수는 공업경영학을 전공한 공과대학원 출신으로 이십
오 년 전에 기술직 사원으로 입사했다. 창업 초기에 무림전자
는 전기밥솥과 선풍기, 토스트오븐을 만드는 제조업체였다.
송곤수는 초기의 공장건물과 작업장 내부의 생산라인을 설계
했다. 입사 십 년 후에 송곤수는 기술직에서 관리직으로 전보

되었고, 정리해고를 깔끔하게 마무리지은 후에 인사담당이사에서 재무관리상무로 승진했다.

회계장부를 압수해간 금융감독기관은 권한의 한계에 부딪치자 사건 전체를 검찰에 고발했다. 무림전자의 분식회계는 최고경영자부터 전속회계사, 경리실무자까지 결재라인이 모두 가담한 조직적이고 관행적인 위장경영이었으며, 분식은 과장분식과 축소분식 두 갈래로 전개되어왔다고 검찰은 수사결과를 발표했다. 노조와 임금협상을 벌일 때나 법인세 소명자료를 제출할 때는 매출액과 수익금을 반 이하로 줄여서 회계장부를 작성했고, 거래은행이나 증권시장에 제출하는 회계장부에는 수익금을 열 배 이상 부풀려서 기재했다는 것이었다.

검찰에서 송곤수는 혐의사실을 모두 시인했다. 먼저 조사받은 부하직원이 모두 시인한 판에 감추고 버틸 것도 없었다. 분식을 걷어내면 사실상의 순익이 얼마였던가를 분기별로 진술하라는 검사의 추궁에 송곤수는 난감했다.

―검사님께서 잘 모르시는 모양인데…… 그게 그렇게 잘라서 말할 수 있는 것이 아닙니다. 자금은 실체가 없는 겁니다. 그냥 흘러다니는 거지요. 그래서 유동성입니다.

채권단이 청산절차를 단계마다 검증했고 절차는 더디게 진행됐다. 회장은 부도 직후에 미국으로 도피했다. 한 달 후에 회장은 국제전화를 받았다.

— 다 나눠줘. 그래도 모자라면 어쩔 수 없지 않나. 목을 따도 피밖에 안 나와. 없다는 놈을 어떡할 건가.

분식을 모두 걷어내자 회사자산은 삼분의 일 이하로 오그라들었다. 건설중인 새 공장은 설비투자액을 인정받지 못하고 토지매각대금만 자산으로 계상되었다. 공장부지는 용도변경이 안되는 땅이었다. 자산평가액은 최우선 면제항목인 퇴직금 전액과 최종 삼 개월분 급여총액에도 미치지 못했다. 차액은 십억이 넘었다. 해고된 근로자들은 회장의 빈집 앞에 몰려가서 꽹과리를 때리며 농성했다.

회사채무에 연대보증되어 있던 송곤수의 임야 칠만 평과 사십오 평짜리 아파트는 그때 압류되었고, 해직된 사원들은 압류채권자의 자격으로 송곤수의 임야와 가옥을 경매에 부쳤다. 해직사원들은 경매대금 구역을 미수임금지분율에 따라 나누었고 나머지 체불임금 일억오천에 대해서는 또다른 등기이사를 상대로 민사소송을 제기했다. 청산은 더디었지만 적법하게 진행되었다. 체불임금 지급내역을 보고받는 국제전화에서 회장은 말했다.

— 각자의 몫은 각자의 것이다.

자금은 실체가 없이 안개처럼 흘러다니는 허깨비였지만, 그 허깨비는 숨쉬는 목통을 조이는 오랏줄이었다. 오랏줄이 허깨비 같기도 했고 허깨비가 오랏줄 같기도 했다.

청산절차가 몇 건의 민사소송으로 번져가고 있을 때, 송곤수는 매각된 공장의 생산설비를 철거하기 위해 작업인부들을 인솔하고 현장에 내려갔었다. 동해안 남쪽 항구에 가까운 배후지역의 경사지였다. 공장부지를 인수한 사업자가 불도저와 포클레인을 동원해서 땅을 갈아엎고 있었다. 포클레인의 바스켓이 땅을 파서 흙을 땅 위로 끌어올려놓으면, 삽날을 앞세운 불도저가 흙을 밀고 나갔다. 삽날 양쪽으로 붉은 흙이 구름처럼 일었다. 포클레인 바스켓이 방향을 바꿀 때마다, 유압실린더에서 뻗어나온 쇠기둥이 팔뚝처럼 불거졌고 거기에 청동색 윤활유가 흘렀다. 송곤수는 설비철거작업을 인부들에게 지시해놓고, 경사지 가장자리에 주저앉아 흙을 밀고 당기는 중장비들을 오랫동안 들여다보았다.

포클레인의 무한궤도는 바스켓의 하중을 넉넉히 장악했고 철제 암(arm)이 관절을 굽혀서 바스켓을 당겼다. 불도저는 무한궤도가 땅을 밀어내는 힘만큼 앞으로 나아갔고 그 힘만큼 삽날은 흙을 밀어냈다. 포클레인이 이쪽으로 돌아설 때 바스켓 위로 드러난 관절이 햇빛을 튕겨냈다. 바위와 나무 밑동이 뽑히면서 땅은 고르고 넓게 깎여나갔다.

……저런 기계가 있었구나.

송곤수는 중장비를 들여다보는 자신의 몸이 기계 속으로 녹아들어가 땅 속으로 스며드는 환영을 느꼈다.

청산절차가 끝나자 송곤수의 통장에는 일억이 남아 있었다. 육촌조카의 명의로 등기해두었던 점포 한 개를 처분한 돈이었다. 명의를 빌려준 조카에게 천만원을 주었다. 아내는 새벽이나 밤중에도 들이닥치는 채권대행업자들을 피해 미국에 유학중인 아들에게로 가 있었다. 송곤수는 팔천만원을 아내에게 보냈다. 돈을 보내는 날 송곤수는 아내에게 편지를 썼다.

이 돈으로 거기서 작은 임대점포라도 얻어서 살아갈 궁리를 해보구려. 나는 정리할 일이 아직 남아 있어 당분간 한국에 머물겠소. 양수리 강가에 회장의 땅과 허름한 별장이 있는데, 간신히 압류를 모면했소. 거기서 얹혀지낼 요량이오. 허술하나마 숙식은 해결될 것이니 너무 걱정 마시오. 남은 돈 천만원은 내가 지니고 있겠소.

그 천만원으로 송곤수는 중고장비 매매센터에 가서 3톤짜리 소형 불도저를 구입했다. 불도저를 트럭에 싣고 양수리 언덕 개활지로 옮겨왔다. 회장의 별장은 낡은 단층 목조건물이었는데 비가 새지는 않았다. 건물 앞에 강 쪽으로 낮아지는 사면을 따라 이천 평 개활지가 펼쳐져 있었다. 학부에서 기계공학을 전공한 송곤수는 불도저의 구조를 들여다보는 것만으로도 작동방법을 알 수가 있었다. 운전석 위에 올라앉아서 송곤수는 불도저를 다섯 번 가로로 밀고 다섯 번 세로로 밀었다. 고랑은 패어졌다가 다시 메워졌고, 메워졌다가 다시 패어졌다. 디젤연료를 싣고 온 주유소 배달원이 물었다.

—아니 땅을 파는 거요, 메우는 거요?

—히히, 둘 다요.

—연료값이 꽤 들겠습니다.

—그래서 조금씩 하고 있소.

강물의 먼 쪽에서 노을이 사위고 먼 산들이 어둠속으로 불려가는 저녁 무렵에 송곤수의 불도저에 후미등이 켜졌다. 그때 송곤수의 소형 불도저는 땅을 헤집어 구멍을 뚫는 벌레처럼 보였다.

김철은 모래톱에서 기다렸다. 갈매기들이 단애에서 새까맣게 날아올랐다. 비가 개자 젖은 나무의 비린내가 해풍에 끼쳐왔고 가을빛이 수면 위에서 자글거렸다. 단애 모퉁이를 돌아서 보급선은 물비늘을 헤치며 다가왔다. 갓난아기를 안은 아내와 장모, 민식이가 배에 타고 있었다. 뭍이 가까워지자 배는 속력을 낮추었다. 가족들은 신기루를 헤치고 나타나듯이, 빛이 자글거리는 바다를 건너왔다. 선원이 고리밧줄을 던져 배를 묶었다. 물결에 배가 흔들렸다. 선원들이 아기와 짐을 받아서 섬으로 건너왔다.

　—여보, 둘째예요. 젖 빠는 힘이 겁나요.

　아내의 얼굴은 산고의 기색도 없이 발갛게 피어 있었고, 머리카락에서 빛이 폭포처럼 쏟아져내렸다. 아내의 몸속에 고이는 체액의 냄새가 아내의 몸 밖으로 번져나왔다. 김철은 아기를 받아안았다. 잠이 들었는지 침을 흘리며 눈을 감고 있었다. 포대기 속에서 삭은 젖냄새가 풍겨나왔다. 아내의 몸냄새와 닮은 냄새였다. 장모가 말했다.

　—이름을 지어왔네. 육지에서 기를 아이니까 물 하(河)를 써서 민하라고 했어. 하(河)도 땅이라데. 획수가 사주하고도 맞는대.

　선원들은 연료드럼과 건전지 박스를 내려놓고 배를 돌렸다. 등대 직원이 보급품을 케이블에 실었다. 김철은 가족들을 케이블에 태우고 안전벨트를 채웠다. 위쪽에 있던 직원이 전동 활차를 감아서 케이블을 당겼다.

　아내는 가방을 열어서 덜 마른 기저귀와 속옷을 등대 마당에 널었다. 섬에서는 일회용 기저귀를 구할 수 없었다. 장모는 부드러운 면포를 잘라서 기저귀를 만들어왔다. 아내는 기저귀마다 빨래집게를 물렸다. 빨랫줄에서 기저귀들이 바람에 길게 나부꼈고, 가을빛이 기저귀 위에서 출렁거렸다. 바람은 북동풍이어서 기저귀들은 섬의 남쪽 바다를 향해 펄럭거렸다. 손바닥만한 아기 바지도 한 뼘 가량이 자락이 바람에 흔들렸다.

가족들이 돌아온 날 밤에, 김철은 갓난아기를 가운데 재우고 아내와 나란히 누웠다. 삭은 젖냄새가 방 안에 가득했다. 커튼을 내렸는데도, 12초 1섬광의 빛줄기가 등대 마당을 비출 때마다 창문에 희미한 나무 그림자가 스치고 지나갔다.

─여보, 우리 정말 육지로 나갈 수 있는 거지요? 학교에서 무슨 연락 있었어요?

─아직은 없었어. 잘될 거야. 저번에 교장이 전화했었잖아.

김철은 잠든 아기를 옆으로 밀쳐내고 아내를 안았다. 부푼 아내의 젖이 김철의 가슴을 팽팽히 눌렀다.

교장이 보낸 부임요청서는 이틀 후에 왔다. 지방항만청 관리과장이 교장이 보낸 문서를 섬으로 전송했다. 복사된 문서에 교장의 직인이 찍혀 있었다.

겨울방학 이전에 부임하셔서, 개학 전에 이곳 마을 주민들과 인사도 나누고 낯을 익혀주십시오. 외지인을 낯설어하는 산골마을 주민들의 정서를 이해해주시기 바랍니다. 급여는 방학기간 분까지 지급하겠습니다. 학교 근처에 쓸 만한 빈 농가들이 있어서 조금만 손보면 가족과 함께 기거하실 수 있을 겁니다. 원하신다면 제가 외지로 나간 농가 주인들과 교섭해드릴 수도 있습니다. 여기는 교사가 모자라서 김 선생님의 담당인 국어과목 안에서도 1, 2, 3학년을 모두 가르쳐야 하는 사정을 미리 말씀드립니다. 오시기 전에 미리 연락주시면 면소재지 버스종점에 자동차를 보내드리겠습니다.

해월도에서 근무하던 8급 시절부터 김철은 2급 준교사자격 검정시험을 준비해왔다. 교육학개론, 아동청년심리발달, 아동청년생리발달, 교육평가지침, 국어음운론, 국어통사론, 국어발달사 같은 책을 김철은 우편판매망을 통해 사들였다. 삼교대하는 등대원 생활에서, 악천후 때가 아니라면 책을 들여다볼 시간은 넉넉했다. 갈매기 울음소리가 시간을 가득 메우는 대낮에 김철은 국어음운론, 국어품사론을 읽었다. 김철은 시험날짜에 맞추어 휴가를 내고 도청소재지로 가서 검정고사를 치렀다. 일 년에 한 과목이나 두 과목씩 합격했다. 과목별 합격 유효기간은 이 년이었다. 이 년 뒤에 김철은 같은 과목을 다시 응시했다. 등대장으로 승진해서 소라도로 부임할 무렵에 김철은 최종면접과 실습과정을 통과해서 준교사자격증을 받아냈다. 김철은 육지의 여러 중학교에 지원서를 보냈다. 소라도에서 둘째아기를 가진 아내가 임신 칠 개월이 되었을 때 김철은 강원도 북부 산간마을의 한 사립학교 교장으로부터 부임을 요청하는 전화를 받았다. 김철은 지방항만청에 사직서를 보냈다.

중학교 국어교과서를 들여다보면서, 김철은 말을 가르치는 교사가 된다는 일이 믿기지 않았다. '소'라고 말하면 밭에서 쟁기 끄는 그 소인가. '소'라는 소리가 소가 아님에도 불구하고 사람들의 마음속에서 소를 살아 있게 하는 힘의 실체가 김철은 의아했다. 학교에는 이름을 부르면 뒤돌아보고 이름을 부르면 대답하는 아이들이 살아서 뛰어놀고 있을 것이었다. 김철이 등대 사무실에서 캄캄한 밤바다를 내려다보며 소, 소, 소, 개, 개, 개, 를 중얼거리던 밤에 초록색 항해등을 켠 배들은 12초 1섬광을 지표로 삼아 등대를 등지고 원양으로 나아갔다. 등대에는 아무런 배도 닿지 않았다.

— 교장선생님이 착한 분 같지요?

교장의 전문을 읽은 아내는 갓난아기를 끌어안고 볼을 비볐다. 풍향계 화살이 남동을 가리켰고, 빨랫줄에 널린 기저귀가 해풍에 나부꼈다.

송곤수는 닷새째 불도저를 움직이지 못했다. 가을장마에 땅이 젖어서 바퀴가 진흙에 빠졌고, 무한궤도가 없는 타이어식 불도저는 젖은 흙의 하중을 감당하지 못했다. 송곤수는 불도저를 헛간에 끌어다놓고 부품을 뜯어서 윤활유를 칠했다. 관절을 풀어서 찌든 기름을 닦아내고 볼트를 조였다. 타이어 고랑에 묻은 흙까지 말끔히 털어냈다. 관절마다 흰 피스톤이 반짝였다. 삽날 이빨 사이의 녹을 샌드페이퍼로 벗겨내고 도장용 스프레이를 뿜어주었다. 구동축의 베어링을 풀고 알맹이들을 닦아서 다시 끼워맞추었다. 기름칠을 한 베어링들은 영근 옥수수 알맹이처럼 가지런했다.

아내는 보내준 돈 팔천만원으로 LA 한인촌 주택가 골목에 다섯 평짜리 임대점포를 얻어서 일 달러짜리 티셔츠를 파는 가게를 열 작정이라고 편지를 보내왔다. 전문면허 없이 시작할 수 있는 잡(job)은 그것밖에 없다고 아내는 말했다.

개활지 이천 평은 채권은행으로 넘어갔다. 미국으로 달아난 회장은 사촌동생 앞으로 그 땅을 명의이전 해놓았다. 회장

120

의 사촌동생은 회사 대출금에 보증을 연대하고 있었다. 해고
된 사원들은 회장의 은닉 부동산을 색출해내고 압류채권자의
권리를 행사하려고 덤벼들었다. 땅은 연대보증의 담보로 은행
에 저당되어 있었다. 해고사원들은 담보의 권리를 주장하는
은행과 충돌했고 소송을 벌일 기세였지만 양측 변호사들은 은
행의 권리가 우월하다는 점에 합의했다. 절차는 적법하게 진
행되었다. 송곤수는 국제전화로 회장에게 상황을 알렸다. 회
장은 말했다.

　―각자의 몫은 각자의 것이라고, 내가 말했잖나. 전화하지
말게.

　가을비가 쏟아지기 전날, 송곤수는 개활지 이천 평을 인수
한 건설회사로부터 무단점거중인 사유지에서 자진 철거해달
라는 통지를 받았다. 강제집행까지 시한은 사십 일이 남아 있
었다.

　비는 닷새를 계속 내렸다. 모래가 섞이지 않은 황토흙은 깊
이 젖었고 물기가 오래 머물렀다. 비가 개어도 땅이 마르기 전
에는 불도저를 움직일 수가 없을 것이었다. 송곤수는 남은 돈
을 헤아렸다. 땅이 굳어도 연료비를 감당할 수는 없었다. 영농
사업자등록이 없어서 면세유를 구입할 수도 없었다.

　송곤수는 면소재지 중고장비 가게에 전화를 걸어서 불도저

를 흥정했다.

　―물건을 봐야 값을 매기지요.

　가게 주인은 비가 그치면 트럭을 몰고 와서 불도저를 싣고 가겠다고 말했다. 비가 내리는 닷새 동안 송곤수는 불도저를 닦고 조이고 기름쳤다. 동력전달장치를 풀어서 마디마디 기름을 쳤고 흘러내린 기름을 걸레로 닦아냈다. 강물의 유로에 내려앉는 석양이 헛간 안쪽으로 스밀 때 피스톤과 관절들은 피가 도는 근육처럼 발갛게 빛났다. 가게 주인은 닷새 후에 왔다.

　―아이구, 이렇게 작은 게 다 있었나? 이런 장난감은 어디서 구하셨소. 앙큼하구만.

　―얼마나 쳐주실라요?

　―이걸 부려서 뭘 할 수가 있나. 텃밭이나 쑤시면 딱 맞겠구만. 오백만원 드리리다.

　―일시불로 주시오.

　―그런데, 이걸로 그 동안 여기서 뭘 하셨소? 하루 종일 왔다갔다는 하던데……

　―왔다갔다했었소.

　가게 주인이 트럭 적재함에서 땅바닥까지 비스듬히 철판을 깔아서 비탈을 만들었다. 송곤수는 불도저에 올라탔다. 송곤수는 키를 돌려서 시동을 걸었다. 송곤수는 레버를 당겨서 전진기어를 넣었다. 송곤수는 헛간 밖으로 불도저를 몰고 나왔다. 젖은 땅을 밀어내는 타이어가 흙에 파묻혀 요동쳤다. 타이어 뒤쪽으로 젖은 흙이 튕겨져나갔다. 핸들을 잡은 송곤수의 팔에 오른쪽 타이어가 허전하게 느껴졌다. 차체의 하중이 왼쪽으로 기울고 있었다. 송곤수는 오른쪽으로 급히 핸들을 꺾어서 균형을 수습했다. 불도저는 비탈을 따라 올라가서 트럭 적재함에 실렸다. 비탈을 오를 때 엔진이 검은 연기를 토해냈고 액셀을 밟는 송곤수의 장딴지가 떨렸다. 송곤수는 적재함에서 뛰어내렸다. 가게 주인이 트럭을 몰고 개활지를 내려갔다. 철거시한은 삼십오 일이 남아 있었다.

김철은 이삿짐 보따리를 케이블에 실어서 모래톱으로 내렸다. 보급선이 이삿짐을 포구로 옮겨놓으면 거기서부터 택배회사가 강원도 산골마을까지 배송해줄 것이었다. 이삿짐은 일주일 먼저 섬을 떠났다. 숙사에는 이부자리와 기저귀, 젖병 그리고 양재기 몇개가 남아 있었다.

업무를 인계할 후임자를 발령해달라는 김철의 요청에 지방항만청은 한달째 회신하지 않았다. 이삿짐이 떠나던 날 오후에 지방항만청 인사과장이 전문을 보내왔다. 후임 등대장 발령과 후속 인사조치에 관한 사항이었다.

……지방청 내 수로직 6급 중에서 후임자를 선정할 수가 없었네. 인원이 모자라는 사정은 자네가 더 잘 알 것일세. 별수 없이 지금 소라도에서 근무중인 7급 중에서 선임자를 우선 등대장 직무대행으로 발령했네. 청장님 지시일세. 그 대신 직원 1명을 충원해서 보내겠네.

새로 소라도에 보내는 직원의 이름은 송곤수, 나이는 55세, 직급은 계약직 임시직원일세. 나이가 많기는 하지만, 도산한 대기업 경영진 출신으로 전기설비, 기계설비, 발전설비에 경험이 많은 사람일세. 본인의 말로는 면허는 없지만 중장비도 다룰 수 있다고 하네. 등대에서 발전이나 배전, 장비관리 업무에 유효히 쓸 수 있는 인재라고 생각되네. 본인이 오지근무에 지원했는데, 청장님도 면접 보시고 만족하셨네. 송곤수는 11월 5일자 보급선 편으로 소라도에 부임시키겠네. 송곤수가 부임하면 등대 실무규칙을 잘 일러주어서 빨리 적응할 수 있도록 지도해주게. 육지로 가는 길에 틈이 있으면 청장님께 들러서 인사드리기 바라네……

송곤수는 이틀 후에 왔다. 김철은 등대장의 의자에 앉아서 송곤수를 맞았다. 송곤수는 긴 코트 위에 배낭을 메고 있었다.

김철은 지방항만청에서 보내온 송곤수의 이력서를 들여다보았다.

—인사과장한테서 얘기 들었습니다. 연세가 높으신데, 이런 험한 섬을 지원하셨군요.

—그렇게 되었습니다. 부대끼다보니……

—여러가지 기술이 있으시더군요. 중장비도 하십니까?

송곤수는 히히 웃었다.

—그저 장난으로 조금……

김철은 송곤수를 데리고 등대 구내를 안내했다. 김철은 등탑 내부의 나선형 계단을 따라서 등명기가 설치된 꼭대기로 올라갔다. 송곤수가 뒤를 따랐다.

—이게 할로겐 등명기인데, 광달거리 25마일입니다. 전기점화식이죠.

—전기점화라면 나도 배선망을 만질 수 있지요. 저도 좀 배우면 이걸로 신호를 보낼 수 있을 겁니다.

신호를 보낼 수 있을 겁니다……라고 말할 때 송곤수의 목소리는 머뭇거리면서 떨렸다.

—회전식입니다. 멀리서 보면 섬광으로 보이지요. 12초 1섬광.

—그렇겠군요.

김철은 등대장 직무대행을 맡은 7급 직원을 불러서 송곤수를 소개했다. 7급 직원이 송곤수에게 『항로표지실무지침』을 한 권 주고 숙사에서 쉬게 했다. 그날 밤 송곤수는 깊이 잠들었다.

닷새 후에 김철은 섬을 떠났다. 보급선은 저녁 무렵에 모래톱에 닿았다. 선원들이 갓난아기를 안은 장모와 아내를 부축해서 배에 태웠다. 배는 후진으로 모래톱을 떠났다. 저물어서 단애로 돌아오는 갈매기들이 높은 목청으로 울었다. 등대직원들이 멀어져가는 배를 향해 손을 흔들었다. 배가 전진으로 돌아서면서 속도를 높였다. 수평선에 걸린 해가 모래톱까지 빛의 다리를 펼쳤다. 빛을 부수며 배는 나아갔고 배 지나간 자리에서 빛들은 다시 들끓었다. 송곤수는 등대 사무실에서 멀어져가는 배를 바라보았다. 어두운 물 위에서 마지막 빛 몇점이 퍼덕거렸다.

송곤수는 18시 25분에 점등했다. 12초 1섬광의 빛다발이 저녁의 어스름을 휘저었다. 갈매기 울음소리가 멎었다. 배는 단애 모퉁이를 돌아서 사라졌다. 바람은 동남에서 불어왔다. 맑고 가벼운 바람이었다. 버리고 간 기저귀가 빨랫줄에 걸려 있었다. 배가 사라진 쪽으로 기저귀는 길게 나부꼈다.

朋

야윈 산들이 비틀려 있었다. 마을을 가운데 놓고 산들은 달아나듯이 흩어졌다. 높지도 않은 봉우리들이 가팔랐다. 바위들은 맥을 이루지 못하고, 꼭대기나 산허리께서 굴러떨어질 듯이 위태로웠다. 산들은 불러서 거느리지 않았고 조아려서 맞지 않았다. 봉우리들은 고개를 돌려서 외면했고, 산과 산이 겹치는 언저리가 차갑고 축축했다. 흩어져 뒹구는 봉우리들은 거두어들이지 못했고 퍼져나가지 못했다. 봉우리들은 제 가끔 제 방향으로 처박혀서 인간의 시선을 퉁겨냈다. 게으르고 무례한 산들이었다. 돌아선 어깨마다 칼로 쳐낸 듯이 바위가 드러났다. 거기에 진물이 흘러서 햇빛을 받을 때 오히려 차가웠다.

물은 수계(水系)를 가늠할 수 없이 난잡하고 초라했다. 물길은 산을 깎아내듯이 바싹 달려들었으나 거기에 흐르는 물은 빈약하게도 기신거렸다. 처박힌 봉우리마다 물줄기 하나씩을 지렸는데, 이쪽 봉우리를 돌아나온 물길이 산을 어려워하는 기색도 없이 저쪽 봉우리의 아랫도리를 향해 찌를 듯이 달려들었다. 방자하고도 아둔한 물길이었다. 외면하고 돌아선 봉우리들 사이로 오십 호쯤 되어 보이는 슬레이트집들이 눌어붙어서 산과 마을은 서로 언짢아했다.

—니미럴, 좆같은 동네로구만. 저런 구석에도 절간이 다 있나.

고갯마루에서 자동차를 세우고 마을을 내려다보면서 내 조교 오문수는 그렇게 말했다. 오문수는 마을 쪽을 향해 오줌을 갈겼다. 오문수의 오줌발은 가늘고 무력했다. 힘을 줄 때마다 토막으로 끊어져 나오는 오줌줄기의 끝은 고드름처럼 방울로 떨어졌다. 벌겋게 핏발 선 오줌에서 덜 삭은 술냄새와 숙취해소용 드링크제 냄새가 났다.

—동네 물줄기가 꼭 니 오줌줄기 같구나.

오줌을 털면서 오문수는 낄낄 웃었다. 나는 산과 마을을 망원으로 당겨서 사진 찍었다. 시야 속에서 아무런 구도도 잡히지 않았고 처박힐 구석을 찾아서 달아나는 산들이 파인더 밖으로 비어져나갔다.

마을의 행정지명은 기원리(祇園里)였고, 마을 뒷산에 들어
선 절 이름도 기원사(祇園寺)였다. 기원사 절터 이름은 『삼국
지리지』에 적혀 있다. AD4세기에 그 자리에 절이 있었다는
것인데, 신라 화엄종 고승의 개산(開山)설화를 깔고 앉은 옛
절은 알 수 없는 과거에 무너졌고 그후 한 번도 본격적인 중창
이 이루어지지 않은 채 절터는 버려져 있었다. 지금은 이십여
평 콘크리트 건물에 페인트로 단청을 입힌 대웅전 옆으로 컨
테이너 박스를 들여놓고 여승들의 숙사로 쓰고 있는 남루한
절이었지만, 절 이름은 옛 절 이름대로 기원사였다. 절 마당에
는 탑신이 기울고 옥개석이 깨어진 오층석탑 기단에 돋을새김
의 비천상이 남아 있어, 거기는 신라 초기의 절터였다. 기단의
돋을새김에서, 횡적(橫笛)을 부는 선녀는 옷자락을 길게 나부
끼며 바람처럼 흘러가고 있었다. 마모가 심해서, 피리 부는 여
자는 AD4세기의 저쪽으로 사라지는 아득한 흔적처럼 멀었
다. 절 주변에는 본래 인가가 없었는데 도시 재개발지구의 철
거민들이 흘러들어와 마을을 이루자 기원사라는 옛 절 이름을
따라서 기원리라고 행정지명을 붙였다.

기원은 부처가 금강경을 설했던 인도 코살라 왕국의 대가람
기수급고독원(祇樹給孤獨園)을 앞글자와 뒷글자만으로 줄여

서 일컫는 이름이고, 그래서 인류 최초의 불교사찰의 이름이 기원정사(祇園精舍)가 된 사연은 다 알려진 얘기다. 기원정사에 머물 때 부처는 아침마다 맨발로 걸어서 성 안으로 들어가 밥을 구걸했다. 맨발의 비구 천이백오십 명이 부처의 뒤를 따랐다. 기원정사의 아침은 집단 걸식으로 장관을 이루었다. 부처가 금강경을 설하던 날도 똑같은 일상이 반복되었다. 밥 때가 되자 맨발의 부처는 밥을 구걸해서 절로 돌아왔고, 얻어온 밥으로 아침을 먹었고, 빈 밥그릇을 닦아서 제자리에 가져다 놓았고, 더러워진 발을 씻었고, 그리고 자리를 깔고 편안히 앉아서 설법을 시작했다. 밥 때가 되자 밥을 먹고, 밥을 다 먹고 나서 설거지를 하고, 더러워진 발을 씻는 일은 현묘하지도 장엄하지도 않다. 그것은 일상의 반복일 뿐이다. 도올 김용옥은 『금강경강해』(통나무, 1999)에서 이 대목을 해설하면서 금강경이 부처와 그 무리들의 평범하고도 일상적인 하루의 일과 속에서 말하여지고 알아들어졌다는 사실에 감격하고 있었다. 나는 도올의 글을 읽으면서 그처럼 상례적인 일상의 구체성에 감격하는 그의 놀라운 놀라움이 놀라웠다.

고갯마루에서 기원사는 보이지 않았다. 헐벗은 평지돌출의 봉우리가 마을의 뒤쪽을 바짝 짓눌렀고 기원사는 그 봉우리 뒤쪽이었다. 야위고 비틀려서 이 구석 저 구석으로 처박혀버린 산봉우리들 틈에 들어선 그 남루한 절이 부처의 옛 절 기원 정사와 무슨 사소한 인연이라도 있는 것인지는 알 수 없었다. 하기야 삼 년 전에 '출토인골분석결과로 본 고대 동아시아 3국 사람들의 영양섭취상태 연구'라는 학술발표회 때 일본 교토에 가보니까, 근대의 여명기에 메이지 사무라이들의 잔혹한 살육전이 휩쓸고 지나간 거리는 술집과 명품전과 가게들이 빼곡히 들어서서 불야성의 환락가를 이루고 있었는데, 그 거리의 이름도 기원이었다.

우리는 다시 기원리 마을을 향해 내리막길로 차를 몰아갔다. 오문수가 핸들을 잡았고 나는 옆자리에 앉았다. 타이어 밑에서 자갈이 튕겼고 자동차가 시든 풀숲을 스칠 때 메뚜기들이 튀었다. 11월의 늙은 메뚜기들은 여름내 햇볕 속을 쏘다닌 대가리며 넓적다리가 누렇게 달구어져 있었다. 메뚜기는 한해살이 곤충이라는데, 11월에 그 많은 메뚜기나 방아깨비들은 어디로 가서 죽는지 알 수 없었다.

— 형, 이런 데서도 성불이 될까?

— 왜? 너 성불하려고? 니 오줌발을 봐라. 그게 되겠냐? 그게 안 되니까 절 이름을 기원사라고 했겠지.

오문수는 또 낄낄 웃었다. 그의 웃음소리는 뱃속에 들어 있는 파충류나 조류가 끼룩거리는 소리처럼 들렸다.

우리는 마을 가운데로 뚫린 농로를 따라서 절 쪽으로 올라 갔다. 절에는 일주문이 없었고, 절 입구에 '기원사→'라고 써 붙인 팻말이 꽂혀 있었다. 오문수는 절 마당 안까지 차를 몰고 들어가서 여승들이 숙사로 쓰고 있는 컨테이너 박스 앞에 차 를 세웠다. 대웅전은 콘크리트 슬래브 건물이었는데, 그 추녀 끝에 풍경이 매달려서 바람에 끄달리며 절그렁거렸다. 절 마 당 안까지 자동차를 들이밀어도 제지하는 사람이 없었다. 절 에서 웬 개를 기르는지, 누런 잡종견 두 마리가 낯선 사람을 피해 짖지도 않고 달아났다.

여승 한 명이 대웅전 계단 아래 쪼그리고 앉아서 시멘트 틈 새로 돋아난 잡초를 뽑고 있었다. 여승은 자동차 쪽을 한 번 쳐다보더니 다시 고개를 숙여 풀뽑기를 계속했다. 우리는 자 동차 안에서 여승이 기척을 주기를 기다렸다. 머리를 깎아서 중처럼 보이기는 했는데, 바지만 승복이었고 위에는 꽉 조이 는 스웨터를 입고 있었다. 스웨터 안에 브래지어를 하지 않았 는지 젖가슴의 육질이 그대로 드러났고 쪼그리고 앉은 엉덩이 의 중량감이 무거워 보였다. 맨발에 고무신 뒤축을 찌그려 신 었는데 발뒤꿈치 각질에 때가 끼어 있었다.

여승은 앉은걸음으로 이동하면서 풀을 뽑았다. 호미로 풀을 걷어낸 자리를 다시 꼬챙이로 쑤셔서 풀뿌리를 뽑아냈고, 뿌리가 뽑혀진 구멍 언저리의 들뜬 흙을 손바닥으로 다독거렸다. 절 마당에 잡초는 지천으로 널렸고, 평생을 풀뽑기로 끝마칠 것처럼 여승의 작업은 고요히 집중되어 있었다. 앉은걸음을 옮길 때마다 스웨터 아래로 허리춤의 맨살이 보였고 여승의 손길이 지나온 자리에는 새 흙이 뽀얗게 드러났다. 기우는 해가 쪼그려앉은 여승의 그림자를 늘어뜨려서 여승은 제 그림자를 깔고 앉아 뭉개고 있는 것처럼 보였다.

— 형, 저것도 중일까?

운전석에 앉은 오문수는 그렇게 중얼거렸다. 나는 오문수의 오줌에서 풍기던 드링크제 냄새의 더러움과 그가 내리막길에서 말했던 '성불'이라는 것의 답답함을 생각했다. 오문수가 자동차 유리창을 내리고 여승 쪽을 향해 소리쳤다.

— 스님, 말 좀 물읍시다.

여승은 진저리를 치듯이 놀라면서 쪼그려앉은 자세로 고개를 돌렸다. 저녁 햇살을 받는 흰 목이 붉었다. 가슴에서 목으로 올라가는 힘살이며 핏줄이 도드라졌다. 목이 길어서, 힘살과 핏줄은 할퀴어낸 자리처럼 보였다. 피리를 불면서 AD 4세기의 저쪽으로 흘러가던 돋을새김의 여자가 이쪽으로 돌아서서 돌을 박차고 뛰쳐나오는 환각을 나는 느꼈다. 오문수는 자동차 유리창 너머로 소리쳤다.

─이 절 근처에 녹슨 쇳조각 굴러다니는 자리가 어딥니까?

　여승은 호미 쥔 손으로 대웅전 왼쪽을 가리켰다.

　─알터를 찾으시나요? 저쪽으로 돌아가세요. 물웅덩이를 지나면 오른쪽으로 길이 나옵니다.

　─알터요? 차가 갈 수 있나요?

　─안 될 거예요. 걸어서 가세요.

　가세요, 라고 말할 때 여승의 'ㅅ' 발음은 가볍고도 날카로웠다. 우리는 차에서 내려, 여승이 일러준 길을 따라서 산을 올라갔다.

　지난 여름 홍수 때 기원사 뒤쪽으로 흩어진 산봉우리들이 무너져내렸고 봉우리들 사이의 분지가 뭉개졌다. 자발머리없는 산들은 한나절의 비도 품지 못했고 물은 마구 쏟아져내렸다. 무너지고 뒤집힌 흙 위에서 녹슨 쇠붙이들이 드러났다. 쇠붙이들은 분지뿐 아니라 무너진 봉우리들의 아래쪽마다 흩어져 있었다. 염소를 찾아다니던 노인이 녹슨 쇠붙이들을 발견하고 마을 이장에게 알렸다. 이장은 쇠붙이 몇 토막을 싸들고 대학에 찾아왔다. 총장은 이장에게 교통비 겸 사례금으로 십만원을 주어서 돌려보냈다.

　지방대학의 사학과는 고고학적 재료분석능력이 없었다. 학장은 쇠붙이를 서울 문화재관리청에 보내 분석을 의뢰했다.

회신은 두 달 후에 왔다. 방사성탄소연대측정법으로 검색한 결과, 이 쇠붙이들은 AD4세기 무렵의 철제무기라는 것이었다. 철제무기들이 산협을 따라가며 대량으로 발견되고 있는 상황으로 볼 때, 매우 의미 있는 유적지임에 틀림없으므로 중앙에서 발굴단을 파견하기 전에 우선 지방대학이 현장을 파악하고 보존에 필요한 기초적인 조치를 취해주기 바란다는 내용이었다. 문화재관리청은 지방군청 문화과에 공문을 보내서 대학의 현장보존활동을 지원해줄 것을 지시했고, 대학에도 작업비를 보내왔다. 돈이 도착하자 나른하게 늘어져 있던 지방대학은 각성제 주사를 맞은 듯이 생기가 돌았다. 총장은 서울에서 내려오는 발굴단을 따돌리고 정부가 주는 연구비만을 받아내서 지방대학들의 연합조사로 발굴을 마무리지으려고 교육부 쪽에 로비 선을 걸쳤고 학장은 우선 지표조사만이라도 지방대학이 먼저 차지하려고 일을 서둘렀다. AD4세기와 그 언저리는 나의 전공이기는 했지만 권력구조의 팽창과정을 문헌사학으로 공부해온 나는 고고학적 접근방법이나 논리전개에는 낯설었다. 인간의 삶의 총체 중에서 출토유물로 발굴될 수 있는 부분은 그야말로 하찮은 편린에 불과할 터인데, 소의 터럭 한 개에도 못 미치는 그 편린을 들여다보면서 역사를 짜맞추어나가는 이른바 물증주의적 방식을 나는 긍정할 수 없었다. 그렇다고 해서 문헌사학이 지나가버리고 흩어져버린 삶 전체를 복원하거나 설명할 수 있는 것도 아니었다. 시간이 논리나 물증으로부터 곁돌고 있다는 공허감이 공부로 해결될 수 있는 일은 아니지 싶었다.

— 김교수, 학자가 전공의 영역에만 주저앉아 있던 시대는 지났소. 그 벽을 부수고 나가야 새로운 학문적 시야가 열릴 것이오. 다른 학교들과 연대해서 역량 있는 발굴조사팀을 결성해보시오. 뒷일은 내가 꽉꽉 밀겠소. 정부 돈이 모자라면 예비비라도 끌어댈 작정이오.

내 연구실까지 찾아와서, 총장은 그렇게 말했다. 임기중에 총장직을 내놓고 다음번 지방선거 때 여당후보로 도지사에 출마한다는 소문이 파다한 총장도 현장조사를 다그칠 때는 진지한 학자처럼 보였다. 아마도 선거 전에 자신의 업적으로 떠벌릴 수 있는 유적이나 유물들을 땅 밑에서 끌어내려는 속셈일 것이라고 교수들은 술자리에서 수군거렸다.

그날, 우리는 여승이 가리킨 방향을 따라서 두 시간쯤 산길을 더듬어나갔으나 현장을 확인할 수 없었다. 본격적인 지표조사도 아니고, 일단 장소를 알아놓는 예비답사쯤으로 나선 길이었지만, 나나 오문수 둘 다 초행길이었고 안내자가 없었다. 어지럽게 비틀린 산줄기 틈에서 초겨울의 저녁은 일찍 저물었고 돌아갈 길이 걱정되었다. 내 조교 오문수는 전짓불도 준비하지 않았다. 여승이 말한 '알터'라는 자리로 짐작되는 지점이나 녹슨 쇠붙이 한 토막도 찾지 못한 채 우리는 자동차를 세워둔 절 마당으로 서둘러 내려왔다. 불 꺼진 절은 캄캄했고, 지은 지 얼마 안 되는 대웅전 건물에서 시멘트 냄새가 풍겼다. 어둠 속에서 풍경이 뎅그렁거렸다. 자동차 전조등을 켜고 시동을 걸어서 절 마당을 돌아나올 때까지 절에서는 아무도 내다보지 않았다.

그해 추위는 일찍 와서 오래 머물렀다. 11월 말부터 내린 눈이 겨우내 쌓였다. 야위고 비틀린 봉우리들과 남루한 절 지붕이 눈에 덮였다. 절에서 알터로 올라가는 길은 끊겼고, 땅 밑은 깊이 얼었다. 봄이 와서, 눈이 녹고 땅이 풀릴 때까지 현장조사는 이루어질 수 없었다.

대학 언저리에는 뚜렷한 생업도 없이 한적(漢籍) 한 줄 제대로 읽지 못하면서 학문합네 하는 동네의 변두리에 빌붙어서 허송세월로 나이를 먹어가는 지식인 잡배들이 들끓게 마련인데, 오문수는 지도교수인 내가 보기에도 그런 부류였다. 오문수는 학업에 열의가 없었다. 대학원 박사과정에 입학한 지 팔년이 지났는데도 논문 주제조차 정하지 못했다. 그가 왜 학문중에서도 가장 고단하고 팍팍한 고대사 전공의 길로 들어섰는지, 나는 물어본 적이 없었다. 십여 년 전부터 인문계열의 학과들은 정원미달로 폐과되거나 통폐합되었고, 고대사 분야에서는 박사학위를 가진 사십대 후반들이 즐비하게 늘어서서 임용을 기다리고 있었다. 말이 좋아 전공이지, 오문수는 학비가 떨어지면 육 개월이나 일 년씩 입시학원이나 백화점의 문화센터에 나가서 외국어 강사 노릇을 했다. 나는 그가 강사의 일에 그냥 눌러앉아 있기를 바랐으나 오문수는 돈이 조금 모이면 강사를 집어치우고 다시 대학원에 등록을 해놓고 빈둥거렸다.

오문수는 내 조교였지만 사석에서는 나를 '형'이라고 불렀다. 내가 열 살 때 전기가 들어온 벽촌 산간마을이 그와 나의 고향이었고 그는 그 마을이 속한 소읍의 고등학교 사 년 후배였다. 그가 내 조교를 자원했을 때 나는 썩 내키지 않았지만, 대학사회에서 이미 따돌려진 그를 동향이며 고교 선배인 내가 거절한다면 그는 어디에도 비비적거릴 곳이 없었다. 인연이란 던적스러웠지만, 그것이 그와 내가 자라난 시골 소읍의 생리이며 정서였다.

대학 앞 식당 거리에 원룸아파트를 얻어놓고 오문수는 여자를 자주 바꾸어 들였는데, 오문수의 여자들은 거의가 학교를 졸업하고 나서도 대학 근처에 서식하는 후배들이었다. 그가 입시학원에 나가느라고 대학을 떠나 있을 때는 동거중인 무용과 졸업생이 임신중절수술을 했다는 소문이 돌았는데, 방학이 끝나고 그가 다시 학교로 돌아왔을 때 오문수의 여자는 정보통신학과 사학년 여학생으로 바뀌었다. 여자의 부모들이 총장에게 투서를 보냈고 기독교학생회에서 그의 '면학분위기 파괴행위'를 규탄하는 대자보를 써 붙이자 대학신문 학생기자들이 취재를 시작했다.

나이가 많기는 했지만 오문수는 늘 학생신분이었다. 사십대 남자 학생과 여자 졸업생이 캠퍼스 밖에서 동거하는 짝짓기 행위를 학칙으로 처벌할 수는 없었고 조교는 임용된 직원이 아니었으므로 교직원윤리규정을 적용할 수도 없었다. 총장은 학보사 주간교수를 눌러서 학생기자들의 보도를 막았고 오문수의 '패륜엽색행각'을 단속해줄 것을 지도교수인 나에게 당부했다. 지도고 단속이고가 가능한 일이 아니었고 나는 그가 더이상 대학 언저리에 얼씬거리지 말아주기를 바랐다.

봄학기 개학을 앞둔 2월 초에 나는 오문수를 학교 앞 술집으로 불러내서 정식으로 퇴교를 권유했다.

—야, 너 논문 주제 정했냐? 무슨 의논이라도 있어야 할 거 아냐.

오문수는 닭 모래집을 굽는 연탄화덕을 뚫어지게 들여다보고 있었다. 푸른 불꽃이 날름거리는 연탄구멍은 깊을수록 밝아서 끝이 보이지 않았다.

— 형 미안해, 시간이 역사 속에서 어떤 작용을 하는 것인지에 대해서……

— 야 인마, 너 개수작하지 마. 그건 안 된다고 지난번에 말했잖아. 다른 교수들도 한심해서 웃더라.

이 년 전 가을학기 종강 때도 논문 주제를 결정하고 논리전개방식을 구성하라는 요구에 오문수는 "시간이 역사 속에서……" 어쩌구 하는 얘기를 우물거렸다. 그때 나는 사실 할 말이 없었다. 그때도 나는 이 닭 모래집을 굽는 연탄화덕 앞에서 오문수를 대면하고 있었다. 그때, 나는 아마 "야 너 그걸 논증할 수 있다고 생각해?" 정도의 면박을 주었던 것 같다. 그때, 나는 AD4세기의 권력구조를 생각하고 있지 않았다. 나는 아마, 이름할 수 없는 세기의 저녁노을이나 간장 된장이 익어가는 장독을 생각하고 있었던 것 같다.

— 야, 나도 잘 모르지만, 역사는 된장독이 아닐 거야. 김장독도 아니고. 너 공부하기 싫으면 학교 떠나.

오문수는 대답하지 않고 끼룩끼룩 웃었다. 그의 웃음소리는 만경강 갯벌에 내려앉는 철새의 울음소리를 연상케 했다. 웃음소리에 창자가 흔들리는 진동이 스며 있었다.

―너 설마 교수자리 기다리면서 눌어붙으려는 건 아니겠지.

―형, 그건 아냐. 형도 알잖아.

―그럼 뭐야? 허송세월 그만하고 이번 학기 전에 정리해.

―형 내가 알아서 할게. 너무 그러지 마. 형이 학비 대주는 거 아니잖아.

오문수는 제 손으로 소주를 부어서 거푸 마셨다. 술이 취하면 오문수는 식탁에 팔꿈치를 괴고 제 두피를 긁어댔다. 감지 않은 머리터럭에서 비듬이 떨어졌다. 더러운 술버릇이었다. 나는 그의 입지를 보다 정확히 알려줄 필요가 있었다.

―야, 넌 임용 안 돼. 오 년 전에 학위 딴 니 후배들이 줄 서서 기다리고 있어. 넌 또 평판이 너무 나빠. 너 요즘 임용심사에 윤리조항이 강화된 거 알고 있지? 성추행 한 번이면 교수도 짤리는 세상이야. 넌 하버드 학위를 가져와도 안 돼.

―형, 난 성추행은 안 했어.

―그럼 그게 다 미담이냐?

오문수는 팔꿈치를 괴고 두피를 긁으면서 끼룩끼룩 웃었다.

―미추를 다 떠난 거지.

―다 떠나? 웅장하구나. 야, 너 그러려면 딴 데 가서 놀아. 대학 근처에서 얼쩡거리지 말고.

오문수의 주량은 세지 않았다. 그날 오문수는 대취했다. 머리를 괸 팔꿈치가 자꾸만 쓰러졌고 이마로 식탁을 찧었다. 나는 오문수 앞에 놓인 깍두기 그릇을 옆으로 밀쳐놓았다. 술에 취하면 오문수는 모든 논리력을 잃었고 환상과 현실을 뒤섞어서 마구 주절거렸는데, 이상하게도 술 취한 그가 헛것을 헛되이 지껄일 때 그의 묘사력은 구체적인 사실성을 완성해가고 있었다. 오문수는 씹던 안주를 침을 뱉듯이 땅바닥에 뱉어내고 말했다.

— 이 안주가 닭이잖아! 형, 닭하고 해봤어? 난 얼마 전에 닭하고 했다. 의자에 앉아서 암탉을 뒤로 끌어안고 밀어넣었어. 암탉 밑구멍이 작지 않아. 그러니까 알을 낳지. 처음엔 빡빡했는데, 끄트머리를 밀어넣으니까 쑥 들어갔어.

오문수는 식탁에 이마를 대고 땅바닥을 향해 중얼거렸다. 나는 그의 머리통에 대고 소리질렀다.

— 야, 알았어. 학교 때려치우고 맘대로 붙어라.

— 쑥 들이미니까, 닭이 홰를 치면서 퍼덕거렸어. 더 들이미니까 닭이 목을 빼고 울더군. 암탉이 꼭 수탉처럼 길게 울었어. 새벽이 오는 것처럼 말야. 새벽이……

— 그래 좋더냐?

— 뜨거웠어. 뜨겁고 오돌도돌했어. 그게 닭인가봐. 형은 닭이 뭔지 알아? 형도 한번 해봐.

—너나 실컷 해라. 이 쓰발놈아.

홀 안은 닭 모래집 굽는 연기로 자욱했다. 그날 나는 술 취한 오문수를 혼자 남겨두고 먼저 자리에서 일어섰다.

군청 토지대장을 떼어보니까 기원리라는 행정구역의 면적은 십만여 평이었고 전체 면적의 구십 퍼센트 이상이 '임야(林野)'로 분류되어 있었다. 삼십 년 전에 녹지지구로 지정된 후 한 번도 용도변경신청이나 허가가 없었다. 기원리에서 구석기나 신석기가 출토된 적이 없었다. 삼십 년 정도가 아니라 창세기 이후 이승만 정권 때까지 기원리 일대에 취락이 형성되었다는 기록은 없다. 수억만 년 동안 기원리는 그야말로 임야였다. 박정희 대통령 시절에 후방지역에 육군 향토사단들이 들어섰는데, 그때 기원리에는 향토사단 예하의 3대대가 주둔했다. 3대대는 교육대대였다. 교육대대는 도 출신 입영장정들을 징집해서 육 주간의 신병훈련과 예비군교육을 실시했다. 그때부터 기원리에는 3대대 기간장병들의 군인가족들이 모여들어서 취락이 형성되었고 면회객들을 상대로 여관 다방 식당 당구장 휴게소 들이 들어서서 작은 거리를 이루었다. 우체국과 은행의 지소가 개설되었고 도청소재지의 늙은 창녀들도 기원리로 옮겨왔다. 박정희 대통령이 총 맞아 죽은 후 기원리에 주둔하던 3대대는 사단사령부 안으로 옮겨갔다. 대대가 철수하자 마을과 거리도 사라졌다. 그후 기원리 마을 일대는 국방부 관할의 국유지로 편입되었다. 주민들이 떠나자 국방부 관재국은 불도저를 동원해서 거리의 무허가건물들을 뭉개버렸다. 단층 슬레이트 건물들을 밀어내는 데는 이틀 정도가 걸렸다. 국방부 관재국은 도시에서 연탄재를 실어와서 뭉개진 건물의 지하구조와 소택지들을 메웠다. 연탄재로 메운 땅 위에 다시 풀이 돋아나서 기원리는 여전히 임야였다.

김영삼 대통령 말기에는 도시 재개발지구의 철거민들과 다목적댐 건설지구의 수몰이주민들이 기원리로 흘러들어와 국유지를 무단 점거하면서 다시 마을을 이루었다. 그때 기원리 국유지 관할권은 국방부에서 과기처로 넘어가 있었다. 과기처는 기원리 국유지에 국립생명공학연구소 직원들을 위한 휴양시설을 지으려고 주민들을 내몰기 시작했다. 군청과 지방경찰청이 용역회사 직원들을 앞세워 철거작전에 나섰다. 주민들은 격렬히 맞섰다. 용역회사 직원들이 기원리 외곽의 루핑집 몇 채를 때려부수자 주민들은 절 아래 동네로 집결했다. 주민들은 무너진 집의 기둥과 널빤지를 얼기설기 엮어서 높이 오 미터쯤 되는 망루를 세우고 '진지사수전투'로 들어갔다. 망루 주변에 석축을 쌓고 시너통을 배치했다. 주민들은 경운기 모터를 동력으로 삼는 회전식 발사장치를 만들어서 망루 위에 배치했다. 장전에 시간이 걸리기는 했지만 골프공 오십 개를 동시에 발사할 수 있었다. 발사대를 상하좌우로 이동시키는 기초적인 조준장치도 갖추었고 사정거리는 이백 미터가 넘었다. 화약발포식은 아니었지만 물리적 구조와 작동방식은 권율이 행주산성전투에 동원했던 화차(火車)와 흡사했다. 탄알구멍에 똥물이 담긴 드링크병을 장전하면 똥탄 오십 발이 동시에 날아갔다. 공방전은 한 달이 넘게 계속되었다. 주민 한 명이 경찰이 쏜 물대포 직격수봉에 머리를 맞아 두개골 파열로 죽자 여론은 악화되었다. 경찰은 주모자급 두 명을 구속하면서 철거작전을 포기했고 과기처는 휴양시설부지를 남해안으로 옮겨갔다. 그후 주민 오십여 가구는 국유지에 눌어붙었고 행정관청은 하는 수 없이 마을 이름을 '기원리'라고 붙였다. 옛 절에서 따온 이름이었다. AD 4세기에 그 마을에 '기원사'라는 절이 있었다는 『삼국지리지』의 기록만을 제외한다면, 구석기 이전부터 오늘에 이르기까지 기원리의 역사는 이것이 전부였다.

산들이 밑동을 겹쳤고, 겹친 그늘이 냉습해서 기원리의 눈은 더디 녹았다. 더러운 눈이 초봄까지 응달에서 얼어붙었고 눈 녹은 자리에 연탄재가 드러나서 바람에 먼지가 날렸다.

지난 가을에 풀을 뽑던 여승의 이름은 석정이었다. 절집에서는 부처의 이름인 석(釋)자를 승려들의 법명으로 흔히 쓴다지만, 그 남루한 절간에서 법명이란 왠지 가당치 않아 보였다. 석정이 그 여자의 법명인지 속명인지는 물어보지 않았다.

봄에, 다시 오문수를 데리고 알터를 찾아나섰을 때 나는 기원사에 들러서 주지에게 내 신분과 방문목적을 밝히고 안내자를 붙여줄 것을 요청했다. 주지는 늙어서 가물가물한 여승이었는데, 방 안에서 대소변을 보는지 요강에서 악취가 났다. 주지는 절 앞마당으로 통하는 장지문을 열고 밖을 향해 소리쳤다.

—석정아, 너 이 손님들을 알터로 모셔라. 학교 선생들인디, 쇳조각 보러 왔디야. 다녀오니라.

다녀오니라, 다음에 늙은 주지는 나무관세음보살……이라고 입 속으로 웅얼거렸다.

—쩌어리 나가보시오. 저 아가 모실 텐게.

대웅전 앞마당에서 여승은 지난 가을과 똑같은 자세로 쪼그리고 앉아서 풀을 뽑고 있었다. 여승은 마치 모내기를 하듯이 마당에 비닐끈을 쳐놓고, 줄을 따라서 풀을 뽑으며 앉은걸음으로 움직였다. 절 앞마당은 넓었고 봄풀은 지천으로 돋아나고 있었다. 여승이 마당 저쪽까지 풀을 뽑고 나가면, 이쪽에서 다시 풀들이 돋아날 것 같았다. 마당 한가운데를 건너가는 빨 랫줄에 속옷이 걸려 있었다. 길게 늘어진 브래지어와 양말짝, 스웨터, 내복 바짓가랑이 자락이 바람에 흔들렸다. 브래지어 는 쪼글쪼글했고 낡은 내복은 솔기가 삭아서 흩어져 있었다. 쪼그리고 앉은 여승의 등에서 빨래 그림자가 흔들렸고, 그림 자가 흔들릴 때마다 풍경 소리가 뎅그렁거렸다. 빨래 그림자 는 피리 부는 오층석탑 돋을새김 여자의 옷자락처럼 풍경 소 리에 실려 여승의 몸을 스치는 듯싶었다. 여승의 작업을 바라 보던 오문수가 혼잣말처럼 중얼거렸다.

— 형, 내 논문 주제는 역시 성립이 안 되겠지?

— 너, 개소리하지 마.

놓아먹이는 염소들이 절 마당에까지 들어와 있었다. 새카만 염소 두 마리가 오층석탑 기단석 위에 엎드려서 매매 울었고 피리 불며 흘러가는 여자의 옷자락에 덜 녹은 눈이 끼어 있었 다. 오문수가 여승에게 다가갔다.

— 스님, 길 안내를 좀……

여승이 일어서면서 몸을 뒤로 젖히고 기지개를 켰다. 멀리 서 다가오듯이, 가슴이 도드라졌고 흰 목이 길었다.

— 세 시간은 걸립니다. 알터까지 다녀오려면……

여승은 컨테이너 박스 안으로 들어가서 옷을 갈아입고 나왔다. 여승은 박박 깎은 머리통을 머플러로 감쌌고, 등산복 바지에 파카를 걸쳤다. 여승은 주지의 방 앞으로 가서 합장했다.

—다녀오겠습니다.

장지문 너머에서 주지가 대답했다.

—다녀오니라. 나무관세음보살……

길라잡이로 나섰지만, 여승은 뒤로 처져서 숨을 몰아쉬었다. 우리는 자주 걸음을 멈추고 여승이 다가오기를 기다렸다. 산길이 험하지는 않았지만 자주 이음이 끊어졌고 갈래가 무질서해서, 안내가 없으면 따라가기 어려웠다. 눈이 녹아서 바닥은 질척거렸고 신발 밑창에 진흙이 엉겨붙었다. 물웅덩이를 지나고 오부 능선쯤으로 이어지는 길을 따라 낮은 산허리를 몇 개 돌아나가자, 산봉우리들이 매맞은 개처럼 우물쭈물 물러서는 자리에 작은 분지가 나타났다. 거기가 알터였다.

알터는 두두룩하게 융기된 지형이었다. 산봉우리들이 멀어져서 융기의 질감은 확연히 드러났다. 비틀린 산들이 겹쳐진 안쪽에 작으나마 그런 개활지가 숨어 있었다. 융기된 언덕의 가운데가 패어 있었다. 그 파인 고랑을 따라서 덜 녹은 눈이 질척거렸고 눈 녹은 자리에는 새빨간 진흙이 드러났다. 인근 염소농가에서 가져다버렸을 라면박스나 음식찌꺼기가 고랑의

150

진흙 속에서 썩어 있었다. 염소들이 발목까지 빠지는 고랑 속을 파헤쳤고 고랑 언저리에는 지난 가을에 시든 억새풀이 허옇게 사위어서 목이 꺾인 채 바람에 흔들렸다. 산그림자가 멀어서, 알터에는 봄볕이 가득히 내리고 있었다. 여승이 양지쪽에 주저앉아 머플러를 풀었다. 하얀 머리통에서 김이 올랐다. 오문수가 내 옆에서 이죽거렸다.

　—형, 경치 좋지? 히히. 알터라더니, 진짜 금계포란형(金鷄抱卵型)이네.

　—야, 너 이젠 풍수질도 하냐?

　그날 오문수와 나는 알터를 중심으로 해서 반경 이 킬로미터 안쪽의 능선과 산협을 살폈다. 알터 가운데의 고랑은 산 쪽의 물줄기와 닿아 있는 것도 같았지만 유역이 분명치 않아서 오래된 자연지형인지 아니면 작년 홍수 때 파인 자리인지는 식별할 수 없었다.

　오문수가 인근 농가에서 쇠스랑을 빌려왔다. 오문수는 장화로 갈아신고 고랑 안으로 들어가서 쇠스랑으로 고랑 밑을 긁어냈다. 썩어서 푸석거리는 쇠붙이 몇 토막이 쇠스랑 끝에 걸렸다. 오문수는 쇠붙이들을 물에 흔들어 진흙을 씻어내고 햇볕에 말렸다. 쇠붙이들은 재질이 삭고 형태가 무너져서 칼인지 몽둥이인지 쓰임새를 구별할 수 없었다. 쇠의 부식(腐蝕)

은 제련과정에서 재료에 가해진 억압과 단련을 스스로 풀어헤치고 본래의 광석상태로 돌아가려는 자연현상이며, 금이 썩지 않는 까닭은 제련과정에서 외부의 에너지가 작용하지 않았기 때문이라는 재료공학적 설명은 『금속문화재보존처리술』의 첫 페이지에 적혀 있다. 오문수가 건져낸 그 썩은 쇠붙이들이 퇴화와 해체의 기나긴 회귀과정을 다 거쳐서, 이제, 칼도 아니고 도끼도 아니고 아무런 날(刃)도 아닌, 자연상태의 안정에 도달한 것인지는 알 수 없었으나 그 썩은 쇠붙이들은 쇠라기보다는 쇠에 눌어붙은 누룽지거나 시간의 토사물처럼 보였다. 오문수가 배낭에서 칫솔을 꺼내 말린 쇠붙이의 녹구멍을 후벼서 흙을 털어냈다. 뽀얗게 흙먼지가 일었고, 썩은 녹구멍 속에서 봄볕이 자글거렸다. 양지쪽에서 버너로 라면을 끓이면서 오문수가 또 이죽거렸다.

— 형, 논문거리 나왔네. 이게 다 권력구조 아닌가. 시기도 AD 4세기고.

— 다 썩었어. 내 것이 아냐. 너 가져라. 저걸로 학위 해봐.

— 형이 그건 안 된다고 그랬잖아.

— 그러니까 너 혼자서 해보라고.

오문수가 코펠 뚜껑에 라면을 덜어서 여승에게 내밀었다. 여승은 라면을 들고 바위 위로 올라가서 돌아앉아서 먹었다.

—나 혼자서? 니미, 아무래도 그래야……

오문수는 과장되게 카아카아를 내뱉으며 소주를 마셨다.

젖은 진흙을 쑤시던 염소들이 고랑 위로 올라와 몸을 털었다. 라면 냄새를 맡았는지, 염소들이 매매거리며 다가왔다. 새카만 털 위에서 문득 무지갯빛이 어른거렸다. 두 쪽으로 갈라진 발굽 사이가 깊었고, 빛을 퉁겨내는 까만 눈동자는 광물질이었다. 다가오는 염소를 쳐다보면서 오문수는 혼잣말처럼 중얼거렸다.

—형, 염소는 속이 어떨까?

—아직 안 해봤냐?

—아마, 캄캄할 거야. 밝다고도 어둡다고도 말할 수 없는 암흑일 테지.

—야, 니 좆에는 눈깔도 달려 있냐?

—그 어둠이 조여오겠지. 끊어질 듯이. 형은 염소가 뭔지 알아?

—너, 저번엔 닭이었잖아. 조류에서 포유류로 넘어왔구만. 다음엔 생선 차례네. 미친놈.

그날 오부 능선 아래쪽에서 오문수와 나는 녹슨 쇠붙이 열다섯 점과 사람의 것으로 보이는 뼈 토막 열 점을 수습했다. 쇠붙이들은 눈이 녹은 땅 위에 널려 있거나, 땅 속에 묻혀 끄트머리만 노출되어 있었다. 오문수가 꽃삽으로 흙을 제거하고 쇠붙이를 끌어올렸다. 흙 속에 박혀서 잡아당기면 바로 부스러져버리는 것들도 있었다. 도끼로 보이는 쇠붙이는 비교적 형태가 온전했으나, 칼은 손잡이 부분만을 알아볼 수 있었다.

뼈 토막들은 물 지나간 자리를 따라가며 발견되었다. 오래 땅 밑에 묻혀 있다가 홍수 때 토사와 함께 떠내려가던 것들이었다. 대퇴골인 듯싶은 뼈들 중에는 사람의 것으로 보기에는 좀 긴 것도 있었다. 작년 홍수 때 오부 능선 아래쪽에 들어서 있던 무연고 분묘 십여 기가 쓸려내려갔다. 물 지나간 자리에는 AD4세기의 뼈와 AD21세기의 뼈가 뒤섞여서 흩어져 있었다. AD4세기의 뼈는 삭고 문드러져서 쉽게 구별할 수 있었다. 척추로 보이는 뼈는 노인의 것이었던지, 마디의 접속부위가 심하게 마모되어 있었다.

설명하기 어려운 유적지였다. 유해와 무기가 함께 매장되었고 또 분묘의 영역이 이처럼 광범위하다면 권력집단의 세거(世居)가 전제되어야 하는데, AD4세기 무렵에 기원리가 속한 군현 일대는 신라의 권역이 아니었고 부족국가도 존재하지 않았다. 신라의 서진(西進)이 시작되는 AD6세기까지 기원리는 권력의 공백지대였다. 홍수에 쓸려내린 물건이어서 정확한 매장지를 알 수도 없었지만, 물이 지나가지 않은 자리에서도 쇠붙이들은 지표에 흩어져 있었다. 토기 파편이 전혀 눈에 띄지 않아 권력형 매장분묘로 보기는 어려웠다. 쇠붙이와 뼛조각이 지표에서 산발적으로 발견되는 정황으로 보아 AD4세기의 알터 인근 산협에서는 매장이 아니라 대규모 유기(遺棄)가 벌어졌던 것이 아닌가 싶었지만, 유기가 인간의 문화행위로써 가능한 것도 아니었다. 기원리의 산세나 지형으로 봐서 거기에 대사찰이나 병영이 들어설 수는 없었다. 물이 너무 빨라서 땅을 적시지 못하고 들은 좁아서 대규모 집단 취락이 들어설 자리도 아니었다. 모르긴 하지만 알터 일대의 땅 밑을 뒤져봐도 정주(定住)나 생산의 구조물이 나올 것 같지는 않았다. AD4세기의 기원사라는 절이 창건되지 못한 전설의 자리였거나 미망하는 수도승 두어 명이 기거하던 작은 암자였다면 절 마당에 들어선 오층석탑은 후대의 작품일 것이었지만, 입증할 수는 없었다.

오문수는 수습한 쇠붙이와 뼈 토막을 신문지에 싸서 배낭에 넣었다. 저녁무렵에 우리는 하산했다. 기온이 뚝 떨어져서 녹았던 흙에 다시 얼음이 잡혔다. 우리는 마른 나뭇가지를 꺾어서 땅을 짚으며 산을 내려왔다. 오문수가 앞에서 걸었고 여승이 뒤에서 따라왔다. 얼음 낀 바위 길을 내려갈 때, 뒤에서 아, 하는 소리가 들렸다. 여승이 발을 헛디디면서 바위 아래로 미끄러졌다. 오문수가 여승의 손목을 잡아서 바위 위로 끌어올렸다. 오문수가 끌어당기자 여승은 발목이 아픈지 몸을 꼬부리고 쩔쩔맸다. 여승은 어깨로 가쁜 숨을 몰아쉬면서 발목을 주물렀다. 여승이 머플러를 벗었다. 뽀얀 머리통에서 푸른 정맥이 팔딱거렸고 거기에 땀방울이 맺혀 있었다. 머리통에서 김이 올랐다. 오문수가 보온병을 꺼내 여승에게 커피를 따라주었다. 오문수가 말했다.

—스님, 괜찮으신지요?

여승은 숙였던 고개를 들어서 오문수를 올려다보았다. 여승이 말했다.

—속세 생각 나네요.

속세 생각……이라고 말할 때, 여승의 'ㅅ'발음 세 개는 날카롭고 가벼워서 바람이 마른풀을 스치는 소리처럼 들렸다. 여승이 ㅅ ㅅ ㅅ을 발음할 때 여승의 입에서 흰 입김이 토해져 나왔다. 입김이 'ㅅ'발음들 사이에서 흩어졌다. 입김에서 엷은 비린내가 나는 것 같기도 했는데, 희미해서 종잡을 수 없었다. 입김은 여승의 것이었다. 목소리는 멀리서 울렸다.

절 마당에 도착할 때까지 우리는 말없이 걸었다. 주운 물건들을 배낭에 담아 짊어지고, 오문수가 앞장서서 걸었고, 여승이 절룩거리며 내 뒤를 따랐다. 날이 추워져서 콧물이 쏟아졌다. 오문수는 손가락으로 코를 쥐고 팽팽 풀었다. 오문수는 코 묻은 손가락을 나무 밑동에 문질렀다. 간간이, 뒤따르는 여승의 가쁜 숨소리가 들렸다. 돌아보면, 여승은 흰 입김을 뿜어내며 따라오고 있었다.

절 마당에서 우리는 여승과 헤어졌다. 여승은 주지 방 앞으로 가서 합장하며 안을 향해 고했다.

―다녀왔습니다.

안쪽에서 주지가 대답했다.

―늦었구나. 나무관세음보살.

오문수가 차에 올라 시동을 걸었다. 여승은 주지 방 앞에 서서 우리 쪽을 바라보았다. 오문수가 차를 돌리다 말고 자동차 유리창을 내렸다. 오문수는 불교신자처럼 여승을 향해 합장했다. 오문수가 말했다.

―스님 성불하십시오.

마을로 내려오는 비포장길에서 자동차는 심하게 흔들렸다. 뒷자리에 실은 오문수의 배낭 속에서 뼛조각과 쇠붙이들이 부딪히며 버스럭거렸다.

봄학기 중간시험이 끝날 무렵, 문화재관리청 재료분석실로부터 분석결과 통보가 왔다. 알터 인근 산협에서 수습한 쇠붙이 열다섯 점과 뼛조각 열 점을 서울로 보낸 지 한 달 만이었다. 나는 유물과 함께 도면이 첨부된 현장지형설명과 발견 당시의 상황을 기록한 보고서를 서울로 보냈었다. 금속재료 분석결과에는 특이한 정보가 없었다. 쇠붙이들은 모두 AD4세기의 철제무기들이었다. 출토지가 음습해서 부식은 거의 최종단계까지 진행되어 있었다. 재료에 균열이 가기도 했지만, 피팅(pitting) 현상이라고 해서, 재료에 구멍이 뚫리고 안쪽으로 점점 넓어지는 구멍을 따라서 쇠는 썩어들어갔다. 쇳덩어리의 안쪽이 비어서 바람이 드나들 지경이었다. 깊고도 치명적인 부식이었다. 부식이라기보다는 무화(無化)에 가까웠다. 투시현미경으로 찍은 사진은 썩은 벌집처럼 속이 휑했다. 쇠의 재료는 바람 속에 헝클어진 거미줄 같았다. 제련과정에서 사용된 불의 온도가 낮았고 잔존불순물의 밀도가 높았다. AD4세기에 다른 지역에서 출토되는 쇠붙이에 비해서 현저히 조악한 물건이었다.

골편(骨片) 분석결과에서는 사람뼈와 말뼈가 함께 나왔다. 알터 인근 산협에서 그날 내가 수거한 뼈들 중에서 가장 길고 굵은 뼈는 말의 대퇴부였다. 뼈의 한가운데, 창으로 찍힌 듯한 구멍이 검출되었다. 사람뼈는 방사성동위원소 측정결과 대개가 이십대에서 오십대로 추정되는 AD4세기 남자들의 뼈였다. 스트론튬의 함량이 매우 높았고 나이에 비해 뼈의 접속부위가 심하게 마모되어 있었다. 장딴지뼈와 요추 부위의 굴절이 두드러졌다. 살았을 때, 고기를 거의 먹지 못했고 강도 높은 노동에 종사하던 사내들의 뼈였다.

문화재청으로 보낸 뼛조각 열 점 중에서 한 점은 사람인 여자의 골반뼈였다. 사람인 여자의 엉덩이 부분을 이루는 뼈였다. 골반에 연결되어 있던 등뼈와 허벅지뼈는 떨어져나갔지만, 여성 생식기 저변의 골격구조를 이루는 치골과 좌골은 온전히 남아서 깔때기 모양을 보이고 있었다. 문화재청의 통보에 따르면, 방사성동위원소로 측정한 결과 엉덩이 속에 이 골반뼈를 지니고 살았던 여자의 사망 당시 나이는 삼십대로 추정되며 생존연대는 AD6세기로부터 상하한 오십 년 정도라는 것이었다. 고기를 거의 먹지 못했고, 강도 높은 노동에 종사하던 여자의 뼈였다. 알터 인근 산협에서 AD4세기에 펼쳐졌던 사내들의 죽음과는 이백 년 이상의 시차가 있었다.

문화재청 재료분석실은 이 유물들의 연대가 상고시대에 속하고 또 광범위한 지역에 걸쳐서 발견되는 점이 의미 있는 정황이지만, AD4세기의 문헌사적 기록과 연결되지 않는 점이 앞으로 종합적 지표조사와 발굴을 통해 규명되어야 할 과제라는 의견서를 첨부해왔다. 분석결과가 도착한 다음날 문화재청은 내가 서울로 보냈던 쇠붙이와 뼛조각들을 대학으로 돌려보 냈다.

대학박물관이 녹슨 쇠붙이와 뼛조각들을 모두 전시할 수는 없었다. 전시공간이 모자라기도 했지만, 쇠붙이들이 대부분 문드러져서 온전한 형태를 보여줄 수도 없었고, 쇠의 재질이 우수한 것도 아니었다. 고대의 녹슨 쇠붙이들은 희소가치도 없었다. 또 자연사박물관이 아닌 대학박물관이 사람뼈와 말뼈 를 시대별로 분류해서 모두 전시할 필요는 없었다. 박물관장 은 내가 넘긴 유물들을 모두 수장고에 보관하고, AD6세기 여 자의 골반뼈 한 점만을 전시했다. 전시품을 선정하면서 박물 관장은 말했다.

─고대 여자의 골반뼈는 생명에 대한 상상력을 일깨워주는 좋은 교육자료가 될 수 있을 겁니다. 형태도 깔때기 모양이 비 교적 온전하고 또 분석결과도 나와 있으니까. 이 한 점만 전시 합시다.

─하지만, 설명자료가 너무 빈약하지 않겠습니까?

─하하, 그렇지요. 하지만 그게 빈약하니까 더 교육적일 수 도 있지요. 또 발굴결과에 따라서 설명을 보완할 수도 있지 않 겠습니까.

AD6세기 여자의 골반뼈는 대학박물관 상고실에 전시되었다. 보존처리를 마친 골반뼈는 유리상자 형광등 불빛 아래서 하얀 석회질의 결을 드러냈다. 박물관 학예사가 뼈 밑을 나무 토막으로 고이고 유리상자 안에 대형 돋보기를 설치했다. 골반뼈는 정면을 향해서 깔때기 모양을 활짝 벌렸다. 속수무책의 개방형이었다. 유리상자 양쪽에서 광선을 쏘았다. 깔때기 안에는 그림자 한 점 없었다. 돋보기 렌즈로 들여다보이는 깔때기 안에서, 하얀 뼈의 결들은 푸르스름한 새벽의 빛으로 고요했다. 허벅지뼈와 등뼈가 떨어져나간 자리에 이빨 같은 마모부위가 드러났다. 삭은 이빨들은 부스러질 듯이 허약해 보였다. 이빨들 사이를 형광등 불빛이 파고들었다. 돋보기 렌즈는 치골의 돌출 부위에 초점이 맞추어져 있었다. 치골은 꼭짓점이 부러져 있었고 부러진 자리에서 뼈의 결들은 선명했다.

박물관 학예사가 진열대 밑에 설명문을 써붙였다.

※ AD6세기의 여자 뼈

신체부위 : 골반뼈 중에서 치골과 좌골

생존연대 : AD6세기 ± 50년

추정나이 : 30대 초반

출토지 : 기원리 기원사 뒤쪽 야산

비고 : 뼈의 잔류성분 분석결과 생존시 동물성 단백질

섭취의 경험이 거의 없다. 또 뼈의 형태분석 결과 굴절과 마모가 심하다. 이로써, 섭양이 부족한 생애에서 강도 높은 노동에 종사했던 하위계급 여자임을 알 수 있다.

애칭 : 기원화(祇園花)

애칭 기원화는 박물관장이 골반뼈로 남은 AD6세기의 여자를 위해서 지어준 고유명사였다. 출토지인 기원리의 지명에 젊은 여자의 뼈라고 해서 꽃 화(花)를 붙인 이름이었다. 기원화가 되었건, 삼천 년 만에 한 번씩 꽃 핀다는 우담바라(優曇波羅)가 되었건 뼛조각으로 남은 유물에 고유명사를 붙인다는 것은 유물의 객관성을 해치는 일 같았고 학자로서 잔망스런 짓거리처럼 느껴졌지만 그가 박물관장이었으므로 나는 더 이상 간여할 수 없었다. 박물관장은 대학신문에 실린 기고문을 통해서 '기원화'라는 이름의 여자 뼈가 대학박물관에 전시된 경위를 설명하고 그 학문적 의미를 강조했다. 박물관장은 기고문에서, AD6세기 젊은 여성의 골반뼈를 통해서 당시의 삶의 생생한 모습을 그려볼 수 있고 역사 속에서 살아 있던 생명의 실체를 확인할 수 있게 되었다고 주장했다. 박물관장의 글은 매우 비과학적이었다. 골반뼈를 들여다보고 알 수 있는 것은 아무것도 없었다. 당시의 평균 자연수명이 몇살인지 알 수 없었으므로 삼십여 년쯤 살다 죽은 여자의 뼈가 젊은 뼈인지 늙은 뼈인지조차 알 수 없는 노릇이었다. '섭양이 부족한 생애에서 강도 높은 노동에 종사했다'는 설명도 그 뼈 토막을 들여다보면서 알 수 있는 것은 아니었다. 뼈는 기원화의 생애에 관하여 아무런 정보도 전하지 못했다. 박물관 유리상자 속에서 깔때기를 활짝 벌린 그 골반뼈는 다만 푸르스름한 석회질의 결일 뿐이었다. 대학신문은 박물관장의 기고문에 깔때기 모양의 골반뼈 사진을 곁들였고 그 위에 '기원화, 본교 박물관에 피다'라는 제목을 달았다. 그렇게 해서, 골반뼈로 남은 AD6세기 여자의 이름은 기원화가 되었다. 진부한 이름이었다.

그해 기말시험이 끝나고 여름방학이 시작될 때까지 오문수는 논문 주제와 전개방식에 대한 계획안을 제출하지 않았다. 논문준비는 고사하고, 한적(漢籍) 해독능력이 모자라 수료자격에도 미달했다. 학칙에는 대학원 박사과정에 입학한 자가 십 년 안에 과정을 수료하지 못하면 대학원장의 직권으로 제적시켜야 한다는 조항이 있었다. 오문수의 제적시한은 일 년쯤 남아 있었다. 내가 오문수의 퇴교를 종용해야 할 이유는 점차 사라졌다. 일 년이 지나면 대학원장이 학칙에 따라서 정리해줄 것이었다. 그 기간 동안 나는 오문수를 내버려두었다. 나는 그의 논문계획 제출을 독촉하지도 않았다. 학원강사 월급을 받으면 오문수는 가끔씩 나에게 전화를 걸어와서 술을 한잔 살 테니 나오라고 했지만 나는 응하지 않았다. 그는 가끔씩 뜬금없이 내 연구실에 왔다. 노크도 없이 문을 열고 들어오면서 그는 "형, 놀러 와도 돼?"라고 말했다. 서울에 다녀올 때마다 그는 교보문고에 들러서 나에게 필요한 영어원서를 사다주기도 했다. 인디애나 대학에서 나온 『AD9세기 아메리카 인디언 사회의 신분위계에 따른 노동분화연구—안나미세 유적발굴결과를 중심으로』라는 이백오십 달러짜리 원서도 그가 사다준 것이었다. 그의 학원강사 수입은 썩 괜찮은 모양이었다. 내가 기말시험 성적을 분류하고 있을 때도 그는 내 연구실에 찾아와서 흰소리를 이죽거렸다.

— 형, 기원화 있잖아, 뼈다귀 말이야. 그거 내 학위논문 안될까?

나는 그가 또 술을 마셨나 싶어서 안색을 살폈으나 술기운은 없었다. 그는 내 책상 앞에 앉아서 팔꿈치를 고이고 두피를 긁었는데, 표정은 진지하기까지 했다.

— 글쎄, 너 혼자 하라니깐. 우리 실력으로는 심사 못 해.

— 기원화의 일대기를 추적 복원하면 좋은 논문이 되지 않

을까? 어때, 형?

—야, 일 없으면 나가봐. 나 바쁘다.

—그 기원화가 말이야, 누군지 알겠어. 석정이야 석정. 기원사에서 풀 뽑던 그 여승일 거야. 앉아서 풀 뽑을 때 뒤에서 보니까 골반뼈가 기원화랑 똑같았어.

저 자식이…… 싶어서 나는 오문수를 노려보았다. 오문수는 이마를 손으로 고이고 바닥을 내려다보고 있었다.

—야, 기원화는 AD6세기야. 연대가 안 맞잖냐!

—연대야 거꾸로 돌려세우면 되잖아.

나는 더이상 그를 후학으로 상대할 수 없었다. 어차피 일 년 후에 대학원장이 정리해줄 인물이었다.

—그러지 말고, 그 오층석탑 기단에서 피리 부는 여자로 정해라. 그럼 연대가 맞을지도 몰라.

오문수는 낄낄낄낄 웃었다.

—그럴까? 그런데 그년은 돌 속에 처박혀서 나오질 않으니 말이야……

—너, 제적시한 다가오는 거 알지?

—알아. 그때까지는 논문이 안 되겠구만. 히히히.

—너 그거 다 쓰면 하버드로 가져가. 여기선 안 되니까.

그날 나는 오문수를 데리고 학교 앞 술집에서 마셨다. 오문

수는 강제로 제적당하기 전에 학교를 정리하고 남쪽 지방도
시로 내려가 입시학원강사로 아예 자리잡고 살아야겠다고 말
했다.

—너 잘 생각했다. 빠를수록 좋아.

나는 오문수의 잔에 거푸 소주를 부어주었다. 술 취한 오문
수는 닭, 염소, 개의 몸속의 질감과 온도와 습도와 명암과 악
력을 주절거렸는데 그야말로 환상 속을 부유하는 개소리였고,
닭소리였다.

여름방학 때부터 기원리 알터 인근에 대한 지표조사와 발굴
은 본격적으로 시작되었다. 3개 지방대학 사학과 고고학과 인
류학과의 연합조사단이 결성되었고 서울에서 원로급 지도교
수단이 내려왔다. 여름방학을 맞은 대학원생들로 발굴작업단
을 구성했고 마을 주민들을 운반요원으로 고용했다. 지방대학
에는 지역연고권이라는 것이 관행으로 굳어져왔다. 기원리에
서 가까운 나의 대학이 발굴주무대학으로 선정되었고, 유물에
대한 일차적 연구권리를 선점했다.

연합조사단은 기원리에서 가까운 면소재지 여관에 장기투
숙했고 대학원 학생들은 초등학교 교실에서 합숙했다. 오문수
는 조사단원은 아니었지만 늘 발굴현장에 얼씬거렸다. 그가
정말로 기원화를 주제로 논문을 쓰려는 것이 아닌가 하는 생

166

각도 들었지만, 나는 제적시한이 얼마 남지 않은 그의 행동을 방치했다. 다만 발굴작업단으로 내려와 합숙중인 대학원 여학생들이 신경 쓰였다. 나는 완력이 좋은 유도부 남학생 한 명을 오문수의 여관 룸메이트로 정해주고 오문수의 야간 취중행동을 감시하도록 일렀다. 현장조사 첫날, 나는 오문수가 운전하는 봉고차에 연합조사단 교수들을 태우고 기원사로 올라갔다.

절 마당은 잡초로 덮여 있었다. 풀들은 대웅전 마루보다 높이 솟았고, 장마통에 웃자란 넝쿨들이 오층석탑을 감고 올라가서 하얀 꽃을 피우고 있었다. 손으로 덩굴을 헤치고 기단을 살폈다. 덩굴손이 돌 틈새를 파고들었고, 피리 부는 비천의 여자는 잎으로 뒤덮인 어둠 속에서 돌 위를 흘러가고 있었다.

늙은 주지가 지팡이를 짚고 마당으로 나와 낯선 객들을 맞았다. 나는 지난 초봄에 다녀갔던 학교 선생이라고 말하고 방문목적을 설명했다. 지팡이에 기댄 주지는 바람에도 넘어질 듯이 위태로워 보였다. 가는귀가 먹었는지 눈빛으로 사람을 살폈다. 오문수가 주지 앞으로 다가가서 말했다.

─스님, 풀을 좀 뽑으셔야겠습니다.

주지가 손바닥으로 귀나팔을 만들며 버럭 소리질렀다.

─뭐라구?

─풀을 뽑으셔야겠다구요. 풀 뽑던 스님은 안 계시나요?

석정 스님이지 아마……

—아, 석정이. 그년은 중이 아냐. 사미계도 받은 적이 없어. 진주에서 술 팔던 년인데, 술집 빚을 떼어먹고 절에 숨어들어 와 중 옷을 걸치고 있던 년이야. 지난 봄에 술집 주인이 와서 끌어갔어. 걔가 없으니까 마당이 저 모양이야. 난 풀 못 뽑아.

알터로 올라가면서 오문수는 말이 없었다.

—야 너 논문 쓰기 어렵게 됐구나.

—어렵게 돼가네. 쓰발것……

오문수는 땅바닥에 침을 탁 뱉었다.

여름방학이 끝나고 가을학기 중간시험을 치를 때까지 현장조사는 광범위하게 이루어졌다. 알터 인근 오부 능선 아래서 발견된 쇠붙이와 뼛조각은 들것으로 실어 날라야 할 정도로 많았다. 쇠스랑으로 흙을 긁어내면 얕게 묻혀 있던 쇠붙이들이 반쯤 부러지면서 끌려나왔다. 발굴이라기보다는 수거에 가까웠다. 매몰 심도가 낮아서 지층연대를 식별할 수도 없었다. 수거된 쇠붙이와 뼛조각 들은 초등학교 마당에 쌓였다. 쇠붙이들은 쓰임새에 따라 도끼, 칼, 창, 방패, 갑옷, 말머리가리개로 분류되었으나 분류할 수 없이 문드러진 토막쇠들이 더 많았다. 뼛조각은 사람뼈와 말뼈가 뒤섞여 있었는데 현장에 방사성측정장치가 없어서 분류할 수 없었다. 그 유물들 앞에서 서울에서 내려온 원로 지도교수를 좌장으로 모시고 평가회의가 열렸다.

기원리의 산세나 지형 또는 문헌기록으로 봐서 알터 인근 땅 밑에 주거의 유적은 기대할 수 없으며 땅 밑을 파고들어가는 발굴은 의미가 없다는 쪽으로 결론이 모아졌다. 좌장인 원로교수는 알터 인근 현장을 전쟁터로 추정했다. 적대하는 양쪽 군사들이 승패를 가늠할 수 없이 백중한 전투를 치른 후 현장이 버려져 있다가 홍수 때 토사에 매몰된 자리라는 것이었다. 어설픈 추정이기는 했으나 달리는 설명할 길이 없었다. AD4세기에 기원리에는 상주하는 군사세력이 없었다. 그러므로 거기서 벌어진 전투가 공성전(攻城戰)이나 진지전(陣地戰)일 리는 없었고 기습전일 수도 없었다. 또 현장의 지형으로 봐서, 대규모 부대의 주력이 정면으로 맞부딪치는 대회전(大會戰)이 될 수도 없을 것이었다. 기원리는 쓸모 없고 인적 없는 빈 땅이었으므로 거기서 벌어진 전투의 목표가 약탈도 살육도 점거도 될 수는 없었다.

다시 추정컨대, 산협을 따라서 이동하던 양쪽 군대가 알터 인근에서 우연히 마주치면서 행군상태에 벌어진 조우전(遭遇戰)일 가능성은 있었다. 그렇다면 양쪽 군대의 작전목표는 무엇이고 이동방향은 어디였을까? 가야의 잔존 부족들을 섬멸하기 위해 신라군이 남하하던 중이었을까. 아니면 신라의 외곽을 겨누어 북상하던 가야군대였을까. 쇠붙이들은 문양이나 디자인이 모두 문드러져서 어느 쪽의 물건인지 식별할 수 없었다. 그것이 AD4세기의 일이었다. 그리고 그로부터 이백 년 후에 기원화는 바로 그 자리에 와서 죽었다.

서울에서 온 원로교수는 나에게 이 유물들을 장기적으로 분석해서 고대의 전투서열과 전투방식에 논리적인 가설을 정립하는 수준의 연구가 가능하지 않겠느냐고 제안했다. 그의 제안은 매우 그럴듯하게 들렸다. 그러나 쌍방의 무기에 문양이 남아 있지 않아 어느 쪽의 것인지 식별할 수 없었다. 갑옷과 방패에 뚫린 구멍이 개먹어들어가서 화살이나 창이 파고든 사입구(射入口)인지 도끼로 찍은 격파흔(擊破痕)인지 부식에 의한 피팅 구멍인지 가늠할 수도 없었다. 나는 그 원로교수의 제안을 한 달쯤 품고 있다가 버렸다. 원로교수는 AD4세기에 권력의 공백지대였던 내륙지방에서 벌어진 대규모 군대이동의 목적과 행군방향은 미래의 연구과제라고 결론짓고 서울로 돌아갔다.

유물들은 모두 지방대학 박물관 수장고에 보관되었다. 전시실에 진열할 만한 물건은 없었다. 알터 유물들 중에서 전시실에는 기원화 한 점만이 돋보기 밑에서 깔때기를 벌리고 있었다. 알터 현장조사는 그렇게 끝났다. 원로교수의 연구 제안은 유혹적이기는 했지만 역시 성립될 수 없는 것이었다. 겨울방학이 다가오고 있었다.

오문수는 방학 전에 학교를 정리해서 떠났다. 학교 앞 식당 거리에 있던 전세방을 빼고 도서관에서 빌린 책을 반납했다. 떠날 때, 오문수는 나에게 인사도 오지 않았다.

'형, 신세 많이 졌고 속 많이 썩여드렸습니다. 남쪽으로 갑니다. 공부 열심히 하세요' 라는 글을 그는 내 이메일에 남겼다. 겨울방학 때, 지리산으로 등반을 갔던 학생들이 하산길에 진주에 들러서 놀다 왔는데, 산에서 돌아온 학생들이 진주에서 오문수를 보았다는 말을 퍼뜨렸다. 학생들 사이의 소문에 따르면 오문수는 거기서 학원강사를 하면서 사십 평짜리 아파트를 구입해서 또다시 여자를 들여 동거생활을 시작했는데, 그 여자는 술집 여자라고도 했고 전에 절에서 중노릇을 하던 여자라고도 했다. 술집이고 절간이고 간에 나는 오문수의 여자들에 대하여 아무런 관심도 없었다. 다만 그가 다시 대학 근처에 얼씬거리지 말아주기를 바랐다.

오문수가 떠나던 겨울에도 눈이 많이 내렸다. 야윈 산봉우리들과 남루한 절 지붕이 눈에 덮였다. 산봉우리들이 제가끔

제 방향으로 처박혀서 계곡은 비틀려 있었다. 그 눈 덮인 계곡을 칼바람이 휩쓸고 지나갔다. 기원리의 바람은 골짜기 안에서 일어섰고 그 안에서 잦아졌다. 겨우내 쌓인 눈이 산봉우리들의 그 조악한 모양새를 덮어주고 있었지만, 내 연구실에서 기원리 쪽을 바라보면 바람이 없는 날에도 봉우리 사이에서 눈보라가 치솟았다.

내가 교수정년을 맞을 때까지 오문수는 다시는 대학 근처에 나타나지 않았고 기원화는 박물관 전시실에 진열되어 있었다.

고향의 그림자

1

　삼십여 분 만에 도로 정체가 풀렸다. 방음벽 밑에서 오줌을 누던 사내들이 다시 차에 올랐다. 자동차들이 사고현장을 돌아다니기 시작했다. 뺑튀기 장수들이 차선에서 물러났다. 천안 남쪽 이십 킬로미터 지점 국도 위였다. 오산 인터체인지를 지나서부터 비가 내렸다. 일기예보에도 없던 비였다. 고속도로가 밀리자 차들은 국도로 내려왔다. 국도는 갓길 없는 이차선이었다.

　가드레일을 부수고 넘어간 8톤 트럭이 모로 쓰러져 있었다. 트럭을 들이받고 튕겨진 승용차 한 대가 길 한복판에서 네 바

퀴를 하늘로 향한 채 뒤집혔고, 뒤집힌 승용차 밑에 오토바이
가 깔려 있었다. 119대원들이 뒤집힌 차 위에 올라가 쇠톱으
로 차체를 썰어내고 부상자들을 끌어냈다. 비는 계속 쏟아졌
다. 폭양에 달구어진 아스팔트가 비에 젖으면서 안개를 뿜어
냈다. 안개 속에 콜타르 냄새가 자욱했다. 백미러 속에서, 난
쟁이 나라의 자동차 대열은 소실점을 이루며 거울 밖으로 흘
러나갔다.

서둘러 P항에 도착할 필요는 없었다. 원양으로 나간 안강망
제3선단이 귀항하려면 이틀이나 사흘은 걸릴 것이었다. 아침
에 제3선단의 조업위치는 124해역이었다. P항의 어업무선국
이 제3선단의 위치를 전화로 확인해주었다. 제3선단은 P항
선적의 120톤급 안강망어선 여덟 척이었다. 출어한 지 닷새
만에 어획 목표량을 달성했고 조업해역 인근에 파랑주의보가
내려지자 그물을 걷고 귀항 준비를 시작했는데, 바다에 물결
이 일기 시작해서 최대속도 25노트로 귀항해도 이틀은 걸릴
것이라고 어업무선국 직원은 설명했다.

내 출장 임무는 선원으로 위장해서 어선을 타고 원양으로
나간 열아홉 살짜리 강도범 한 명을 검거해서 서울로 압송하
는 일이었다. 항만노조조직 하부에 박아놓은 정보원이 강도범
조동수의 승선 사실을 제보해왔었다. 사전영장이 발부되었고,

신원, 지문, 얼굴사진이 확보되어 있었다. 배 들어올 날짜와 시간을 미리 알았다가 선착장에서 붙잡아 수갑을 채우면 될 일이었다. 서울까지의 압송에는 현지 경찰서가 전투경찰 네 명과 차량을 협조해주기로 되어 있었다.

P항은 자네 고향 아닌가. 닷새를 줄 테니까 다녀와. 선착장에 제 발로 들어오는 놈을 놓칠 수야 없겠지. 특별휴가 주는 거야.

출장품의서에 결재를 하면서 과장은 생색을 냈다. 조동수는 초범이었다. 갈지 않은 식칼로 택시운전사를 찔렀다. 밤 열한시에 근린공원에 택시를 세우게 하고 뒷자리에서 칼질을 했다. 식칼은 찌르는 용도에 적합한 칼은 아니었다. 칼끝은 운전사의 오리털 점퍼를 겨우 뚫고 들어가 왼쪽 어깨 밑을 1.5센티 정도 쑤셨다. 칼이 점퍼를 뚫고 들어간 자리가 씹혀 있었고 빼낸 자리도 속도감이 없어 깔끔하지 못했다. 그의 서툰 칼질은 급소를 조준하는 집중력이 없었고 표적을 빠르고 깊이 쑤시는 악력이 빠져 있었다. 쑤시고 빼낸 자리에 심한 주저의 흔적이 보였다. 운전사가 격투 끝에 조동수의 칼을 빼앗았다. 재래시장 노점에서 산 식칼이었다. 칼날 위쪽에 상표가 그대로 붙어 있었다. 칼자루에서 지문이 나왔고 지문을 조회하자 신원이 드러났다. 조동수의 본적과 성장지는 나와 동향인 P항이었다. 영장에 기재된 혐의는 강도였지만 빼앗아간 돈 몇 푼만 아니었다면 범행내용은 폭행치상에 가까웠다. 민생침해사범 검거실적보고 시한이 임박해 있었다. 2/4분기 이후로 일손이 모자라 소재를 파악해놓고도 눈독만 들이고 있던 잡범들을 모조리 잡아들이라고 서장은 과장들을 닦달했다.

크레인이 쓰러진 8톤 트럭에 로프를 걸어서 인도 위로 끌어냈다. 차선 한 줄이 열렸다. 차들이 병목을 빠져나가기 시작했다. 나는 앞차 후미등을 따라 사고지점을 돌아나갔다. 뒤집힌 승용차 뒤쪽으로 보온병, 우유병, 봉제완구, 유모차가 흩어졌고 여자 샌들과 남자 구두가 나뒹굴었다. 승용차 밑에 깔린 오토바이는 중국음식을 배달하던 중이었다. 중앙선 쪽으로 튕겨져나온 철가방이 터져서 짬뽕국수와 나무젓가락이 길바닥에 흩어졌다. 반대편 인도 위로 뿌려진 탕수육에 동네 개들이 모여 있었다. 8톤 트럭에서 쏟아져나온 디젤 연료가 빗물에 섞여 번들거렸다. 거기에 짬뽕국물이 흘러들었다.

이런 씹새끼들.

사고지점을 돌아나가던 앞차 운전자가 뒤집히고 자빠진 차량들을 향해 씹던 껌을 내뱉었다. 사고현장이 정리되어 정체가 풀리기 시작했다고 라디오 교통방송은 말했다. 동해 남부 먼 바다에 내려진 파랑주의보가 파랑경보로 바뀌었다. 이 해역에서 조업중이거나 항해중인 선박은 계속해서 기상통보에 유의하라고 아나운서는 당부했다. 선단의 귀항이 늦어지면 내 출장기한은 하루나 이틀쯤 늘어날 수도 있었다.

2

딸아이는 두 살이 지나서도 자주 오줌을 쌌다. 자다가 싸기도 했지만 가끔씩은 놀다가도 쌌다. 요기를 느낄 때 제 입으로 '쉬쉬' 하면서도 바지를 내리고 화장실에 가지 못하고 어른을 찾아서 매달렸다. 내가 안방에 누워 있을 때도 거실에서 놀던 아이는 오줌이 마려우면 바지춤을 붙잡고 쉬쉬 하면서 안방으로 달려왔다. 아이는 갈팡질팡하는 사이에 오줌을 지렸다. 바지를 적시더라도 오줌버릇을 확실히 다잡아야 한다며 아내는 아이에게 기저귀를 채우지 않았다. 아내는 아이가 쉬쉬 소리를 내면 빨리 안고 화장실로 들어가 오줌을 누였다. 가끔씩은 내가 누이기도 했다.

아침에 아내가 내 출장가방에 속옷과 양말을 챙겨넣을 때 아내의 어깨에 매달려 있던 아이가 손가락으로 사타구니를 가리키며 쉬쉬 소리를 냈다. 입에 물었던 밥알 몇 개가 튀어나왔다.

여보, 애 오줌 좀 봐주세요.

나는 아이를 안고 화장실로 들어갔다. 화장실 바닥에 쭈그리고 앉아서 뒤로 안은 아이의 바지를 벗기고 가랑이를 벌렸다. 쉬쉬, 쉬쉬. 나는 아이의 귀밑에 입을 대고 오줌 나오는 소리를 내주었다. 아이의 성기는 상아처럼 뽀얗고 고요해 보였다. 작은 살 언덕 두 쪽이 경계를 알 수 없이 맞닿아 있었다. 오줌은 그 사이에서 나올 것이었다. 가랑이를 벌린 아이는 오줌 쪽으로 신경을 집중시키지 않고 다리를 버둥거렸다. 아이는 고개를 돌려 내 얼굴에 볼을 비볐다. 아이의 입에서 삭은 젖 냄새가 났다. 나는 다시 오줌 나오는 소리를 내주었다.

쉬쉬, 쉬쉬.

아이의 성기가 움직이는 기색도 없이 열리고 가는 오줌줄기가 솟아나왔다.

쉬쉬, 쉬쉬.

나는 아이의 가랑이를 더 넓게 벌려주었다. 오줌줄기가 변기의 물 위에 떨어지면서 맑은 소리를 냈다. 아이는 성기를 움츠려 오줌줄기를 끊어냈다. 오줌줄기는 두어 번쯤 끊어지면서 이어졌다. 오줌을 내보내고 있는 아이의 성기는 피부로 둘러

싸이지 않은 살덩어리처럼 보였다. 껍질이 없는 살이 이 세상의 시간에 스치면서 쓰라릴 것 같은 느낌이 들었다. 오줌줄기는 그 살의 사이에서 나오고 있었다. 아이가 다시 성기를 움츠렸고 오줌이 끝났다. 나는 아이의 가랑이를 흔들어 성기에 매달린 오줌방울들을 털어주었다.

젖은 아스팔트 위에 나뒹굴던 봉제완구와 우유병이 아침에 오줌을 누던 딸아이의 성기를 자동차 유리창 앞으로 떠올려주었다. 사고차량에서 튕겨져나온 우유병이 오줌을 누던 아이의 성기와 무슨 관련이 있는 것인지는 알 수 없었다. 아침에 오줌을 누일 때 아이의 입에서 풍기던 삭은 젖 냄새 때문이었을까. 사고지점을 지나가면서부터 빗줄기는 더 굵어졌으나 도로는 막히지 않았다. 와이퍼가 윈도를 쓸고 나갈 때마다 가로수들이 흔들려 보였다. 집으로 핸드폰을 걸어서 딸아이가 또 오줌을 쌌는지 물어보고 싶은 충동을 억눌렀다.

나는 잦은 출장 때마다 무얼 하러 가는지를 아내에게 소상히 말해주지는 않았다. 강력반 형사의 출장 목적을 온전히 설명해주기는 어려웠다. 행선지와 출장기간만을 나는 아내에게 알려주었다. 동행하는 보조원이 있는지를 아내는 챙겨 물었다. 혼자서 갈 때도 나는 현지 경찰이 보조원을 붙여준다고 말해서 아내를 안심시켰다. 전화 자주 해주세요, 아내는 아파트

현관에서 그렇게 나를 보냈다. 내심은 어떤지 몰라도 아내는 내 출장의 목적을 시시콜콜히 묻지는 않았다. 묻지 않는 아내의 내심이 나는 늘 가여웠지만, 내 쪽에서 먼저 설명해줄 수는 없었다. 이번 출장기한이 사박 오일로 길어지자 아내는 불안해하는 기색이었다.

무슨 험한 일이 있는 모양이지요?

아니야. 초범짜리 어린애 하나 데려오는 거야.

그런데 사박 오일씩이나 걸려요?

출장지가 고향이라고, 과장이 며칠 더 얹어준 거야.

잘됐네요. 어머님하고 형님 내외도 뵙고 오세요. 지난 제사 때도 못 내려갔잖아요.

알았어. 시간이 될 테니까, 뵙고 와야지.

아내는 어머니께 드릴 옥돔 한 상자와 형수 선물로 머플러와 밀크로션을 준비했다. 나는 물건이 든 쇼핑백을 차에 실었다. 내 출장의 임무나 출장지에서의 접선과 공작 내용을 아예 모르게 해두는 것이 아내를 위하는 길이라고 나는 늘 생각하고 있었다. 그리고 딸아이의 가랑이를 벌려서 오줌을 누일 때 그 성기를 들여다보는 아비의 안쓰러움을 아내에게 알리지 않는 쪽이 옳을 것이었다. 옳다기보다는 편할 것이었다. 그런 안쓰러움들을 서로 나누어서 나나 아내에게 위안이 될 리는 없었다. 아내는 내 안쓰러움에 둔감했고, 나는 아내의 둔감함이 오히려 편안했다. 아내는 스스럼없이 딸아이의 오줌 처리를 부탁했고 나는 그때마다 아이의 오줌을 누였다.

대구를 지나서부터 빗줄기는 장대비로 바뀌었고 자동차가 맞바람에 흔들렸다. 추월하는 차들이 물보라를 끼얹었고 윈도를 뒤덮은 빗물 속에서 와이퍼가 휘청거렸다. 교통방송이 기상특보를 전했다. 동해남부 먼 바다에 내려진 파랑경보가 울릉도 동쪽 해역까지 확대되었고 영동 해안과 내륙산간에 호우주의보가 내려졌다.

3

P항의 어선 선착장은 여객선 터미널과 컨테이너 부두에서 해안단애 두 개와 화력발전소를 돌아나간 작은 만(灣)이었다. 방파제 안쪽으로 풍랑을 피해 들어온 어선들이 뱃전을 부딪치며 출렁거렸다. 어선들이 묶이자 위판장과 횟집들은 문을 닫았다. 오후부터 기상이 더욱 악화된다는 예보가 나오자 20톤이하의 소형 어선들은 방파제가 더 높은 남쪽의 H항으로 대피하기 시작했다. 시동을 걸고 무인등대 사이를 빠져나가려는

소형 어선들과 정박중인 배들 사이에 악다구니가 벌어졌다. 완장을 찬 수협 직원들이 핸드마이크로 고함을 질러댔다. 수평선은 흐려서 보이지 않았고 파도의 떼들은 어깨동무를 하듯이 횡렬로 잇대어 달려들었다. 멀리 컨테이너 부두 쪽으로, 달려드는 파도가 방파제에 부딪치면서 직각으로 곤두서서 화물 크레인을 넘었고, 해안단애에서 깨어지는 파도들이 치솟아오르면서 화력발전소 옹벽을 때렸다.

이 씨발놈들아, 그걸 무선기라고 끌어안고 있냐.

니들, 몇시에 대피지시 내렸어?

아이고, 이런 잡새끼들을 믿고 어찌 배를 타나.

선주놈들은 왜 안 보여. 뜨신 방구석에 누워 있나.

원양으로 나간 선단과의 교신이 두절되자 선원 가족들이 어업무선국 앞마당에 몰려와 무선국 사무실을 향해 욕을 해댔다.

제1선단, 제2선단은 가덕도로 대피중입니다. 제3선단의 안부는 교신이 되는 대로 수협에 통보하겠습니다. 선원 가족 여러분들께서는 비를 맞지 마시고 수협 사무실에서 기다려주시기 바랍니다. 계속 교신을 시도하고 있습니다.

무선국 직원이 핸드마이크로 외쳤다. 날이 저물자 학교에서 돌아온 아이들까지 몰려들었다. 비옷을 입은 노인들이 물결 높은 밤바다를 바라보며 말없이 담배를 피웠고 술 취한 사내가 무선국 사무실 문짝을 발길로 걷어찼다.

나는 신분증을 보이고 무선국 안으로 들어갔다. 먼 바다를 불어가는 바람 소리 같은 백색 잡음 속에서 직원 몇 명이 무선기에 고함을 지르고 있었다. 교신계장이라는 사내가 나를 맞았다. 그는 며칠 밤을 새웠는지 눈이 충혈되어 있었고 가엾게도 피로해 보였다.

제3선단의 귀항일시를 좀 정확히 알 수 있겠소?

그걸 안다면 왜 이 소동이 벌어졌겠소. 이걸 좀 쓰고 들어보시오.

교신계장은 리시버를 내 앞으로 내밀었다. 나는 그가 내민 리시버를 두 귀에 걸었다. 교신계장이 무선기 호출 버튼을 눌렀다. 무선기는 전파의 파장 위에 목소리를 실어보내는 음성호출방식이었다. 교신계장이 무선기 마이크를 잡고 소리쳤다.

제3선단, 감 잡고 나와라, 제3선단 응답하라.

리시버 속에서, 바람의 대열들이 서로 부딪쳐서 뒤엉키는 듯한 소리가 들렸다. 먼 바다로 나간 전파가 표적을 찾지 못하고 바람에 쓸리며 흩어지는 소리 같았다. 사전영장 사본은 내 점퍼 안주머니 속에 있었고, 강도범 조동수는 그 해독되지 않는 백색 잡음 너머의 물결 높은 바다 위에 떠 있었다.

제3선단 어선들은 무선국의 전파가 닿지 않는 해역으로 이동했으며, 어선에 장착된 무선기는 출력이 약해서, 인접 어선들끼리만 교신이 가능하고 어선에서 육지의 무선국으로는 신호를 보내올 수 없다고 교신계장은 설명했다. 기상특보가 내려진 해역에서 가까운 가덕도 무선국과 외로도 등대도 제3선단의 위치를 파악하지 못하고 있다는 것이었다.

연료가 걱정이오. 디젤 값이 올라서 배들이 여드레치 연료만 싣고 나갔다고 합디다. 내일이면 엿새째지 아마.

교신계장은 심드렁한 어조로 중얼거렸다.

내일 오후쯤 이리로 전화를 할 테니 제3선단의 형편을 알려주시오.

나는 교신계장에게 부탁하고 무선국을 나왔다. 출입항통제소는 무선국 맞은편이었다. 통제소는 경찰관서 산하였다. 드나드는 배가 없어서 통제소는 불이 꺼졌고 당직순경 한 명이 야전침대에서 잠들어 있었다. 나는 순경을 깨워서 어선출입항신고서와 출항선원명단을 가져오게 했다. 삼등 선원 조동수는 제3선단을 이루는 여덟 척의 어선 중에서 100톤짜리 안강망 어선 대영호에 승선해 있었다. 그의 직책은 주방보조였다. 주방보조는 선원이라기보다는 잡역부에 가까웠으나 승선하려면 선원증이 필요했다. 조동수의 이력에 어선 경력은 없었고, 하급선원교육을 받은 적도 없었다. 조동수는 선원증을 위조했거나 훔쳐서 변조했거나 선원증 없이 배에 올랐을 것이다. 공문서 위조 및 동행사나 선원법 위반의 죄목이 추가될 판이었다.

그날 밤 나는 어업무선국 옆 여관에서 묵었다. 비는 멎었으나 바람은 어둠의 먼 곳으로부터 파도를 몰아왔다. 어둠 속에서 흰 거품의 대가리들이 서로 부딪치면서 더 큰 파도로 달려들었다. 물보라가 여관 유리창을 때렸다. 무선국 전파가 닿지 않는 어느 해역에서 제3선단은 파도에 떠밀리고 있을 것이었고, 주방보조 조동수는 그 배에 타고 있었다. 출장기한 안에 조동수를 체포하려면 선단의 무사귀환을 기다릴 수밖에 없었다. TV 마감뉴스는 경보발령해역의 파고를 6미터 이상으로 예고했다.

불을 끄고 자리에 누웠다. 핸드폰 벨이 울렸다. 아내였다. 목소리에서 감기기운이 느껴졌다.

아직 안 주무세요?

지금 누워 있어. 바다가 사납구만.

일은 잘 되세요?

일은 내일부터야.

옥희가 좀전에 제대로 오줌을 누었어요. 늦도록 까불고 놀다가 쉬쉬 하더니 화장실로 들어가서 제 손으로 바지를 내리고 바닥에 앉아서 누었어요. 다 눌 때까지 박수를 쳐주었어요.

좀 자라는 모양이로군.

당신도 내일 아침에 전화해서 칭찬해주세요.

그래 알았어. 자구려. 감기약 먹고 자.

파도의 계곡과 능선 사이에서 잠기고 솟구치면서 교신이 두절된 해역으로 쓸려가는 배들의 환영이 어둠 속에 떠올랐다. 동틀 무렵에 겨우 잠들었다.

4

고향은 끊어버려야 할 족쇄이거나 헤어나려고 허우적거릴수록 더 깊이 빠져드는 늪이었다. 고향에서 보낸 유년의 기억은 몽롱했으나 몽롱할수록 끈끈해서 도려내지지 않았다. 전선(戰線)은 도시 외곽의 강 언저리까지 밀려내려왔고 바다를 건너는 여객선은 운항이 중단되었다. 피난민의 자식들이 깡통을 차고 끼니때마다 밥을 구걸했다. 남의 집 문 앞에서 밥 좀 줘어, 를 외쳐대는 목소리는 애달프고도 끈질겼다. 집 안에서 밥을 다 먹고 치울 때까지 문 밖에서 외치는 밥 좀 줘어, 는 계속되었다. 역전 광장에서 하루 종일 등을 구부리고 앉아 있는 사내들은 얼어 죽은 송장들이었다. 레이션 박스를 압정으로 눌러서 지은 판잣집들은 포탄 껍질로 굴뚝을 박았다. 난방 연료로 무엇을 썼는지는 기억이 없다. 산비탈 판자촌에는 불이 자주 났다. 레이션 박스를 태우는 불길은 연기도 없이 맹렬한 화염을 내뿜었고 해풍에 넘실거리면서 삽시간에 판자촌 전체를 태웠다. 정월대보름날 새벽에도 불이 났다. 어머니는 잠든 형과 나를 따귀를 때려서 일으켰다. 바람은 바다 쪽으로 불고 있었다. 화염은 산비탈 아래쪽으로 쏠렸다. 어머니는 군용 담요로 형과 나를 감싸서 산꼭대기로 대피했다. 불길은 바람의 갈래에 올라타서 흩어지고 합쳐지고 휘돌고 치솟았다. 맨발에 이불을 걸친 사람들이 식구들의 이름을 부르며 울부짖었다. 산비탈 아래 도착한 소방차 몇 대는 시가지로 날아드는 불똥에 물줄기를 쏘았고, 소방도로가 없는 판자촌 쪽으로는 진입하지 못했다. 고기 비늘 같은 잔물결이 이는 바다 위로 달무리를 펼친 보름달이 떠 있었다. 빛의 비늘들이 온 바다에서 명멸했다. 레이션 박스의 종이상자 안에 그토록 찬란하고 맹렬한 불길의 원료가 숨어 있었다는 사실은 놀라웠다. 마을을 다 태운 불길은 산비탈 아래서 낮게 깔렸고 사위어가는 나무토막들이 불의 맑은 속살을 드러내고 바람에 할딱거렸다. 레이션 박스가 타고 남은 쓰레기는 재가 별로 없었다. 시커먼 낙엽 부스

러기 같은 먼지들이 바람에 날려갔고, 마을은 사라졌다. 그때
어머니는 말했다.

애야, 동네를 보지 말고 저 달을 쳐다봐라.

날이 밝자 사람들은 다시 군부대 쓰레기통을 뒤져서 레이션
박스를 그러모았다. 사나흘 만에 판자촌은 다시 들어섰다. 군
대가 강안전선(江岸戰線)을 포기했고, 적들이 도시를 접수하
리라는 소문이 나돌았다. 섬으로 가는 밀선(密船)의 브로커들
이 공터에 사람들을 모아놓고 수군덕거렸다. 이가 들끓어 아
이들은 DDT 가루약 주머니를 양쪽 겨드랑에 차고 다녔다. 고
향의 냄새는 DDT 냄새였고, 내 유년의 기억 속에서 고향은
빛의 비늘이 명멸하는 바다이거나 또는 불길이나 바람이나 잿
더미처럼 인간이 거기에 발붙일 수 없는 유령의 시간이었다.
중학교를 마치자 고향을 떠났고 고향은 까맣게 잊혀졌지만,
동부전선에서 전사했다는 아버지의 제삿날이나 치매요양원에
들어간 어머니를 뵈러 일 년에 한 번쯤 내려올 때마다 고향은
늘 유년의 그 디딜 수 없는 시간 속에 묻혀 있었다.

어머니는 육십 세를 넘기면서 치매증세를 보였다. 증세는
갑자기 나타났다. 악성건망증으로 자식 이외에는 사람의 얼굴
을 기억하지 못했다. 신호등의 색깔을 구별하지 못했고 아파
트 단지 안에서도 집으로 가는 길을 잃었다. 목욕물 온도를 맞

추지 못해 찬물을 뒤집어쓰고 나와서 덜덜 떨었고 가끔씩은 대소변을 지렸다.

오늘 아침에도 쌌어야. 어제는 밤새 벽을 긁고 울어서 식구들이 한잠도 못 잤어야. 애놈들도 할머니 내보내라고 아우성이야. 치매는 낫는 병이 아니래.

형은 거의 매일 나에게 전화를 걸어서 어머니의 양태를 알렸다. 형의 목소리는 짜증에 절어 있었고, 형제간에 고통의 분담을 요구하고 있었다. 형은 고향에서 고등학교를 졸업하고 서기보로 구청에 들어가 이십 년 만에 주사로 승진해서 시청 산업과에 근무하고 있었다. 형은 방 두 칸짜리 이십칠 평 아파트에서 아들 하나 딸 하나를 키우고 있었다. 고등학교에 진학한 딸에게 독방을 마련해주지 못해 거실에 칸막이를 치고 아들을 격리해주었다. 형이 중증 치매에 걸린 어머니를 기약 없는 임종 때까지 집에서 모시기란 불가능했다.

어머니는 캄캄한 망각 속에서도 당신 생애의 마디마디들을 복원해서 재현해내고 있었다. 치매의 어둠 속에서, 삶의 마디들은 오히려 명료하게 되살아나는 모양이었다. 내가 어머니 뱃속에서 사 개월이 되었을 때, 끼니 걱정에 지친 어머니는 임신중절수술을 받으려고 산부인과 병원에 갔다. 겨울이었는데, 의사는 외출중이었고 병실 안에는 난로가 꺼져 있었다. 어머니는 세 시간 동안 의사를 기다리다가 날이 저물어서 나를 그대로 뱃속에 담고 집으로 돌아왔다.

그렇게 낳은 게 너다 이놈아. 그때 의사만 있었더라면 널 긁어내서 신문지에 싸서 버렸을 게야.

몇 년 전 아버지 제삿날 고향에 내려갔을 때 제상 앞에서 어머니는 그렇게 말하고 쓰러져 울었다. 어머니의 울음은 깊고도 질겼다. 아마 그때 이미 어머니의 치매증세는 시작되고 있었을 것이다. 어머니는 형과 나 사이에서 또 한 명의 아기를 임신중절로 버렸다. 당신이 스스로 그 얘기를 자식들에게 넋두리처럼 들려주었다. 어머니의 치매는 급속도로 악화되었다. 어머니는 아파트 쓰레기통에서 손바닥만한 플라스틱 인형을 주워와 인형을 신문지에 싸서 끌어안고 울었고, 신문지에 볼을 비비고 울었다.

아이고 이 새끼야, 네 어찌 생긴지 어찌 알꼬.

그 플라스틱 인형이 당신이 버린 아기였다. 어머니는 그 플라스틱 인형을 반드시 신문지에 싸서 안았다. 아마도 오래 전에 산부인과 병원에서 낙태로 긁어낸 적출물을 신문지에 싸서 쓰레기통에 버렸던 것 같다고, 형은 부질없는 추측을 덧붙였다.

미즈코(水子)야 미즈코야, 가라 마. 집에 오지 마.

어머니는 안고 있던 인형을 갑자기 팽개치며 그렇게 중얼거렸다. 미즈코는 그 플라스틱 인형에 어머니가 붙여준 이름이었다. 중절수술로 긁어낸 태덩어리들은 저승에서 열 달을 채우고 다시 태어나 이승으로 돌아오는데 아들도 아니고 딸도 아닌, 말 못 하고 눈먼 아이가 되어 아득한 물 위를 떠돌며 육지에 닿지 못한다는 일본 민담을 어머니는 일정 때 일본인들에게서 들은 모양이었다. 미즈코(水子)의 물 수(水)자는 그 아이가 떠도는 바다였다.

미즈코야 무섭니. 이리 온.

어머니는 팽개쳤던 플라스틱 인형을 다시 끌어안고 울었다. 형이 전화로 어머니의 플라스틱 인형과 어머니의 울음을 전해왔다.

야, 더이상은 못 보겠어. 아이들도 치를 떨어. 어머니보다 애들이 불쌍해.

형은 어머니를 아파트에서 가까운 요양원으로 보냈다. 종교단체가 운영하는 시설이었다. 마취주사를 놓고 정신을 잃은 사이에 들것에 실어서 옮겼다. 한 달 입원비 백이십만원을 형과 내가 반씩 분담했고 형수와 아내가 한 달에 한 번씩 교대로 어머니를 찾아뵙기로 정했다.

요양원에는 의료진이 있었지만 치매를 치료하지는 않았고,

치매환자의 설사병이나 외상을 치료했다. 요양원은 다만 환자를 수용하고 감시했다. 치매는 병이 아니라 매우 비정상적인 노화현상이라고 의사는 말했다. 노화현상에는 병명을 붙일 수가 없는데, 병명이 없다면 그 징후가 현실적으로 존재한다 해도 의학적으로는 존재하지 않는 것이라는 의사의 설명을 나는 알아들을 수 없었다. 치료법은 없었고 그 속수무책에 대한 설명은 있었다. 치매는 진행형의 현상이고, 전진되고 확대되는 생리적 과정이며 이 과정을 멈추게 할 수 없고 거꾸로 돌려서 정상으로 향하게 할 수도 없는데, 이 속수무책은 시간의 불가역성(不可逆性)과 같은 것이라고 의사는 설명했다. 내 말이 아니고 의사의 말이었다. 그 불가역성 속에서 어머니는 죽음 이후의 시간을 당겨서 견디고 있었고, 당겨진 죽음의 시간 안에서 생명의 힘을 다하여 삶의 마디들을 복원시키고 있었다. 어려서 떠난 고향의 DDT 냄새와 판자촌을 태우던 불길은 이제는 신기루처럼 몽롱했지만 그 고향에서 어머니는 신기루일 수 없는 삶의 흔적들을 명료하게도 재현해내고 있었다. 어머니가 치매증세를 보인 이후로 나는 매달 내 몫의 입원비 육십만원을 형에게 송금하는 일 이외에는 애써 고향 쪽을 외면했고, 아버지 제삿날에도 이런저런 핑계를 대고 고향에 내려가지 않았다. 고향은 객지보다 더 멀고 낯설었고 태 속에서 점지

되는 포유류가 되어 어느 누구의 자식으로 태어나는 출생은 감당할 수 있는 일이 아니었다. 고향은 미즈코가 떠도는 사나운 바다였거나 발 디딜 수 없는 신기루였다. 그 고향에서 어머니는 닿을 수 없는 바다 저쪽을 향해 신음하고 있었다. 미즈코야 무섭지…… 이리 온…… 가라 가 집에 오지 마…… 아이고 내 새끼야 네 어찌 생긴지 내 어찌 알꼬……

5

정보발 좋구만. 바다에 뜬 놈까지 찍고 있으니. 아, 그런 잔챙이를 지방청으로 넘기지 않구 여기까지 와서 훑어가나. 같이 좀 먹고 살자구.

압송협조를 확인하기 위해 지방경찰청에 들렀을 때 경무과장은 그렇게 말했다. 검거실적은 서울청으로 가고 그 뒤치다꺼리를 맡게 된 것이 달가울 리는 없을 것이었다.

전경 네 명에 차량 한 대를 내줄게. 올라가면서 우리 애들 끼니나 잘 챙겨줘. 수갑 채우고 나서 전화해.

그게 아니고, 선착장에서 덮칠 때 현장에 전경 유단자 두 명만 붙여주십시오.

초범이라면서? 조직인가?

조직은 아니지만, 상황이 어떤지 몰라서……

배가 언제 들어올지 모른다면서? 인원을 무작정 대기시키란 말인가?

시간을 알아서 전화 드리겠습니다.

경무과장은 눈을 들어 나를 위 아래로 훑었다.

서울 양반들은 일을 꼼꼼히 하는구만. 알았어. 나중에 전화해.

아침에 풍랑은 멎었고 기상특보는 해제되었다. 수평선 가득히 빛의 비늘들이 반짝였다. 제3선단은 귀항하지 않았고 교신은 계속 두절되어 있었다. 가덕도로 대피했던 선단들은 오후 두시께 P항으로 돌아왔다. 선원들은 선착장에 대기하고 있던 앰뷸런스에 실려갔고, 돌아오지 않는 제3선단 가족들이 땅바닥에 뒹굴며 울었다. 경보해역을 떠날 때 제3선단의 위치와 항로를 파악하지 못했다고 돌아온 선장은 보고했다. 제3선단이 선박간 호출에 응답하지 않았고 어둠 속에서 파도가 높고 물보라가 바다를 뒤덮어서 육안으로 확인할 수도 없었다는 것이다. 제3선단은 경보해역에서 가까운 가덕도, 외로도, 장덕도, 세 개 포구 중 어느 기항지로도 입항하지 않았다. 육지의 최동단 고지에 위치한 팔출도 등대와 도서지역 등대들도 제3선단은 교신되지 않는다고 보고해왔다. 어업무선국은 도서지역 등대들과 해경순찰선을 차례로 불러가며 악을 썼다. 항공수색을 위해 정찰기를 대기시켜놓았고, 원양의 해무가 걷히는 대로 출동하겠다고 해경대장은 가족들을 달랬다. 내 사박 오일의 출장은 허탕으로 끝날 수도 있었다. 항공수색의 결과를 예측할 수 없었고, 기약 없이 항구에서 기다릴 수도 없었다. 과장도 출장기간을 더 연장해줄 수는 없을 것이었다. 나는 바다와 제3선단의 사정을 과장에게 보고했다.

그 자식 뒈지면 송장이라도 확인돼야 종결처리가 될 텐데……

항공수색 결과를 기다려봐야겠습니다.

야, 안 되면 연고선이나 파악해놓고 올라와. 좋겠구나. 효도 잘 해라.

항구에 조동수의 연고선은 미리 파악된 것이 없었다. 조동수는 열 살 무렵에 그의 생부와 함께 서울로 주민등록을 옮겼고 그 이후의 행적은 조회되지 않았다. 서울 거주지 인근 초등학교에도 그의 학적은 등재되지 않았다. 항구에는 지번만이 바뀐 옛 주민등록지에 그의 모친이 딸과 함께 등록되어 있었고 딸은 혼인 후 주민등록을 옮겨갔다.

조동수의 모친이 기거하는 임대아파트는 내 유년의 판자촌

이 늘어서 있던 산비탈에서 멀지 않았다. 산비탈에는 고층아파트와 근린공원과 상가가 들어섰고 산 밑으로 터널이 뚫렸다. 유년의 풍경은 흔적조차 남아 있지 않았다.

나는 고층아파트 단지가 끝나는 산 위쪽으로 걸어올라갔다. 일찍 퇴근한 젊은 사내들이 젖병을 문 아이를 유모차에 태우고 아내와 함께 공원을 산책하고 있었다. 날이 저물고, 주부들이 공원 모래밭에서 흙장난을 하던 아이들을 집으로 데려갔다. 임대아파트 두 동은 고층아파트 단지가 끝나는 산꼭대기에 있었다. 고층아파트 건설업자가 건축허가를 받기 위한 의무규정으로 지은 십일 평형 아파트였다. 단지 일대가 재개발되기 이전부터 그 산비탈 불량주택에서 살아온 원주민들이 무단점유한 시유지를 비워주고 철거에 동의하는 조건으로 분양권을 받아서 입주해 있었다. 입주보증금을 내지 못해 분양권을 팔고 떠난 사람들도 있지만, 주택은행에서 입주보증금을 융자받아 십일 평형 아파트로 옮겨온 원주민들도 많았다. 단지 전체를 가로지르는 이차선 도로가 임대아파트 구역에서부터 일차선으로 좁아졌고 임대아파트가 시작되는 도로 초입에 새마을구판장이 들어서 있었다. 아파트는 칠이 벗겨져 시멘트가 드러났고 낡은 홈통에서 쏟아져내린 녹물이 외벽에 얼룩져 있었다. 용접부위가 끊어진 계단 난간이 삐걱거렸고, 이십 세

대가 한 줄로 늘어선 긴 복도에 프로판 가스통이 도열해 있었다. 복도에 생선 굽는 냄새가 자욱했다.

조동수의 모친은 아들의 귀항을 확인하려고 어업무선국 마당에 나가 밤을 새우고 돌아와 방 안에 누워 있었다. 칠십 노파였다. 방 안에서 시취(屍臭)와도 같은 악취가 풍겼고, 떨어진 머리카락이 흩어져 있었다. 노파는 두 팔로 방바닥을 밀면서 겨우 상체를 일으켰다.

뉘시오? 무선국에서 오셨소? 배가 들어왔소?

나는 싸가지고 온 감귤 한 봉지와 초코파이 한 상자를 노파 앞으로 내밀었다. 서울에서 알게 된 조동수의 선배인데, 고향에 출장 왔다가 제3선단의 조난 소식을 듣고 출입항통제소에서 주소를 알아 찾아왔다고 나는 말했다.

동수가 고향에 다시 내려온 게 언제쯤이었습니까?

모르오. 제 애비하고 서울로 간 담부터는 나는 모르오.

그래도, 배 타고 나간 건 아시지 않습니까?

지난 단오 무렵에 갑자기 밤에 나타나 옷을 갈아입더니 한 열흘 배 타러 간다고 합디다.

단오 무렵이면, 범행 직후에 조동수는 고향으로 내려온 것이다.

동수가 어머니께 돈은 좀 부쳐왔습니까?

그런 일 없소. 지난 단오 때는 무슨 맘을 먹었는지 소고기 다섯 근을 사가지고 왔습디다. 내 혼자 먹어야 얼마나 먹겠소. 저 냉장고 안에 다 그대로 있소.

택시운전사는 조동수에게 빼앗긴 돈이 십삼만칠천원이었다고 진술했었다. 고기 다섯 근이면 팔만원은 주었을 것이었다.

소고기. 형과 내가 어머니의 정신이 무너져가고 있는 조짐을 처음으로 알게 된 것은 소고기 때문이었다. 어머니는 아무런 용도도 없이 형에게 용돈을 요구했다. 용돈을 주지 않으면 방 모서리에 머리를 박고 울었고, 조카들에게까지 손을 벌렸다. 조카들은 기겁을 하며 달아났다. 나는 궁색한 형의 형편을 도와서 어머니 용돈 명목으로 한 달에 십만원 정도를 송금했다. 어머니는 그 돈을 차곡차곡 모아서 소고기를 사왔다. 갈비, 등심, 안심, 목살, 차돌박이, 안창살을 부위별로 사서 냉장고 안에 쟁여놓았다.

고기를 먹어라. 애들도 실컷 먹이고.

형수가 말려도 어머니는 막무가내였다. 형수가 냉장고 안의 고기를 꺼내서 이웃에 나누어주자 어머니는 또 방 모서리에 머리를 박고 울었다. 어머니는 또 그 고기를 냉동포장해서 택배로 나에게도 보내왔다. 고기는 열 근이 넘었다. 고기가 도착하던 날 어머니는 아내에게 전화를 걸어왔다.

얘, 고기 받았지. 애들 먹여라. 많이 먹여. 안창살은 양념하지 말고 구워서 기름소금에 찍어 먹어라. 얼리지 말고 빨리 먹어. 다 먹으면 또 보낼게.

고기는 열흘 돌이로 한 뭉치씩 배달되어왔다. 아무리 말려도 어머니는 듣지 않았다. 냉장고가 가득 찼고, 아내는 주체할수 없는 고기를 동네 양로원으로 보냈다.

범행 직후 조동수가 고향의 모친에게 사들고 왔다는 소고기가 내 어머니의 소고기를 떠오르게 했다. 조동수의 모친이 허리를 꺾어가며 기침을 했다. 노파는 가르릉거리는 가래를 타구에 뱉어냈다. 나는 노파에게 물었다.

이 동네에서는 오래 사셨습니까?

전쟁 전부터 이 비탈에서 살았소. 동수도 여기서 낳았지. 나라에서 이나마 마련해줘서 집 걱정은 없소. 전처럼 불도 안나고.

노파와 조동수는 내 유년의 동향인이었다. 판자촌을 태우던 정월대보름 밤의 불길이 내 마음을 휩쓸어갔다. 내가 빈손으로 서울로 돌아간 뒤 조동수가 모친 앞에 나타나서 웬 낯선 사내가 너를 만나러 다녀갔다는 말을 듣게 되면 조동수를 검거하기는 좀더 어려워질 것이었다. 나는 문득 내가 조동수의 도피를 방조하고 있는 것이 아닌가 하는 착각에 빠졌다. 어업무선국으로부터는 아무런 전화도 없었다. 노파가 말했다.

그놈을 만나려거든 선착장에 가서 기다리시오. 뒈지지 않았으면 그리로 들어올 것이오.

임대아파트 창 밖으로 고층단지 유리창에 불이 켜졌다. 지대가 높아서, 비탈 저 아래쪽 아파트와 그 너머 시가지까지도 훤히 내려다보였다. 거기는 내 고향의 맨 꼭대기였다. 정월대보름날 화재 때 어머니와 내가 대피해 있던 산꼭대기가 아마 여기 어디쯤이지 싶었다.

6

제3선단의 향도선과 어선 다섯 척은 자력으로 항로를 수습해서 가덕도로 입항했다. 선단의 여덟 척 중에서 조동수가 타고 있는 대영호와 또다른 어선 한 척은 돌아오지 않았다. 경보해역에서 벗어나 139해역으로 빠져나갈 때 배들이 뿔뿔이 흩어졌고 선박간 교신도 두절되어서 나머지 배 두 척을 인솔하지 못했다고 향도선 선장은 보고해왔다. 가덕도로 입항한 배들은 겨우 연료가 남아 있었다. 풍랑 속에서 전기배선이 고장났고 냉동시스템이 작동되지 않아서 잡은 생선이 부패하기 시작했다. 하중을 줄여서 연료를 아끼느라고 만선을 이룬 어획을 모두 바다에 던져버리고 어선들은 빈 배로 돌아왔다. 선원들 중 사망자는 없었으나 부상자들이 많았고, 대부분이 탈진 상태였다. 의료진들이 급히 가덕도로 향했다.

원양에 해무가 걷히고, 해경 정찰기들이 종적 없는 어선 두척을 수색하기 위해 출동했다. 내 출장의 사흘째였다. 정찰기가 원양에서 어선을 발견했다 하더라도 기관과 인원이 온전할리는 없을 터이고 다시 예인선이 나가서 항구까지 끌어오려면이틀은 걸릴 것이었다. 대영호의 행적이 확인되지 않는 사흘동안 어머니를 찾아봬야 한다는 강박감과 어머니로부터 도망쳐야 한다는 두려움이 내 마음속에서 엎치락거리면서 비겼다.

야 여기 와서도 바쁘냐? 나한테는 안 와도 좋으니까 어머니 한번 뵙고 가. 너도 눈으로 한번 봐야 내가 어땠는지를 알거다.

형은 핸드폰으로 나를 다그쳤다. 형의 목소리에는 어머니곁에서 더 많은 고통을 감당해온 쪽의 짜증이 섞여 있었다.

임마뉴엘요양원은 어선 선착장이 내려다보이는 부두 쪽 언덕 위였다. 현관 문짝에 십자가가 걸렸고 그 밑에 '충만'이라는 두 글자가 씌어 있었다. 관리요원인 수녀들이 일층 식당에모여 저녁기도를 드렸다. 기도 끝에 수녀들은 노래했다.

며칠 후 며칠 후
요단강 건너가 만나리.

며칠 후 며칠 후
요단강 건너가 만나리.

나는 아내가 싸준 마른 옥돔 한 상자를 식당 주방에 맡겼다.
어머니의 방은 310호였다. 나는 망설이다가 방문을 열었다.
어머니는 아랫도리를 벗고 있었다. 대소변을 자주 지려서 관
리인이 옷을 벗겨놓은 모양이었다. 방바닥 비닐장판 위에 흘
린 똥을 밟고 다닌 자리들이 말라붙어 있었다. 어머니는 방 모
퉁이에 쪼그리고 앉아서 문 밖에 서 있는 내 쪽을 쳐다보았다.
나를 바라보는 어머니의 얼굴에는 아무런 표정도 없었다. 아
들을 알아보지 못할 뿐 아니라 인기척을 감지하지 못하는 모
양이었다.
　……어머니.
　소리를 나는 안으로 삼켰다. 소리가 되어 나오지 않았다. 나
는 방문을 닫고 관리사무실로 갔다.
　환자 방 청소를 안 하십니까?

안 하다니요? 아침 점심 저녁으로 하루에 세 번씩 하고 있습니다. 그사이에 더러워지는 건 어쩔 수가 없지요.

나는 다시 어머니의 방문을 열었다. 발 디딜 자리가 없어서 안으로 들어갈 수는 없었다. 아랫도리를 벗은 어머니의 허벅지 가죽은 길게 늘어졌다. 방바닥에 흰 머리카락인지 음모인지 터럭들이 흩어져 있었다. 악취는 맹렬했다. 어머니는 한쪽 무릎을 세우고 앉아서 가슴에 베개를 끌어안고 있었다. 자세히 들여다보니 베개의 위쪽이 찢어져 있었다. 어머니는 숟가락으로 밥을 떠서 베개의 입 속으로 밀어넣기를 계속했다. 어머니는 또 베개 아래쪽을 더러운 천조각으로 싸매고 있었다. 어머니는 그 천조각을 들춰내면서 기저귀를 갈아주는 시늉을 했다. 베개 속에 물에 만 밥알이 가득 찼는지, 베개는 젖어서 아래로 처져 있었다. 어머니는 벽을 짚고 일어서더니 베개를 등으로 돌려 담요를 둘러서 업었다. 어머니는 몸을 흔들어 아이를 어르는 시늉을 했다.

수철아, 자자 자. 밥 먹었으니 자거라.

수철은 나의 이름이었고, 어머니의 무너진 정신 속에서 그 베개는 바로 나였다. 나는 방 안으로 들어가지 못했다. 베개를 업고 방 안을 서성거리던 어머니는 다시 베개를 풀어서 방바닥에 눕히고 다독거렸다. 어머니는 베개를 끌어안고 누워서 흐느꼈다.

미즈코야 추웠지. 이리 온······

나는 방문 밖에서 오랫동안 어머니의 행동을 들여다보았다. 어머니가 인기척을 감지하지 못했으므로 내가 어머니를 찾아온 것은 어머니에게나 나에게나 무의미한 일이지 싶었다.

미즈코야 깼니? 밥 먹을래?

어머니는 다시 일어나 베개 터진 구멍으로 밥알을 우겨넣었다. 어머니가 내 쪽으로 시선을 돌렸다. 무릎을 벌리고 벽에 기대앉은 어머니의 밑은 어둡고 메말라 보였다. 거기서 미즈코와 나는 태어났다. 나를 쳐다보는 어머니 눈빛에 갑자기 생기가 돌더니 어머니의 입가가 실룩거렸고 두 무릎에 경련이 일었다. 나는 어머니의 시선을 피해 방바닥에 말라붙은 오물 자국을 내려다보고 있었다. 어머니는 무릎걸음으로 내 쪽으로 다가오면서 말했다. 어머니의 목소리는 높고 떨렸다.

너가 수철이냐? 미즈코냐? 들어와 들어와. 아이고 내 새끼야, 네 어찌 생긴 줄 내 어찌 알꼬.

어머니는 눈물도 없는 메마른 울음을 울었다. 울음소리가 목구멍에서 막혀 끼룩끼룩했다. 어머니는 방 윗목에 놓여 있던 신문지에 싼 뭉치를 내 쪽으로 던졌다. 상한 소고기였다. 진물이 흘러서 신문지가 찢어져 있었다.

미즈코야 고기 먹어라. 안창살이야.

나는 방문을 닫았다. 아래층 식당에서는 수녀들의 노래가 계속되었다. 치매가 아직 초기 단계인 노파들도 함께 불렀다. 유령들의 울음과도 같은 소리였다.

며칠 후 며칠 후
요단강 건너가 만나리.

며칠 후 며칠 후
요단강 건너가 만나리.

7

해경 정찰기들은 153해역에서 대영호를 발견했다. 애초에 기상특보가 발령된 124해역으로부터 동쪽으로 이백여 킬로미터를 벗어난 공해상이었다. 대영호는 마스트와 크레인이 부러졌다. 파도에 저항하면서 엔진이 터졌고 연료가 바닥나서 대책 없이 표류중이었다. 선원 열다섯 명 중 두 명이 크레인을 당겨서 그물을 걷다가 풍랑 치는 바다로 떨어져 실종되었고 혼수상태에 빠진 나머지 선원들은 해군 함정으로 옮겼다고 예인작업중인 해군함정은 무선국에 통지했다. 실종된 두 명의 명단도 통지되었다. 조동수는 실종되지 않았다.

대영호는 오후 다섯시 무렵에 P항에 도착할 예정이었다. 나는 지방경찰청 경무과장에게 전화를 걸어서 전경 무술유단자 두 명을 선착장으로 보내줄 것을 요청했다.

나는 저녁 네시부터 선착장 입구 이층 다방 창가에 앉아서 기다렸다. 전경 두 명이 내 앞자리에 마주 앉아서 스포츠신문을 들여다보면서 키들거렸다. 나는 전경에게 일렀다.

내가 제압해서 수갑을 채울 테니, 너네들은 먼저 나서지 마라. 제압할 때 일이 지저분해지면 너네들이 도와다오.

덮칠 때가 힘들 텐데요······

괜찮아. 내가 먼저 손댈 테니까 너네들은 일단 뒤에 있어라.

기술이 좋으신 모양이군요.

야 임마 단수는 너만 못해도 실전 경험은 많아.

하기야 바다에서 곯아 들어온 놈이 무슨 저항이 있을라구요.

내항의 무인등대 너머로 반파된 어선 한 척을 매달고 다가오는 해군함정이 시야에 들어왔다. 어선은 우현 쪽으로 비스듬히 기운 채 끌려왔다. 함정은 내항으로 접안하지 못했다. 외항으로 나간 예인선이 함정과 교대했다. 함정에 타고 있던 대영호 선원들이 예인선으로 옮겨탔다. 예인선이 대영호를 끌고 내항 쪽으로 다가왔다. 무인등대 사이를 지나 예인선은 선착장에 닿았다. 이층 다방 창가에서는 선착장 쪽이 빤히 내려다보였다. 비틀거리며 배에서 뭍으로 건너오는 선원들을 가족들이 끌어안고 울었다. 사진기자들이 몰려들었다. 대영호도 잡은 고기를 모두 바다에 던지고 빈 배로 돌아왔다. 어획이 없었으므로 선원에게 돌아가는 할당금도 없었다.

위로금이라도 내놓아야지. 선주놈들 왜 안 보여.

조합새끼들은 뭘 하는 거야.

선장놈도 죽여야 해. 저놈이 바람 오는 줄 알면서 애들을 마구 내몬 거야.

가족들은 수협위판장 앞에 모여 소리질렀다.

주방보조원 조동수는 마지막으로 배에서 내렸다. 마른 몸매에 키가 컸고 어깨가 구부정했다. 러닝셔츠 차림에 가방을 메고 있었다. 팔이 가늘어 보였다. 그 팔로 택시운전사의 등을 찌를 때, 칼끝이 운전사의 점퍼를 씹었었다. 칼자리에 주저의 흔적이 있었다. 쑤실 때, 팔에 경련이 일었거나 칼을 찔러넣는 순간 악력이 풀어지고 이두박근에 힘이 빠졌을 것이었다. 팔이 가늘어서, 수갑을 채우고 나서 수갑 톱니를 바싹 조여야 할 것 같았다.

조동수의 모친은 선착장에 나오지 않았다. 조동수는 혼자서 이층 다방 아래로 걸어와 맞은편 라면가게로 들어갔다. 나는 그가 라면을 다 먹고 나올 때까지 이층 다방 창가에 앉아 있었다.

조동수는 애초에 나에게 배당된 사건은 아니었다. 조동수는 아무에게도 배당되어 있지 않았다. 사안이 경미해서 언론에 보도도 되지 않았다. 강력반은 늘 인원이 모자라 허덕였다. 서장은 본청에 보고도 하지 않고 사건을 깔아뭉개고 있었다. 사건은 신고 접수상태로 육 개월이 지났다. 그러다가 예기치 않았던 제보가 들어왔고, 제보의 신빙성은 높았다. 검거실적 보고시한도 임박해 있었다. 과장은 P항이 내 고향이라고 해서 나를 찍어서 내려보냈다. 내가 출장을 피하려 했다면 과장은 다른 형사를 보냈을 것이다. 나는 고향으로 출장 온 일을 후회했다.

조동수가 라면가게에서 나왔다. 이층 다방 창가에서, 그의 얼굴은 가까이 보였다. 봉두난발의 이마 밑으로 눈이 컸고 볼이 움푹 패었다. 어머니가 임신중에 긁어버린 미즈코가 바로 저 자식이 아닐까…… 그런 어처구니없는 망상이 내 마음에 떠올랐다. 신문지에 싼 어머니의 플라스틱 인형이 그 망상에 겹쳐졌다. 조동수는 선착장 끝을 지나 시장이 시작되는 거리로 걸어가고 있었다. 나는 조동수의 뒷모습을 바라보았다. 뒷모습이 인파 속에 섞였다. 나는 계속 이층 다방 창가에 앉아 있었다. 내 앞자리의 전경이 나에게 물었다.

아니, 선원들이 다 내렸는데, 왜 나가지 않으십니까?

……

또 들어올 배가 없잖아요?

내 정보가 틀렸던 모양이야. 내린 선원들 중에서 내가 찾는 놈이 없어.

나 원 참. 서울서 왔다는 양반이……

정보란 틀릴 때도 있지…… 너네들은 가봐라.

나는 전경들을 돌려보내고 이층 다방을 나왔다. 과장에게 전화를 걸었다. 조동수는 대영호를 타고 124해역으로 나갔다가 풍랑이 시작되기 전날 바다에서 오호츠크 해로 가는 크롤 어선으로 옮겨탔으며 크롤어선의 귀항일시는 알 수 없다고 나는 과장에게 허위보고했다.

이런 씨팔 것. 별 송사리 같은 게 다 속을 썩이네. 야 올라 와. 올라와서 딴 놈 잡으면 되잖아.

내 사박 오일의 출장은 그렇게 끝났다. 자동차를 몰아서 서울로 갈 때 아내가 전화를 걸어왔다. 딸아이가 제 손으로 바지를 내리고 오줌을 제대로 눈다고 아내는 기뻐했다.

당신 출장 가신 다음부터 잘 누기 시작하네요. 한 번도 싸지
않았어요.

그래. 자라니까 저절로 그렇게 되겠지. 칭찬 많이 해줘.

출장 가신 일은 잘 됐어요?

음, 이럭저럭 잘 됐어.

생선을 좀 샀어요?

못 샀어. 시간이 없었어.

천천히 조심해서 오세요.

8

여기까지가 나와 조동수의 악연의 시작이다. 악연은 한참
더 많이 남아 있었다. 조동수는 대영호에서 돌아온 지 사 년
뒤에 P시 경찰에 검거되었다. 특수강도에 살인미수였다. 검거
후 여죄를 추궁하는 과정에서 마취강도, 주거침입강도, 노상
강도가 다섯 건이 드러났다. 모두가 조직범죄였다.

조동수의 행적은 자백과 물증으로 드러났다. 조동수는 사
년 전 여름 풍랑 때 표류하던 대영호에서 구조되어 돌아와 P항
선착장으로 상륙했던 사실을 자백했다. 그의 심문조서에는 상

류하던 날 부두에서 임검경관이 작성한 귀항선원명단이 증거
자료로 첨부되어 있었다.

나는 징계위원회에 회부되었다. 직무태만과 허위보고가 내
징계사유였다. 사 년 전의 과장에게까지 문책이 내려왔다.

야, 너 그때 출장 가서 뭐 했니? 뭐, 크롤어선! 이런 개자식.

과장은 펄펄 뛰었다. 나는 대답하지 못했다. 징계위원회는
내가 조동수를 검거하지 못한 정황을 '납득할 수 없는 일'이
라고 규정했고 고의로 범인을 도피방조했다는 혐의를 설정하
고 있었다. 충분히 검거할 수 있는 상황에서 초범을 잡아들이
지 않음으로써 범죄를 누증시켰고 조직화시켰으며 시민들의
피해를 가중시켰다는 것이 나에 대한 징계사유였다. 징계사유
는 대체로 틀린 것이 없어 보였다. 징계위원회에서 나는 아무
것도 소명하지 못했다. 나는 삼 개월간의 대기발령기간을 거
쳐서 면직되었다. 징계에 의한 면직에는 퇴직금이 없었다.

경찰을 떠날 때, 서장이 시청 쪽에 선을 대서 개인택시면허
를 알선해주었다. 서장도 정년을 일 년 앞두고 있었다.

야 힘들기는 마찬가지겠지만, 밥 먹기는 형사보다 나을 거야.

자정이 넘은 도심지에서 취객들은 택시를 향해 마구 달려들
었다. 취객들은 달리는 택시 앞을 가로막았고 멈춘 택시의 도

어를 두들겨댔다. 취객들은 비명을 지르듯이 행선지를 외쳤다. 달려드는 취객들은 무서웠다. 차고지와 방향이 맞지 않으면 태울 수가 없었고, 술에 취해 몸을 가누지 못하는 자들을 태울 수는 없었다. 한 방향으로 네 명의 승객을 모아 가려면 도로변에서 정차 위치를 자꾸만 이동시켜야 했다. 나는 달려드는 취객을 피해서 중앙선과 사차선 사이를 갈팡질팡하면서 헤치고 나갔다. 늦고 지친 시간에 택시로 달려드는 취객들은 때때로 내 어머니의 미즈코들처럼 보이기도 했다. 취객들은 차도 안까지 내려와서 길을 막았고 나는 중앙선을 넘어서 취객들을 피했다.

언니의 폐경

내 아파트에 오는 날이면 언니는 늘 베란다 창문 앞 테이블에 앉아서 저녁나절을 보냈다. 저녁 무렵에 언니는 좀 수다스러워졌다. 수다라기보다는 말문이 겨우 트이는 모양이었다. 여성잡지의 갱년기 특집을 보니까 폐경을 맞는 여자들은 저녁 무렵에 근거 없는 불안을 느낀다고 적혀 있었는데, 언니의 저녁 수다가 그 불안과 관련이 있는 것인지는 모르겠다. 저녁 무렵에 언니가 하는 말은 거의가 하나마나한 말이었다. 언니의 말은 노을이나 바람처럼 종잡을 수가 없었고 멀게 들렸다. 들렸다기보다는 스쳤다고 해야 맞겠다. 나는 늘 언니의 말에 대꾸할 수가 없었다.

—애, 비행기가 꼭 물고기 같구나. 저 지느러미를 좀 봐.

아파트 베란다 창문 너머로, 강화도 쪽 저녁노을 속으로 스며드는 비행기를 바라보면서 언니는 그렇게 말했다. 김포에서 뜬 비행기가 한강 하구 쪽 하늘에서 상어처럼 커 보이다가 붕어만큼 작아지면서 짙은 노을 속으로 사라질 때까지 언니는 강화 쪽 하늘을 바라보고 있었다.

—애, 꼭 버들치 같아. 대가리가 반짝거리네. 꼬랑지에 등이 켜졌어. 애, 좀 봐.

애, 라고 나를 부르기는 했지만, 언니는 등을 돌리고 창 밖을 바라보고 있었다. 언니가 창 밖을 내다보는 시간에 나는 싱크대 앞에서 저녁을 준비했다.

—애, 어쩜 저렇게 스미듯이 사라질 수가 있니?

한강은 하구에 이르러 아득히 넓어졌고, 저녁 썰물에 드러난 갯벌 위에 새들이 모여 있었다. 서해 쪽으로 물러나면서 낮아지는 산들의 잔영이 저녁 어스름에 가물거렸다. 구름이 없는 날, 노을은 아무 거칠 것 없는 빈 하늘에 가득 찼고, 가득 찬 노을은 오히려 비어 있는 것처럼 보였는데, 들여다보면 깊어서 시선은 한없이 빨려들어갔다. 점점 작아지는 비행기들이 그 깊은 노을 속으로 사라졌고, 저물어서 도착하는 비행기들은 노을의 저쪽에서 배어나오듯이 한 개의 점으로 돋아나서 김포 쪽으로 다가왔다. 베란다 창 밖 하늘은 언니의 말처럼 물고기들이 날아다니는 수족관처럼 보이기도 했다.

　— 얘, 저 안에 정말로 사람들이 타고 있는 거야?

　노을이 사위고, 강 건너 김포 쪽 시가지에 불이 켜질 때까지 언니는 저녁 하늘을 바라보았고, 나는 언니의 테이블에 와인이나 데운 우유를 가져다주었다. 언니는 잔 가장자리를 조금씩 핥았다.

　나이들어가면서 언니는 점점 입맛이 까다로워졌다. 어렸을 때부터 언니는 고기 굽는 연기를 역겨워했는데, 폐경을 맞고 나서부터는 김치찌개에 돼지고기 한 점만 들어 있어도 찌개 그릇을 밀어냈다. 고기를 건져내고 떠주면 언니는 국물 냄새만 맡고도 육기를 알아차렸다. 언니는 고기나 비린 생선을 거의 먹지 못했다. 나이들면서 언니는 겨우겨우 먹었다. 봄에는 달래와 냉이를 잘게 썰어서 반반씩 섞고 거기에 흰 쌀밥을 비벼서 간장과 깨소금을 쳐서 먹었고 여름에는 물에 만 밥 위에 새우젓을 한 마리씩, 또는 파래무침을 한 올씩 얹어서 먹었다. 고추장에 찍어먹는 오이지도 언니의 여름 반찬이었다. 언니가 까탈 없이 편안해하는 반찬은 꽈리고추를 넣고 간장에 졸여낸 멸치볶음, 미나리를 썰어넣은 물김치, 그리고 연근부침이었다.

　이 년 전에 죽은 형부는 남해안 자유무역단지 안에 있는 제

철회사의 중역이었다. 형부는 평생을 일에 파묻혀 살았다. 과장, 부장 때는 철광석 원자재 수입이나 철강제품 수출업무를 맡았고 상무로 승진한 후에는 생산직 근로자가 일만 명이 넘는 회사의 노동쟁의와 인사관리를 담당해왔다. 형부는 늘 회사 로고가 찍힌 넥타이를 맸고, 양복 앞깃에 회사 배지를 달고 있었다. 형부는 생애의 대부분을 남해안 현장에서 근무했고 주말이나 휴가 때면 서울에 다녀갔다. 남쪽 바닷가에는 연하고 향기로운 미나리가 많이 난다면서, 형부는 집에 올 때마다 미나리나 멸치, 파래·미역 같은 바닷가의 해산물을 사가지고 왔다. 언니는 미나리에 갓을 넣고 담근 물김치와 꽈리고추를 넣고 간장에 졸인 멸치볶음을 나에게도 보내주었다. 갓이 우러나와, 언니의 물김치 국물은 엷은 자주색이었다. 소금기에 숨을 죽인 미나리는 부드러웠고, 엽록소 속에 흙과 햇빛의 향기가 살아 있었다. 혼자 사는 나는 언니가 주는 반찬을 다 먹을 수가 없어서 택배를 불러서 외삼촌 댁에 보냈다.

형부는 늘 회사가 요금을 부담해주는 비행기 편으로 서울을 오갔다. 이 년 전 추석휴가가 끝나고 회사로 돌아갈 때 형부는 비행기 추락사고로 죽었다. 언니는 젊었을 때 자동차 운전면허를 따기는 했지만 운전은 거의 하지 않았고 형부가 다녀갈 때만 김포공항까지 차를 몰고 나갔다. 형부가 죽던 날도 언니는 형부를 공항까지 태워다주고 전송했다. 김포에서 뜬 비행기는 목적지 활주로에 내려앉지 못하고 인근 야산을 들이받고 추락했다. 이륙한 지 오십 분 만이었다. 승객 백오십 명 중에서 백삼십 명이 죽었다. 그때 나는 몸을 가누지 못하는 언니를 자동차에 태우고 사고현장까지 갔었다. 119대원들이 산 위로 올라가서 떨어져나간 팔다리와 몸통 들을 들것에 실어서 끌어내렸다. 형부의 시신은 비교적 온전했고, 넥타이에 회사 로고가 찍혀 있어서 신원도 곧 확인되었다. 항공사 직원이 나누어준 탑승객 명단에, 형부의 좌석은 A-6이었다. A열에 앉아 있던 승객 여섯 명은 모두 죽었다. 그리고 그 뒷자리인 B열에서 B-4, B-5, B-6 좌석의 승객은 살아남았다. 형부의 바로 뒷자리는 B-6이었다. 사고현장에서 사망자 신원과 친족 확인 수속을 마치고, 우리는 형부의 시신을 냉동 앰뷸런스에 싣고 서울로 올라왔다. 저녁 무렵에 출발해서 밤길을 달렸다. 앰뷸런스가 앞서가고 나는 자동차에 언니를 태우고 뒤를 따라갔다. 형부 회사 직원의 승용차들이 긴 대열을 이루며 따라왔다. 차 안에서 언니는 울지 않았고 먹고 마시지도 않았다. 언니는 이따금씩 소리를 죽여가며 코를 풀었다. 코 푸는 소리가 울음소리처럼 들렸다. 죽전휴게소를 지날 무렵에 언니는 말했다.

　—애, 왜 B-6은 살고 A-6은 죽는 거니?

나는 대답하지 못했고 언니는 거듭 물었다.

—애, 그게 왜 그런 거야?

언니의 물음은 아무것도 묻고 있지 않았고, 목소리의 꼬리가 코 훌쩍이는 소리에 파묻히는 언니의 말은 대답을 기다리고 있지 않았다. 나는 늘 언니의 말에 대꾸할 수가 없었다. 그때 언니는 차 안에서 갑자기 생리혈을 흘렸다. 언니는 얼굴이 붉어지면서 두 손으로 사타구니께를 눌렀다.

—애, 어떡하지. 갑자기 왜 이러지……

—왜 그래, 언니?

—뜨거워. 몸속에서 밀려나와.

나는 갓길에 차를 세웠다. 자정이 지난 시간이었다. 나도 생리날이 임박해 있었으므로 핸드백 안에 패드를 준비하고 있었다. 나는 룸 라이트를 켜고 패드를 꺼내 포장지를 뜯었다. 내 옆자리에서 언니는 바지 지퍼를 내리고 엉덩이를 들어올렸다. 나는 언니의 엉덩이 밑으로 바지를 걷어내주었다. 언니의 팬티는 젖어 있었고, 물고기 냄새가 났다. 갑자기 많은 양이 밀려나온 모양이었다. 팬티 옆으로 피가 비어져나와 언니의 허벅지에 묻어 있었다. 나는 손톱깎이에 달린 작은 칼을 펴서 팬티의 가랑이 이음새를 잘라냈다. 팬티의 양쪽 옆구리마저 잘라내자 언니가 두 다리를 들지 않아도 팬티를 벗겨낼

수 있었다. 팬티가 조였는지 언니의 아랫배에 고무줄 자국이
나 있었다. 나는 패드로 언니의 허벅지 안쪽을 닦아냈다. 닦
을 때 언니가 다리를 벌려주었다. 나는 벗겨낸 팬티와 쓰고
난 패드를 비닐봉지에 담아서 차 뒷자리로 던졌다. 언니도 나
도 여벌 팬티가 없었다. 나는 두꺼운 오버나이트 패드를 꺼내
서 언니의 바지 안에 붙였다. 언니가 다시 엉덩이를 들었다.
나는 언니의 엉덩이 밑으로 바지를 치켜올리고 단추를 채워
주었다. 바지 안에 붙인 패드는 언니의 아래에 잘 밀착되지
않을 것이었다.

　—언니, 거의 다 왔으니까 조금만 그냥 참아. 두꺼워서 괜
찮을 거야.

　—애, 미안해……

언니는 두 손에 얼굴을 묻고 울었다. 형부의 시신이 회사 로
고가 찍힌 넥타이를 매단 채 들것에 실려 내려왔을 때도 언니
는 울지 않았다. 언니는 들것에 가까이 가지 않고 멀리 떨어져
서 코만 풀었다. 그런데, 난데없이 쏟아진 생리혈을 처리하고
나서 언니는 오래 울었다. 피에 젖은 팬티를 벗어내면서 울어
야 할 까닭이 있는 것일까. 언니는 A-6과 B-6의 사이를 우는
것일까. 폐경이 임박하면 작은 심적 충격에도 때 아닌 출혈이
있을 수 있다고 여성잡지에서 읽었는데, 형부의 돌연한 죽음

이 언니의 생식기관 속에서 난데없는 배란과 출혈을 일으킨다는 것은 상상할 수 없었다. 알에서 깨어나는 치어들, 동해안의 내수면을 떠나서 알래스카 바다로 향하는 회귀성 어족들의 치어들, 죽음에 죽음을 잇대어가면서 할딱거리고 꼼지락거리면서 기어이 바다로 나가는 그 바늘끝 같은 치어의 무리들이 내 마음속에 떠올랐다. 그래서, 언니의 젖은 팬티에서는 물고기 냄새가 났던 것일까. 언니의 울음은 번져나오듯이 낮고 조용했다. 나는 언니의 울음의 먼 안쪽을 들여다볼 수는 없었지만, 언니의 울음이 깊이 적시는 삼투력으로 내 몸속에 스미는 것을 느꼈다.

　—울지 마, 언니. 이게 무슨 울 일이야.

　나는 언니의 어깨를 안아주었다. 내 품 안에서 언니의 어깨는 낮게 흔들렸고 숱 많은 언니의 머리카락에서 올리브 냄새가 났다. 언니의 울음이 멈출 때까지 나는 자동차를 움직이지 못하고 갓길에 서 있었다. 밤의 고속도로를 과속으로 달리는 차들의 불빛이 쉴새없이 스쳐갔고, 화물트럭이 옆을 지날 때마다 땅이 울려서 차가 흔들렸다. 한참 만에 울음을 추스른 언니가 뒷자리의 쓰레기봉투를 돌아보며 말했다.

　—애, 저거 버리고 가. 냄새나잖아.

　—괜찮아, 언니. 단단히 묶었어. 다음 휴게소에서 버릴게.

―나, 저거 싫어. 여기다 그냥 버리자.

　―안 돼 언니. 여긴 쓰레기통이 없잖아.

　―너 휴게소에 가서 손 씻어라.

　―그래, 알았어 언니. 좀 자도록 해봐.

　나는 다시 시동을 걸고 차선으로 나왔다. 언니는 두 팔로 가
슴을 싸안고 작게 웅크리고 앉아 있었다. 춥지는 않았지만 히
터를 켰다. 그날 밤, 언니는 바지 안에 팬티를 입지 못하고 서
울로 돌아왔다. 언니의 폐경은 느리게 진행되었는데, 그날이
아마 증세의 시작이었던 것 같다. 서울 요금소를 지날 때 언니
는 말했다.

　―얘, 왜 몸에서 그런 게 나오니?

　나는 대답하지 못했다.

　내 십삼 평짜리 아파트는 거실이 따로 없고 방 한 칸에 주방
과 다용도실뿐이어서 베란다에서 싱크대까지는 열 걸음 정도
였다. 베란다 창가에 앉아서 저녁 하늘의 비행기를 바라보던
언니가,

　―얘, 어쩜 저렇게 스미듯이 사라질 수가 있니? 저 안에 정
말 사람들이 타고 있는 거야?

라고 말했을 때도 나는 언니의 말이 너무 아득해서 가슴이 막

힐 듯했다. 나는 싱크대 앞에서 꽈리고추를 넣고 멸치를 볶아서 저녁을 준비하고 있었다. 멸치는 아직 간이 덜 뱄는데 고추가 너무 익어서 물렁해진 것이 아닌가 싶었다. 가스레인지 불꽃을 줄이고 고추를 불기가 약한 프라이팬 가장자리로 모았다. 간장에 졸여지는 꽈리고추의 짭짤한 향기가 방 안에 퍼졌다.

—애, 그거 좀 짜지 않겠니?

언니는 여전히 창 밖으로 고개를 돌린 채 말했다.

—좀 짜지 싶다.

냄새만 맡고도 간을 알 수 있는지, 언니의 말은 창 밖의 저녁안개 냄새를 맡고 하는 말처럼 들렸다. 언니가, 애 그거 좀 싱겁지 않겠니? 라고 말했어도 아마 같은 말이었을 것이다. 언니의 등 너머로 사위는 노을이 어둠에 밀려나면서 하늘 가장자리에 겨우 걸렸고, 넓은 들을 건너가는 송전탑의 불빛이 어두운 산 뒤쪽으로 숨어들고 있었다. 시간이 산들을 해 지는 쪽으로 데려가는 것인지, 저녁 무렵에 강 건너 산들은 점점 멀어 보였다.

—애, 불 낮추고, 물 반 컵만 넣어. 국물이 좀 있어도 괜찮아.

라고 언니가 말했을 때 나는 언니가 노을 속으로 사라지는 저녁 비행기처럼 저무는 하늘로 빨려들어갈 것만 같은 조바심을 느꼈다.

내 아파트에서 자는 날, 언니는 내 옆에 요를 깔고 누웠다. 브래지어를 벗을 때 언니는 두 팔을 등뒤로 돌리지 못했다.

—애, 넌 되니? 난 이게 안 돼.

나이를 먹으니까 두 손이 등뒤에까지 닿지 않는다고 언니는 말했다. 언니는 올해 쉰다섯 살이다. 언니보다 다섯 살이 아래인 나는 아직 팔이 등뒤에 닿는다.

—음, 난 돼, 언니.

—난 네 나이 때부터 이게 잘 안 됐어. 남편한테 등을 내밀지도 못했지.

언니는 어깨끈을 내리고 브래지어 컵을 뒤로 돌려서 두 가슴 사이에서 호크를 풀었다. 그때 언니는 등 위로 올라앉은 컵을 나에게 보이지 않으려고 늘 나를 마주 보고 앉아서 브래지어를 벗었다. 언니는 등에 단추가 많이 달린 블라우스나 원피스를 입을 때도 등뒤에 손이 닿지 않아서 옷을 입기 전에 단추를 먼저 채웠다. 형부는 현장에 내려가 있었고 두 아들들도 모두 일찍 결혼해서 언니는 늘 혼자서 살았다. 언니는 벌을 서는 아이처럼 두 팔을 위로 쳐들고 소매부터 끼워넣었는데, 그러다가 새로 산 조르지오 아르마니 리넨 블라우스가 터져버린 적도 있었다.

―애, 블라우스가 터졌어. 연습을 더 해야 되나봐.

　언니는 나에게 전화를 걸어와 블라우스가 터진 얘기를 늘어놓았다.

　―앞에서 채우는 옷을 입어, 언니.

　―그래야 할까봐. 옆에 아무도 없으니까. 이젠 팔도 돌아가질 않는다.

　언니는 옷을 사러 갈 때 가끔씩 나를 데리고 가서 내 옷도 여러 벌 사주었다. 언니는 옷을 고를 때 여미는 부분을 세밀히 살폈다. 지퍼나 찍찍이로 여미는 옷을 언니는 한 번도 사지 않았다. 옷깃이나 팔목에 밴드가 붙어 있는 옷도 사지 않았다. 팬티는 허리춤의 고무줄이 가장 부드러운 물건을 골랐고 브래지어는 컵 밑의 와이어가 좀 느슨하면서도 단단한 물건을 골랐다. 팬티 한 장을 고르는 데 한 시간 이상이 걸릴 때도 있었다. 언니는 단추나 끈으로 여미는 옷만을 좋아했다. 단추가 옷감에 너무 꽉 들러붙어서 천을 압박하는 옷을 언니는 사지 않았다. 언니는 옷감의 두께만큼 옷감으로부터 떨어져 있는 헐렁한 단추를 좋아했다. 손이 등에 닿지 않는 언니가 뒤에서 여미는 블라우스를 입고 또 벗는 일은 쉽지 않았다. 언니는 위에서 세번째와 네번째 단추를 채우지 못한 채 그 위에 재킷을 입고 내 아파트에 온 적도 있었다. 나는 언니의 세번째 단추와 네번째 단추를 등뒤에서 채워주었다.

나에게 남자가 생긴 것을 언니가 알고 있다는 것을 내가 알게 된 것도 언니와 함께 옷을 사러 가서였다. 언니는 내 생일 선물로 옷을 한 벌 사주겠다며 나를 불러냈다. 내가 쉰 살이 되는 생일날이었다. 날씨가 갑자기 추워져서 나는 앙고라 스웨터 위에 트렌치코트를 입고 나섰다. 언니와 나는 가쓰오 우동으로 점심을 먹고 백화점으로 갔다. 언니는 스웨터 가게에서 캐시미어로 만든 이탈리아제 말로 스웨터를 골랐다. 보라색에 네크라인은 반폴라였다.

─애, 넌 목이 기니까 반폴라가 좋을 거야. 맘에 드니?

나는 언니를 향해 고개를 끄덕여주었다. 점원이 스웨터를 포장하고 있을 때 언니는 내 코트 앞섶을 헤치고 앙고라 스웨터를 만지면서 말했다.

─애, 너 이 앙고라 입지 마.

─왜 언니. 이게 어때서? 얼마나 포근한데……

─앙고라는 털이 빠지잖아. 캐시미어는 털이 안 빠진다. 남자 옷에 털 붙여서 보내지 마.

언니는 내 머플러에 붙은 앙고라 털 몇 개를 떼어주었다. 언니의 삶은 사소하고 하찮은 것들로 가득 차 있었다. 그 하찮은 것들이 늘 언니의 삶을 짓누르고 언니는 거기에 걸려서 헤어나지 못했지만 언니가 내 머플러에 붙은 앙고라 털을 떼어줄 때 나는 그 하찮은 것들의 무게를 생각했다. 언니는 어떻게 알았을까. 나는 언니가 내 아파트에 올 때마다 남자의 재떨이, 면도기, 양말, 가운 같은 것들을 모두 보자기에 싸서 다용도실 밖 사과궤짝 속에 넣어 언니의 눈에 띄지 않게 했는데, 혹시 내가 챙기지 못한 물건을 언니가 본 것이 아니었을까. 아니면, 하찮고 사소한 것들에 예민한 언니가 내 좁은 아파트에서 그가 피우고 간 담배 냄새나 남자의 발냄새를 맡은 것일까. ……남자 옷에 털 붙여서 보내지 마……라는 말은 그가 유부남이라는 사실까지도 언니는 알고 있다는 암시였을까. 그러고 보니 언제부터인가, 언니는 나한테 오기 전에 꼭 전화를 걸어서,

— 애, 나 오늘 저녁 다섯시쯤 가도 되겠니? 자고 가도 되겠어?

라고 물어왔다. 그가 오기로 되어 있는 날에 나는 미국에서 친구가 왔네, 동창생 아들이 결혼을 하네, 하면서 언니를 따돌렸다.

언니가 사준 캐시미어 스웨터를 받아들면서, 나는 그이가 정말로 앙고라 털을 양복에 묻혀서 그의 집에까지 가져간 것이 아닌가 싶어서 불안했다. 더구나 내 앙고라 스웨터는 털이 길었고 색깔은 엷은 핑크였다. 백화점 문을 나설 때 언니는 또

무심한 어조로 말했다.

　—너, 머리카락은 아직 안 빠지니?

　—감을 때는 좀 빠져. 생리 때도 좀 빠지는 것 같아.

　—빠질 때 됐지. 빠지면 위로 틀어올려서 실핀으로 질러.
머리카락도 옷에 잘 붙는다.

　언니는 내 아파트에 기척이 남아 있는 어떤 사내가 유부남
이라는 확신을 가지고 있는 모양이었다. 언니의 확신이 틀린
것은 아니었다. 나는 대답하지 못했다. 언니는 또 말했다.

　—넌 목 뒤가 예뻐서 머리를 틀어올리면 좋을 거야. 키도
더 커 보이고.

　실핀으로 머리 뒤쪽을 동여놓으면 형태가 고정되고 머리카
락이 흩어지지는 않겠지만 남자의 손길을 받기가 불편하고 머
리카락이 한데 뭉쳐서 남자가 좋아하지 않을 거라고 나는 언
니에게 말해줄 수가 없었다. 언니, 머리를 뒤로 틀어올려서 실
핀으로 고정시키면 보기에는 좋아도 안기기에는 좋지 않
아……라고 언니에게 말해줄 수는 없었다. 캐시미어 스웨터
를 선물로 받은 대가로 나는 언니에게 나의 행실을 모두 자백
하고 인정한 꼴이 되기는 했지만, 언니는 그후로 내 아파트에
드나드는 웬 남자에 관한 일을 입에 담지 않았다. 그이가 올
때 나는 언니가 사준 캐시미어 스웨터를 입었지만 머리를 틀

어올리지는 않았다.

언니는 캄캄한 어둠을 무서워해서 잘 때도 늘 전기스탠드의 작은 등을 켜야 했다. 언니는 늘 요 위에 풀 먹인 옥양목 시트를 깔았다. 언니가 자리에서 몸을 뒤척일 때는 마른풀이 서걱이는 소리가 들렸다. 언니의 폐경증세는 느리고도 오래 계속되었다. 생리가 몇 달씩 끊어졌다가 갑자기 출혈이 있기도 했다. 나는 언니를 위하여 옥양목 시트를 손질해두었고 두꺼운 오버나이트 패드를 준비해두었다. 낮에 그가 다녀간 날 밤에 언니가 내 옆에서 자고 갈 때면 나는 내 요의 시트가 너무 구겨졌거나 뭐가 묻어 있는 것이 아닌가 싶어서 언니가 오기 전에 시트를 새것으로 바꾸었다.

지난번 정월대보름 밤에도 언니는 내 아파트에 와서 자고 갔다. 강 건너편 산 뒤에서 달이 솟았다. 달빛은 다용도실 뒤쪽까지 환히 비추었다. 달과 유리창 사이에 걸릴 것이 없어서 방 안이 달 속 같았고, 언니의 옥양목 시트 위에서 달빛은 차가워 보였다. 달빛 속에서는 방 안의 여러 물건들, 경대와 달력, 전기스탠드와 TV 사이의 거리가 멀어 보였고, 그 거리를 재려면 내가 알지 못하는 또다른 자(尺)가 필요할 것 같았다. 커튼을 열어놓으니까 달빛이 밝아서 전기스탠드의 작은 등을 켜지 않아도 언니는 불안해하지 않았다. 언니는 내 옆에 누웠다. 달이 이마에 닿을 듯했고 달 속에 얼룩진 그림자까지 들여다보였다.

그날 새벽에 언니는 또 생리혈을 흘렸다. 언니가 자리에서 버스럭거리는 소리에 깨어보니, 언니는 나를 깨우지 않고 일을 처리하느라고 조심조심 시트를 걷어내고 있었다. 팬티를 벗은 언니의 허벅지와 엉덩이가 달빛에 푸르스름했다.

—애, 미안해.

언니는 벗은 몸을 새우처럼 꼬부리고 숨을 몰아쉬었다. 나는 젖은 시트를 걷어내 세탁기에 넣고 언니를 일으켜 욕실 안으로 밀어넣었다. 난방용 보일러의 눈금을 올리고 팬티에 오버나이트 패드를 붙여서 욕실 안으로 넣어주었다. 일을 수습하고 나서 언니는 다시 자리에 누웠다.

—애, 커튼을 닫자. 달 때문이야.

나는 커튼을 닫고 전기스탠드의 작은 등을 켰다. 누비이불을 꺼내서 언니의 이불 위에 덮어주었다. 언니는 혼자서 중얼거리는 헛소리처럼 말했다.

—자다가 깼는데, 갑자기 눈앞에 달이 보였어. 내가 꼭 저승에 와 있는 것 같더라. 여기가 어딘가…… 누굴 부르려고 했는데, 그게 누군지 떠오르지가 않았어. 소리도 나오지 않았지. 그러더니 몸속이 불덩이처럼 뜨거워지면서 왈칵 쏟아졌어.

―알았어, 언니. 그만 해.

언니가 팔을 뻗어 내 머리카락을 쓰다듬었다.

―언니, 아파?

―속이 다 빠져나간 것 같아.

홍조가 가신 언니의 얼굴은 창백했고 숨결의 끝자락이 가르릉거렸다.

―애, 난 이게 올 때 꼭 몸속에서 불덩어리가 치솟는 것 같아. 먼 데서부터 작은 불씨가 점점 커지면서 다가와서 아래로 왈칵 터져나오는 것 같아. 넌 어떠니?

나는 어떤가. 나는 몸의 안쪽에서부터, 감당할 수도 없고 설명할 수도 없는 우울과 어둠이 안개처럼 배어나와서 온몸의 모세혈관을 가득 채운다. 물기를 잔뜩 머금은 스펀지가 물을 떨구듯이, 게눈에 거품이 끓듯이 조금씩 조금씩, 겨우겨우 몸 밖으로 비어져나온다. 그런 날 나는 대낮에도 커튼을 닫고 어두운 방 안에서 하루 종일 혼자 누워 있었다.

나는 내 몸의 느낌을 언니에게 설명할 수가 없었고 불덩이 같은 것이 왈칵 쏟아져나온다는 언니의 느낌에 닿을 수 없었다. 언니가 다시 잠든 후, 언니의 요 밑으로 손을 넣어보았다. 방바닥은 따뜻했다.

엄마,

어제 온 아빠의 편지를 읽고, 엄마하고 아빠하고 이혼을 전제로 별거하고 있다는 걸 알았어요. 벌써 열 달이 넘었다고 하니, 제가 미국으로 떠난 직후부터 별거에 들어간 것이군요. 그 열 달 동안 제가 전화할 때마다 아무런 얘기도 하지 않았던 엄마가 미워요. 엄마의 새 주소는 큰이모한테서 알아냈어요. 엄마의 새 주소를 겉봉에 쓰면서 울었어요.

엄마하고 아빠하고 아무런 애정도 없이 그저 습관적으로 함께 살아가는 꼴을 보면서 저도 울적했고 두 분의 딸이라는 운명에 신바람이 나지도 않았어요. 저도 피해자라는 걸 알아주세요. 하지만 이제 와서 두 분이 각자의 길을 따로따로 정해서 간다고 해서 두 분의 앞날이 행복으로 가득 차게 되는 무슨 수가 있을까요. 어린 딸년의 시건방진 소리처럼 들리겠지만, 얻는 것과 잃는 것, 얻을 수 있는 것과 얻을 수 없는 것들 사이의 관계를 깊이 헤아려주세요.

저는 유학 온 지가 일 년밖에 안 되었고 학위를 따려면 창창한 세월이 남아 있는데, 한국에서 엄마와 아빠가 헤어졌다니 막막해서 책도 손에 잡히지 않아요. 또 아빠가 편지에서 말하기를 정식으로 이혼을 하게 되면 우리집 재산을 아빠와 엄마가 7 : 3으로 나눌 계획이니까 저의 학비도 아빠한테 7, 엄마한테 3을 얻어 쓰라고 하시니, 두 분한테서 따로따로 돈을 받아야 한다면 민망해서 어떻게 공부를 잘할 수가 있겠어요. 제가 밤에 돈을 벌어가면서 공부를 계속할 만한 체력이 되지 못한다는 걸 엄마는 잘 아시잖아요. 엄마, 다시 한번 깊이 생각해보시고, 지금까지 살아온 세월 안에서 어떤 해결책을 찾도록 해주세요. 아빠한테도 같은 내용의 편지를 보냈습니다. 저의 편지가 두 분의 삶을 다시 모으는 데 작은 씨앗이 되기를 바라고 있어요. 엄마, 사랑해요.

— 엄마의 딸 연주 올림

대학노트를 찢어낸 종이에 마구 휘갈겨쓴 편지였다. 새 아파트로 옮기면서 먼저 쓰던 전화번호를 바꾸지 못했다. 연주와 외삼촌에게 그리고 포항, 경주 쪽에 흩어져 살고 있는 조카들에게 아파트를 옮기고 전화번호가 바뀌게 되는 사유를 설명하기가 힘에 겨워서 쓰던 번호를 그대로 가져왔다. 그 동안 미국에서 연주가 전화를 걸어올 때마다,

……그래 잘 있니? 음 그래. 얘 TV 보니까 미국 동부에 눈이 많이 왔다더라. 새 자동차는 별탈 없니? 왜 스틱을 샀어, 오토를 사지 않구. 빙판에 운전 조심해라. 넌 백미러를 잘 안 들여다보더라. 음 그래. 아빠야 뭐, 늘 똑같잖아. 일하고 골프

치고 술 마시고, 그거지 뭐……

처럼, 바람 지나가는 듯한 얘기만을 지껄여주었다. 어쩌다가 연주가 전화 끝에 아빠를 바꿔달라면, 너네 아빠 출장 갔어, 아빠 출장 잦은 거 너도 잘 알잖아. 제주도로 갔는데 일 끝나면 거기서 골프 치고 오신단다, 라고 얼버무렸다. 남편도 그동안 연주에게 말하지 않은 모양이었다.

베란다 창가 테이블에 앉아서, 답장을 써야 할 것인지를 생각했다. 생각했는데, 써야 할 말은 한마디도 떠오르지 않았다. 말이 되어지지 않는 억눌림 같은 것들이 밀물처럼 달려들더니 하얗게 지워져버렸다. 7 : 3이라는 말은 남편한테서도 들은 적이 없었다. 말이 사라지고, 세월이 사라진 자리에 7 : 3이 남아 있었다. 7 : 3으로 몫을 가르자면 어떤 절차가 필요한 것인가를 생각하다가 그만두었다. 연주의 편지를 한번 더 읽었다. '칠 대 삼'이 아니라 '7 : 3'이라고 적혀 있었다. 읽고 나서 쓰레기통에 버렸다. 쓰레기통에 들어간 편지를 다시 꺼내서, 찢어서 버렸다.

뱃속에 연주를 가졌을 때, 목구멍을 치받고 올라오던 입덧의 기억이 떠올랐다. 발원지가 어디인지 알 수 없는 구역질이 치솟을 때마다 창자의 먼 쪽이 뒤집혔다. 평소에는 느낄 수 없지만, 몸의 먼 곳에서 작동하고 있는 창자라는 기관의 존재와 그것들의 반란을 구역질이 치솟을 때는 느낄 수 있었다. 구역질이 지나가면 목덜미에 좁쌀 같은 소름이 돋았고 얼굴이 홍조로 달아올랐다. 냄새가 코끝을 스칠 때마다 거식증과 탐식증이 한꺼번에 밀려와 먹지도 굶지도 못했다. 고기나 생선을 요리하는 누린내나 비린내, 밥이 익어가는 냄새, 끓는 라면에서 퍼지는 조미료 냄새, 욕실 하수도 구멍에서 솟아나는 썩은 냄새, 비 오는 날 옆으로 스치고 지나가는 커다란 개들의 몸냄새에도 구역질이 치솟았다. 아침안개의 비린내는 축축하게 늘어져서 몸에 달라붙을 것처럼 무거웠다. 고기나 생선의 비린내가 느껴질 때 구역질은 몸의 안쪽을 뒤집어엎는 것처럼 강력하고 둥글었고 야채와 풋과일의 비린내가 느껴질 때 구역질은 창으로 찌르듯이 날카롭고 뾰족하게 치솟았다. 그러다가 갑자기, 희미하고도 엷게 비린 것, 비린내의 흔적만이 멀리 남아 있는 것들이 먹고 싶어서 날옥수수나 날고구마를 깨물어먹은 적도 있었다. 날오이는 그 풋내가 너무 심하게 찔러서 깨물었다가 뱉어버렸다.

연주는 12월 초순쯤에 내 몸에 붙었다. 임신 삼 개월 무렵을 지나던 초봄에는 자주 졸립고 젖이 무거웠다. 졸음은 더운물에 깊이 잠기듯이 나른했다. 나른했지만 거역하기는 어려웠다. 졸립던 그 봄날, 대낮에 공원을 산책하다가 햇볕에 부푼 황토 흙을 집어먹고 싶은 충동에 쩔쩔맸던 기억이 난다. 흙 속의 잔구멍 속으로 햇빛이 스며서 구멍 속에서 가는 빛과 그림자들이 오글거렸다. 흙은 포근한 밀가루 빵처럼 보였다. 햇볕에 부푼 그 흙을 집어먹으면, 몸이 부드러운 흙 속에 누운 것처럼 편안해지고 손가락 발가락 사이와 겨드랑과 허벅지, 그리고 자궁 속에까지 빛이 자글거릴 것만 같았다. 흙이 왜 음식으로 보이고, 또 그걸 집어먹고 싶은 충동이 어째서 그토록 간절한 것이었을까. 몸이 보내오는 그 난폭한 신호가 모두 헛것을 불러대는 복받침이며, 그 거친 충동의 대상은 풋오이도 날고구마도 황토 흙도 아무것도 아니라는 것을 모르지는 않았지만, 그 헛것의 헛됨이 명료할수록, 헛것을 향한 몸의 충동은 더욱 간절했다. 몸이 견디어낼 수 없는 것, 창자 속으로 밀어넣을 수 없는 것을 향하여 몸을 몰아가는 몸이 바로 나의 몸이었다.

그날, 흙을 집어먹지는 않았다. 이제, 입덧의 기억은 멀어서 가뭇없고 그때 깨물어먹던 날고구마나 날옥수수의 맛은 기억 속에 흔적도 남아 있지 않지만, 바다를 건너온 연주의 편지는 헛것을 향해 복받치던 그 낯선 충동의 절박함을 일깨워주었다. 그때 내 몸속에 붙었던 그 어린 물고기와도 같은 유기물이 이 편지를 보내온 연주라는 사실은 믿을 수도 믿지 않을 수도 없었다. 연주야 너는 어디 있니? 엄마는 네가 보고 싶다. 너를 만지고 싶어……라고 시작되는 답장을 쓰려다가 그 다음을 이어나갈 수가 없을 것 같아서 그만두었다.

— 미안해……

라면서 남편은 이혼하자는 말을 꺼냈었다. 남편의 어조는,

……또 머리 깎을 때가 됐나?

……배가 나와서 바지 허리가 조여.

……다음주부터 출장이야.

……파업으로 선적이 늦어지고 있어. 사장이 짜증을 내는군. 노사분규는 관리상무 소관인데 사장은 왜 자꾸 나를 족쳐대는지 몰라.

처럼 일상적이었다.

출장에서 돌아온 남편의 속옷에 가끔씩 여자 머리카락이 붙어 있었다. 여름 속옷에도 붙어 있었고 겨울 속옷에도 붙어 있었다. 여름의 머리카락과 겨울의 머리카락이 같은 모질(毛質)이었다. 어깨까지 내려올 정도로 길었다. 염색기가 없는 통통하고 윤기 나는 머리카락이었다. 영양상태가 좋아 보였고, 끄트머리까지 힘이 들어 있었다. 여름의 머리카락은 스트레이트 파마였는데 겨울의 머리카락은 웨이브로 곱슬거렸다. 겨울 속

옷의 섬유 올 틈에 파묻힌 머리카락을 손톱으로 떼어내자 더운 방바닥 위에서 머리카락은 탄력을 받고 꿈틀거렸다. 젊고 건강한 여자의 나신이 환영으로 떠올랐다. 환영 속의 여자는 이름을 가진 어떤 여자라기보다는 여자라는 종족의 먼 조상이거나, 내가 알지 못하는 모든 익명의 여자들이 다 합쳐진, 여자의 군집체처럼 느껴졌다. 화석 속의 여자가 세상으로 뛰쳐나와 내 앞에서 한 올의 머리카락으로 꿈틀거리고 있었다. 환영은 이내 지워졌다. 환영이 사그라진 자리에는 분노도 슬픔도 없었고 휭하니 빠져나간 세월의 빈 자리가 허허로웠다. 머리카락 두 올을 테이프로 찍어서 쓰레기통에 버릴 때 목덜미에 오스스한 한기를 느꼈다.

남편이 길고 윤기 나는 머리카락을 속옷에 붙여오는 동안에, 그리고 그 머리카락의 파마가 스트레이트에서 웨이브로 바뀌는 동안에도 나는 시댁의 향사(享祀) 때나 시할아버지, 시아버지의 기제사 때, 시댁 사촌 육촌 조카들의 혼사가 있을 때, 그리고 추석과 설에 한복을 차려입고 남편의 고향에 다녀왔다. 남편의 고향은 경상북도 내륙 산간의 소읍이었다. 그 소읍에서 장남인 시아주버니가 일찍 혼자 되신 시어머니를 모시고 삼대를 봉사(奉祀)하고 있었다. 시아주버니는 물려받은 농토와 임야를 잘라 팔아서 어른의 위엄을 유지하고 있었는데,

문중의 사위, 조카, 손자 항렬들이 누가 서기관이 되었고 이사관이 되었으며 누가 과장이 되고 상무가 되었는지를 손살피처럼 환히 꿰고 있었다. 새로 부임한 군수는 시아주버니의 고등학교 동창으로 시아주버니의 팔촌 여동생과 결혼해서 아들 셋을 두었는데 그중 둘째아들이 시아주버니의 첫째아들과 같은 고등학교에 다녔다는 얘기를 어느 해 제삿날 시아주버니한테서 들은 적이 있다.

고향에 내려갈 때 남편은 늘 회사에서 접대용으로 쓰는 새 카만 8기통 승용차를 빌려왔고 회사 직원을 불러서 운전을 맡겼다. 나는 그 자동차 뒷자리에 남편과 나란히 앉아서 남편의 고향으로 갔다.

—니는 나이들믄서 한복 모야이 난데이. 너무 고우니께네 머스마가 없지……

재작년 시할아버지 기제사 때 시댁 마당을 들어서는 내 손을 잡고 시어머니는 그렇게 말씀하셨다. 나는 구겨진 넥타이로 치마 허리춤을 묶고 시댁 마당에서 생선전, 고추전, 간전을 들기름에 구워냈다. 대청에 둘러앉은 시댁 남자들은 군청의 수리시설 개량정책을 성토하거나 출세한 조카들의 어렸을 적 망나니짓을 이야기하면서 과장된 웃음을 웃었다. 밀가루 반죽이 거칠었던지 전 한 점을 얹을 때마다 기름이 튀었다. 나는 고개를 돌려서 기름방울을 피했다.

─아야, 반죽 더 저서라. 미리 불을 낮춥고……

무릎 관절염으로 거동이 불편한 시어머니는 마당으로 내려서지 못하고 건넌방 툇마루에 앉아서 그렇게 말씀하셨다.

봉송(封送)이라고 해서, 시댁에서는 제사가 끝나고 친척 어른들이 돌아가실 때 제사 음식을 구색에 맞게 싸서 드리는 가례를 이어가고 있었다. 봉송을 받은 어른들은 오만원이나 십만원쯤 들어 있는 제수전(祭需錢) 봉투를 종갓집 며느리들에게 내려주셨다. 종가의 제사비용을 거들어주고, 뒷수발을 감당하는 여자들의 수고를 위로하는 뜻이었다. 그래서 시댁의 제사음식은 언제나 제사상에 오르는 양보다 훨씬 더 많아야 했다.

그날, 날이 저물도록 시댁 마당에서 들기름으로 전을 부쳤다. 부침개는 대광주리 두 개에 가득 쌓였다. 부탄가스를 때는 화덕 앞에서 전을 부치다가 대문이 열리고 시댁의 친척 어른이 들어오시면 일어서서 인사드렸다. 촌수나 항렬을 기억할 수 없는 어떤 어른은,

─니는 어예 늘찌를 않노. 인제 쫌 나이들어 비도 게안치 않나?

라고 인사를 받으셨고, 젊은이의 부축을 받고 오신 또다른 먼

친척 어른은,

—니가 둘째 윤식이 처제? 윤식이가 재벌회사 전무라멘서?
그래, 참 곱데이. 마이 부쳐나꾸만. 올게는 해가 야물어가꼬
뜰지름 내금이 꼬시데이.

라며 인사를 받으셨다.

들깨를 볶을 때 불길이 좀 괄았던지 시댁의 들기름 냄새는
매캐했다. 기름이 너무 찰져서 저민 날생선 한 점을 밀가루
반죽에 묻혀서 프라이팬에 올려놓으면 가운데가 익기 전에
부침개 가장자리가 타들어가면서 연기가 났다. 들기름이 끓
는 김에서는 젖은 볏짚이 말라가는 냄새가 났고 들기름이 타
는 연기에서는 햇빛의 알맹이를 볶는 듯한 냄새가 났다. 기름
냄새는 내 머리카락과 몸속에 가득 스몄지만, 그 냄새의 실체
를 무엇이라고 종잡을 수는 없었다. 그것이 대체 무엇인지,
그것을 향하여 무어라 말을 걸어야 하는지, 몸속으로부터 겨
우 몇 마디 말을 끌어내면서도 다시 겨우 열리려는 말문을 틀
어막는 냄새였다. 몸속에 연주를 가지고 있던 봄날, 햇볕에
부푼 흙을 집어먹고 싶었던 입덧의 기억이 기름 냄새 속에서
떠올랐다. 남편의 속옷에 묻어온 여자 머리카락이 더운 방바
닥 위에서 꿈틀거릴 때 마음속에 떠올랐던 나신의 여자, 여자
의 먼 조상 같기도 하고 화석 속의 여자 같기도 했던 웬 여자

의 환영도 들기름 냄새 속에서 떠올랐다가 이내 지워졌다. 들기름이 자글거리는 프라이팬을 들여다보면서 나는 지나간 시간들이 무어라 말하여질 수 없는 채 그렇게 지워지고 빠져나갈 것만 같은 예감에 요실금이 올 듯이 아래가 조바심쳐졌다. 그것이 예감이었을까. 예감이 아니라, 이미 지나가버린 것들이 지나가버렸음을 뒤늦게 겨우 알게 되는 경우는 무슨 말을 쓰는지 모르겠다. 시어머니가 목발을 짚고 마당으로 내려서면서 말씀하셨다.

— 아야, 머리 쫌 뒤로 묶고 해라. 지름 내금 밸라.

— 아무래도 감아야 할 텐데요, 어머니.

— 우에뜬동 무꺼라 카이카네. 안 묶구만 머리크락 못쓴데이.

나는 흘러내린 머리카락을 뒤로 추슬러 고무밴드로 묶었다.

시어머니는 관절염과 골다공증을 오래 앓으셨다. 말년에는 기관지 천식과 녹내장이 겹쳤다. 시어머니는 밤중에 자다가 돌아가셨다. 그분의 의식 속에서 잠과 죽음은 구별되지 않을 것이었다. 시댁 문중은 흙이 다 녹은 화창한 봄날을 택해서, 잠 속에서 또 잠이 오듯이 돌아가신 노인의 죽음을 평화롭게 받아들이는 분위기였다. 염포로 꽁꽁 묶인 그분의 시신은 어린 아기처럼 작았다. 관 속에 모시니까, 빈 자리가 너무 커서 염습사는 한지 두루마리를 포개서 머리맡과 발치를 채웠다.

시어머니가 염을 다 받으시고 종이 꽃신을 신으실 때 나는 그 죽음의 가벼움과 시할아버지 제삿날의 들기름 냄새를 생각하면서 많이 울었다. 초상에 모인 문중 어른들은 며느리의 울음이 딸들의 울음보다 곡진하다며 갸륵해했다. 돌아가시기 전 추석 때 시어머니는 당신의 마지막을 아셨는지, 시집올 때 받으신 옥비녀 두 개를 큰올케와 나에게 하나씩 나누어주셨고 출국을 앞둔 연주에게도 당신의 쌍가락지를 내주셨다. 젊었을 때부터 시어머니는 시댁의 눈총을 받아가며 강 건너 마을 절에 가서 가끔씩 불공을 드렸다. 둘째아들인 남편이 나와 결혼할 때도 시어머니는 사흘 동안 나한전과 산신각을 오가며 치성을 드렸다. 돌아가신 후에 딸들이 사십구재를 모시려 했지만 문중에서 허락하지 않았다.

시어머니 초상을 치르고 나서 한 달 후에 연주는 미국으로 떠났다. 공항에서 연주를 보내고 돌아온 날 저녁에 남편은

—미안해……

라면서 이혼 얘기를 꺼냈다. 남편이 선택한 시점은 온당해 보였다. 부모가 모두 세상을 떠나고, 자식이 눈앞에 없을 때 헤어짐으로써 혈연으로 맺어지는 관계들에 대한 상처를 줄이자는 것이 남편의 헤아림이었다. 왜 함께 살아야 하는지를 대답할 수 없었으므로 왜 헤어져야 하는지를 물을 수가 없었다.

왜? 라는 말이 너무나도 무력해서 그 말을 입 밖으로 내보내기가 머뭇거려졌다. 헤어지고 또 세월이 그렇게 빠져나간다는 것이, 날이 흐려서 비가 오고, 비 오는 날이 저물어서 밤비가 내리는 것처럼 느껴졌다. 그래서 미안해……라는 세 음절을 앞세워 헤어지자는 이야기를 꺼낸 남편의 말머리는 적절하게 들렸다. 나도, 알았어요 미안해요……라고 대답해주고 싶었지만 말이 되어지지 않았다. 남편의 속옷에 붙어 있던, 길고 윤기 나는 머리카락에 관하여 나는 한마디도 묻지 않았는데, 마지막 예절과 헤어짐의 모양새로써 잘한 일이지 싶다. 모든 절차를 법원으로 가져가지 말고 합의로 처리하되 정리가 끝날 때까지 우선 별거할 것, 연주의 남은 학업과 결혼은 함께 대처하되 부모로서의 품격을 유지할 것, 이혼이 성립될 때까지는 별거의 사실을 남편의 회사나 시댁 문중에서 눈치채지 못하게 할 것, 별거기간 중의 내 생활비는 매달 이백만원씩을 남편이 부담하고 이혼에 따른 재산분배는 추후 논의하되 합의를 원칙으로 할 것을 남편은 요구했고 나는 모두 다 동의했다.

새 아파트는 언니가 정해주었다. 한강 하구 쪽으로 강을 따라 들어선 아파트였다. 언니는 강 건너 김포의 한강 쪽 아파트에 살고 있었다. 언니와 나는 강을 사이에 두고 마주 보고 있었고 새로 얻은 아파트는 운전을 하지 않는 언니가 택시나 버스로 오가기에 편했다. 십삼 평형 중에서 마침 미분양이 남아 있어서 프리미엄은 없었는데도 일억이천만원이 들었다. 적금을 해약해서 칠천만원 받았고 나머지 오천만원은 언니가 보태 주었다. 형부가 죽고 나서 언니가 항공사로부터 받은 배상금, 삼십 년 근속한 형부의 퇴직금, 순직보상금, 형부의 생명보험금, 장례 때 들어온 부의금은 모두 이십억이 넘었다. 언니는 그 돈의 대부분을 장성해서 결혼한 두 아들과 시댁 남자들에게 내주었다. 내주었다기보다는 뺏겼다고 말하는 편이 옳겠다. 언니는 늘 남을 어려워했고 금전 문제로 남과 다툴 수가 없었다. 언니의 아들들은 당연한 권리로서 자기네들의 몫을 요구했고 시부모는 혼자 된 며느리를 남의 집 자식처럼 내치면서 돈을 가져갔다. 나중에 들으니, 장례 때 언니의 아들들이 상주 노릇을 하느라고 문상객들을 맞는 동안에 시댁 사람들이 와서 부의금 봉투를 모두 걷어갔다고 했다.

삼우제가 끝나고 산에서 내려오는 길에 언니의 두 아들이 시댁 조카들을 붙잡고 부의금 절반을 내놓으라며 드잡이를 했지만 언니는 쳐다보지도 않았다. 언니는 일행의 맨 뒤에서 산을 내려왔고 나는 언니의 머리 위로 양산을 받쳐들고 있었다. 앞쪽에서 싸움이 벌어지자 언니는 뒤로 돌아서서 아직 잔디를 입히지 못한 남편의 붉은 무덤을 망연히 바라보았다. 언니는 파운데이션 이외에는 색조화장품을 일절 얼굴에 바르지 않았다. 그래서 언니의 얼굴은 보는 사람이 섬뜩할 정도로 늙음의 결들을 그대로 드러냈다. 남편의 무덤을 바라보는 언니의 얼굴은, 그 얼굴에 와 닿는 세상의 시선을 감당하지 못할 정도로 위태로워 보였다. 그때, 언니의 소복 치맛자락에 붙은 풀씨를 떼어주면서 나는 언니가 또 생리혈을 흘리는 것이 아닌지 조마조마했다. 시댁의 먼 친척들까지 끼어들어 싸움판은 커져갔다. 나는 멀리 돌아가는 길을 따라서 언니를 데리고 산을 내려왔다.

새 아파트를 장만할 때 언니가 보태준 오천만원은 그렇게 다 뜯기고 나서 겨우 챙긴 얼마 중의 일부였다. 이사하면서 좁은 아파트 평형에 맞는 소형 냉장고와 에어컨, 식탁과 장롱을 들이는 데 육백만원이 들었는데, 그 돈도 모두 언니가 감당해주었다. 언니가 대리점에 가서 돈을 미리 내주어서 새 가구는 이사하는 날에 맞추어 배달되었다. 언니는 가장자리에 포도무늬 레이스가 달린 리넨 커튼을 골라서 베란다 창문에 걸어주었고, 멸치에 꽈리고추를 넣고 볶을 때 쓰는 양조간장도 두 병 사다주었다. 이사 오던 날, 언니가 사다준 앞치마는 부드럽게 감기는 코튼이었다. 앞주머니가 없고 가슴께가 둥글게 파여서 설거지할 때 두르는 앞치마라기보다는 잠옷이나 속치마처럼 보였다.

　—언니, 이거 앞치마 맞아?

　—왜 그게 어때서? 맘에 안 드니?

　—꼭 속치마 같아.

　—그럼 속에 입으렴.

　방바닥에 엎드려 물걸레를 치고 있던 언니가 앞치마를 두르고 싱크대 앞에 서 있는 나를 올려다보면서 웃었다. 언니의 웃음은 웃음의 거죽만을 조금 흔들다가 사위는 소리였다. 웃음 끝이 쓸쓸해서, 꽈리고추를 볶는 팔에 힘이 빠졌다.

　짐 정리를 마친 저녁 무렵에 언니와 나는 레드 와인을 한 잔씩 놓고 베란다 앞 테이블에 마주 앉았다.

　—여기가 팔층이니? 십오 평이지?

　—아니 구층이야 언니. 십삼 평이고.

　—강이 넓어서 아파트가 한 백 평쯤 돼 보이는구나.

　언니는 와인잔을 둥글게 흔들어서 냄새를 맡고, 잔 가장자리에 묻은 붉은 액즙을 핥았다.

　—애, 와인 맛이 좀 뒤뚱거린다. 마셔봐.

　나는 잔을 들어서 입 안을 적시고 혀로 입천장을 빨았다. 와인의 향기가 목구멍 속으로 퍼졌다. 신맛에 모가 나 있는, 덜 익어서 젊은 와인이었다.

―어때, 비걱거리지 않니? 너무 야위었어. 앙상하고 납작하구나. 뒤끝이 미끄러운 것도 같고.

언니가 저녁 무렵 좀 수다스러워지는 기미를 나는 그때 처음으로 느꼈다. 언니의 말은 누구에게도 전달되지 않는, 언니 혼자만 알아들을 수 있고 언니 혼자에게만 유효한 말이었다. 그래서 아무 말도 하지 않은 것과 똑같은 말이었다. 나는 언니의 말에 뭐라고 개입할 수가 없었다.

하구의 맨 끝쪽에서 강은 서쪽으로 커다랗게 굽이쳤다. 바다는 보이지 않았지만 바다의 힘이 깊숙이 닿아서 바다가 밀어올릴 때 강물은 도심 쪽으로 거꾸로 흘렀고 썰물 때는 바다 쪽으로 쏟아져내려갔다. 흐름이 돌아서는 밀물 때는 내려가려는 강의 힘과 거꾸로 올려붙이는 바다의 힘이 부딪쳐서 강물은 흰 거품을 곤두세우며 일어섰고 물이 한꺼번에 빨려나가는 저녁 썰물 때는 강의 밑창이 빠지는 소리가 들렸다. 물이 다 빠져나간 저녁 무렵에는 낮게 엎드린 강의 양쪽으로 젖은 갯벌이 드러나고 강은 문득 고요해지면서 굽이침의 뼈대만을 드러내는데, 그 굽이침의 보이지 않는 먼 쪽에서 다시 밀물은 조금씩 다가오기 시작했다.

강이 낮게 엎드린 저녁 무렵에 강폭은 가장 넓어졌다. 건너편 산들이 멀어졌고 흐린 시간 속에 노을이 배어들었다. 강이 굽이치는 먼 쪽으로 노을은 점점 짙어졌는데, 떠나는 비행기들이 노을 속으로 사라졌고 김포로 들어오는 비행기들이 노을 속에서 나타나 다가왔다. 노을 속에서 점으로 사라지는 비행기들과 점으로 나타나는 비행기들은 모두 비행기의 태아이거나 발생 이전의 흔적처럼 보여서, 사라지는 비행기와 다가오는 비행기가 똑같았다.

—얘, 꼭 물고기 같구나. 저 지느러미를 좀 봐. 꼬리에도 지느러미가 달려 있어. 어쩜 저렇게 스미듯이 사라질 수가 있니? 저 안에 정말로 사람이 타고 있는 거야?

확실히, 저녁 무렵에 언니는 수다스러워지고 있었다.

그 남자는 내 앙고라 스웨터 털을 속옷에 묻혀서 돌아갔을까. 그 남자의 아내가 남편의 속옷에서 떼어낸 앙고라 털 몇 올이 그 집 더운 방바닥 위에서 꿈틀거린 것일까.

그 남자를 '그'라고 부르려니까 지나간 입덧의 기억처럼 아무런 대상도 아니고 아무 사람도 아닌 것 같다. 그 남자를 '그'라고 부르려니까 그 남자는 웬 남자이거나 저 남자이거나 한 남자처럼 느껴진다. 그 남자를 '너'라고 부르려니까 '너'가 되려면 아직도 한참 멀어서, 내 앞에서 살아 있는 '너'가 아닌 것 같다. 그래서 하는 수 없이 그 남자를 '그'라고 부르겠다.

아무래도 그쪽이 왠지 좀더 정직할 것 같다. 하는 수 없다.

하는 수 없어서 '그'라고 정하고 나니까 '그'가 나하고는 사소한 인연도 없는 낯선 사물처럼 느껴져서 분하다. 견딜 수 없으니까 하는 수 없다. 하는 수 없이 그 남자를 '그이'라고 부르기로 정했다. '그이'라고 정하고 나니까 분한 마음이 조금은 가신다. 하는 수 없으니까 하는 수 없다.

새 아파트로 옮겨온 다음날, 그이를 처음 만났다. 연주를 미국으로 보내고 또 남편과 헤어지면서, 그 헤어짐의 뒤치다꺼리를 하는 과정에서 그이는 내 앞에 나타났다. 나타나서 다가왔는데, 어디쯤 다가와 있는 것인지는 모르겠다.

이사 오기 며칠 전에 미국에서 연주의 대학이 결정되었다. 입학수속을 위해서 재정보증서류가 필요하니까, 아버지의 영문 재직증명서와 지난 이 년치의 소득세 원천징수 영수증을 속달우편으로 보내달라고 연주는 말했다. 바다를 건너오는 연주의 전화 목소리는 새로운 학교와 낯설고 신기한 미래의 유혹으로 들떠 있었다.

─엄마, 이 학교가 아이비리그라고, 미국 동북부의 명문대학이야. 역사가 오래돼서 건물은 모두 옛날식 대리석이고 서양애들이 너무 멋져. 엄마도 내년에 한번 와봐.

─애, 엄마도 아이비리그 알아. 지난번에 노벨 화학상인가

의학상 받은 사람이 그 학교 교수지? 냄새의 정체를 연구했다
는 사람 말이야.

　냄새는 인간의 무의식 속에 각인되어서 아득한 기억들을 불
러온다는 것이 그 교수의 연구결과라고, 신문에서 읽은 적이
있었다.

　—그게 의화학이야 엄마. 나하고 전공이 같아. 대학원 가면
그 선생님한테 배울 수 있대.

　—너도 냄새 전공하니? ……힘들겠구나.

　—아이, 엄마는. 냄새는 너무 어려워. 지금 정하는 게 아니야.

　—그래. 천천히 정해라. 근데, 너 키가 좀 작아서 학교 책걸
상이랑 아파트 싱크대랑 좀 불편하지 않니?

　—엄마는 참. 지금 그게 문제야? 서류 빨리 보내주세요. 원
본이어야 되니까 팩스는 안 돼. 속달우편으로 보내주세요.

　—알았어. 소득세 영수증은 영문으로 안 해도 되니?

　—숫자랑 납부일자가 정확하고 세무서장 직인이 있으면
돼. 아빠가 그 동안 소득세 많이 내서 서류통과는 문제없을 거
야. 아빠는 잘 계시지요?

　—그래. 여긴 다들 잘 지낸다. 네 입학 소식 들으면 아빠가
좋아하시겠구나. 시골 큰아버지랑, 그 동네 어른들 다 좋아하
시겠어. 또 전 부쳐서 잔치하자고 하겠네. 서류는 엄마가 보내

줄게.

재직증명서는 남편의 회사에서 떼어주고, 소득세 납부 영수증은 회사에 비치된 서류에 세무서장의 확인도장을 받아야 할 것이었다. 남편에게 말해야 하나, 남편의 부하직원에게 말해야 하나를 결정하지 못한 채, 회사로 전화를 걸었다. 남편의 여비서가 전화를 받았다. 민첩하고 눈치 빠른 여자였는데, 오랫동안 남편과 나 사이의 심부름을 하느라고 내 목소리를 기억하고 있었다.

─아, 사모님이세요? 지난번 계열사 중역 사모님 파티 때 안 나오셔서 다들 섭섭해했어요. 회장 사모님께서 드리는 선물을 제가 보관하고 있어요.

나는 여비서가 먼저 한전무님 바꿔드릴까요, 라든지 전무님은 지금 외출중이십니다, 라고 말해오기를 기다렸다.

─따님 유학 떠났다는 소식 들었습니다. 시집보낸 셈 치세요. 한전무님도 해외 출장중이시니까 적적하시겠네요. 전무님 귀국이 며칠 더 늦어질지도 모르겠다고 어제 팩스가 왔어요.

남편은 해외 출장중이었다. 내가 먼저 남편을 바꿔달라고 말하지 않은 것은 다행이었다. 헤어진 사실을 회사 직원들이 눈치채지 않도록 해달라는 것이 남편의 요청이었다. 남편의 요청은 나에게도 편했다. 나는 교활해질 수밖에 없었다.

─애 아빠가 안 계셔서 최비서님께 말씀드리는 건데……

라고 매끄럽게 말머리를 내세우고 나는 여비서에게 서류를 부탁했다.

─내일까지 준비하겠습니다. 회장 사모님께서 드리는 선물도 있으니까 서류하고 같이 기사 편에 댁으로 보내드리겠습니다.

댁이라면, 먼저 살던 남편의 집일 것이었다.

─아니에요. 제가 내일 시내로 외출할 일이 있으니까 회사에 들러서 찾아가겠어요.

나는 겨우 위기를 수습했다.

─아, 그러시겠어요? 서류는 인사부 소관이니까, 내일 시내 나오시면 김부장님께 전화하세요. 제가 말해놓겠습니다. 김부장님 아시지요?

─네, 오래 전에 한번 뵌 것 같기도 하고……

─김, 순, 길 부장님입니다. 인사부장이요.

김순길, 그이의 이름이다. 헤어짐의 끝자락에서 그렇게 시작된 일이었다. 그날 황사가 몰려왔다. 베란다 아래로, 강의 먼 쪽이 뿌연 하늘 속으로 풀어졌고 산들이 먼지 속에서 어른거렸다. 자욱한 공간이 비어 있었고, 빈 공간이 자욱했다. 잿빛 트렌치코트에 흰 머플러를 감고 거울 앞에 서니까 꼭 초로

(初老)를 맞는 중 같았다. 흰 머플러를 풀고, 자줏빛 머플러로 바꾸었다. 나는 자동차를 몰아서 남편의 회사 앞으로 갔다. 어두운 카페의 창가 자리에 그이는 먼저 와 있었다. 마른 몸매에 팔다리와 목과 손가락이 길어서, 한쪽 다리로 서는 조류(鳥類)와도 같은 인상이었는데, 시선이 몸의 안쪽을 향한 듯해서 멸종위기를 느끼게 했다. 겨울 철새의 낙오자들은 봄이 되어도 시베리아로 돌아가지 못하고 낯선 종족들 틈에 눌러앉아서 여생을 마친다고 책에서 읽은 적이 있었다.

그이는 내가 부탁한 서류를 테이블 위로 내밀었다. 내미는 손가락이 가늘었고, 검버섯이 피어 있었다. 나는 서류를 펼쳐보았다. 소득세 영수증에는 세무서장의 도장까지 이미 찍혀 있었다. 그이는 말했다.

―따님이 벌써 그렇게 컸군요. 돌잔치 때 안아준 적이 있는데, 기억하지 못하시는군요……

연주의 돌 때라면, 장위동의 전셋집에 살 때였다. 그때 남편의 젊은 직장동료들이 집에 와서 술 마시고 놀다 간 적이 있었는데, 이십오 년 전의 그이의 얼굴은 기억나지 않았다. 흐리고 힘없는 웃음을 입가에 떠올리며 그이가 또 말했다.

―제가 한전무님하고 입사동기입니다. 공채 1기지요. 지금은 전무님 지시를 받고 있습니다만.

─그러시군요.

─그렇게 되었습니다. ……저절로.

무슨 냄새가 이십오 년 전의 그이의 얼굴을 끌어당겨줄는지를 생각했다. 이십오 년 전의 얼굴은 떠오르지 않았고, 이 년 전 남편이 전무로 승진해서 사령장을 받는 자리에 부부동반으로 나오라고 해서 따라갔을 때, 종종걸음으로 남편에게 달려와 결재서류를 내밀던 그이의 얼굴이 떠올랐다. 그때 행사장 단상에 앉아 있던 남편은 얼굴을 찌푸리며

……나중에 찬찬히 봅시다.

라면서, 결재판을 열어보지도 않고 되돌려주었었다. 나는 그이의 상사의 부인으로 그이 앞에 나타난 것이었다.

─따님 미국 주소를 적어주시면 서류는 제가 뉴욕지사로 가는 회사 파우치 편으로 보내드리겠습니다. 그것도 인사부장의 일입니다.

─아니에요. 동봉할 물건이 있어요.

그이는 어색해서 불쌍해 보이는 표정을 겨우 추슬러가며 상사 부인의 편의를 보살피고 있었다. 남편과 같은 해에 신입사원으로 입사해서 남편이 상무를 거쳐 전무로 승진하는 동안에 그이가 부장으로 처져야 하는 모든 사연이 그이의 얼굴에 씌어 있었다. 그이는 또 말했다.

—따님이 아빠를 닮았으면 활달하고 유능하시겠습니다.

이걸 덕담이라고 하나 싶게, 그의 목소리는 힘이 없었다. 말 끝의 희미한 웃음이 다시 한번 멸종위기를 느끼게 했다. 나는 쏘아붙이듯이 대꾸해주었다.

—아뇨, 그 아이는 날 닮아서 소심하고 옹졸해요. 남에게 처지기 십상이지요.

그이의 얼굴이 울상이 되면서 허물어졌다. 내가 왜 이러나, 자책감에 가슴이 저려왔다.

—비서실에서 사모님께 전하는 물건입니다.

라며 그이는 들고 온 쇼핑백 두 개를 테이블 위에 올려놓았다. 회장 부인이 나에게 보낸 구찌 핸드백과 누군가가 남편의 사무실로 보내온 러시아발레단 공연초대권 두 장, 백화점 상품권 열 장이 들어 있었다. 또다른 쇼핑백은 하청업체 사장이 남편에게 보내온 울릉도 한우갈비였다. 나는 해양그룹 전무 한윤식의 아내가 아니었으므로 어느 물건도 나의 것이 아니었으나 돌려줄 수도 없었다. 나는 심한 부끄러움을 느꼈다. 그이가 내 부끄러움을 향해 말했다.

—사모님, 들고 가시기 어려우시면 기사 편에 댁으로 보내드릴까요?

—아뇨, 자동차가 있어요.

카페 종업원이 녹차가 담긴 주전자를 가져왔다. 그이가 내 잔에 녹차를 따라주었다. 길고 가는 손가락이었다. 오른손으로 주전자 손잡이를 잡고, 왼손은 오른손 밑에 받치고, 잔의 가장자리를 따라서 조금씩 천천히 따라주었다. 차를 따라주는 그이의 모습은, 이제는 잊어버린 상고시대의 종교의식을 집전하는 사제처럼 고요하게 집중되어 있었다. 자신의 생애 앞에 펼쳐지는 시간의 풍랑을 소리없이 받아들이는 자의 고요함이었다. 구조 조정으로 나이든 사원들을 모두 내보낸다는데, 남편과 같은 해에 입사해서 아직껏 부장의 지위에 머물러 있다면 그가 회사에 남아 있을 날은 얼마 남지 않았을 것이라는 생각이, 난데없이 떠올랐다. 아마도 차를 따르는 그이의 두 손과 그이의 고요함이 나에게 그런 생각을 떠오르게 했을 것이다. 그이의 부인이 직장이 있는지, 자녀들이 몇명인지를 물어보려다가, 그만두었다. 회사의 가족 동반 야유회 때던가, 운동회 때던가, 장기근속사원 표창식장에서였던가, 그이의 부인을 본 적이 있는 것도 같은데, 얼굴은 기억나지 않았다. 나는 그가 따라준 녹차를 마셨다. 여리고 비린 향기가 몸속으로 번졌다. 낮게, 멀리 퍼지는, 정처 없는 향기였다. 나는 노을 속에서 한 개의 점으로 배어나와서 다가오는 저녁 비행기처럼, 그가 내 앞에 나타난 것을 느꼈다. 더 다가오기 전에, 나는 자리에서 일어났다. 그이의 무방비한 시선을 향해 나는 목례를 보냈다.

　—서류, 고맙습니다.

　—한전무님 안 계실 때 뭐든지 시키실 일 있으면 전화 주십시오. 전무님은 제 입사동기라서 모시기가 더 어렵습니다.

　그이의 말은 의례적인 말치레로 들리지는 않았지만, 그이는 그 말을 하기를 힘들어하고 있었다. 그이가 쇼핑백 두 개를 내 자동차에까지 들어다주었다. 시동을 걸고 차를 움직이자 그이는 상사 부인을 향해 머리 숙여 절했다. 그이의 긴 허리가 구부러질 때, 한쪽 다리로 선 새가 부리를 숙여 제 죽지 밑을 핥는 모습이 떠올랐다.

　강변도로를 따라서 집으로 돌아가는 길에, 황사는 더욱 짙어졌다. 누런 먼지 속에서 자동차들의 후미등이 반딧불처럼 떠다녔다. 항공기 이착륙이 중지되었고 무선전화통신에 장애가 발생하고 있다고 교통방송은 전했다. 앞차의 후미등을 겨우 따라가는 자동차들이 장님의 대열처럼 길게 늘어서서 느리게 흘러갔다.

　다리 긴 새야, 내게로 다가오지 말고 시베리아로 날아가라. 거기에 그렇게 한쪽 다리로 서 있지 마. 거기는 너 있을 자리가 아니야……

처럼 표적이 없는 말들이 내 마음속에 떠올라서 들끓었다. 시베리아건 알래스카건, 얼마나 무의미한 말인가. 그곳이 어디가 되었건, 그곳이 이 지상에 존재하건 말건, 그이가 그 어딘지 모를 곳으로 돌아가기 전에 잠깐 동안 저 자리에 저렇게 한쪽 다리로 서 있어야 한다는 것이 슬프고 거북했다. 내 슬픔에는 인연이 없었다. 인연이 없고, 난데없어서 하는 수 없는 슬픔이었다. 황사로 흐려진 강변도로에서, 발목으로 모인 슬픔이 가속기를 세게 밟고 싶어 안달을 했다.

그렇게 시작된 일이었다. 남편과 헤어지고 딸을 보내는 일의 끄트머리에서, 그 틈바구니에서 비어져나온 일이었다. 아무런 인연도 아니고, 아무런 우연조차 아닌 일이었지만, 다만 하는 수 없는 일이었다. 그이의 몸이 내 몸속에 가득 차서 출렁거리고 또 헤매고 겉돌 때도 그이는 늘 한쪽 다리로 선 새처럼 느껴졌다.

새 아파트에서는, 강의 흐름이 두 번 뒤집히면 하루가 갔다. 강이 도심 쪽으로 흐르는 소리는 사나웠고 강이 바다 쪽으로 흐르는 소리는 스산했다. 강물 위에 퍼진 빛은 아침의 빛과 저녁의 빛이 다르지 않아서 마디가 없는 시간은 바다를 향하는 썰물의 강과 같았다.

새 아파트에서는 새벽에 콧속이 말라서 숨이 쓰렸고 재채기

가 잦아졌다. 재채기가 터지면 밑에서 오줌이 조금씩 새어나
왔다. 계단을 디딜 때 무릎이 시큰거리고 허리가 무거웠다.

　　— 애, 그게 새집증후군이야.

라고 언니는 말했다. 여기가 나의 새집인가 싶어서 나는 낄낄
웃었다. 갱년기 증세가 아닌지 싶다.

　동네 헬스클럽에서 러닝머신으로 가벼운 운동을 하고 불가
마 찜질방 온돌에서 허리를 지졌다. 찜질방 별실은 문짝이 없
는 공중화장실처럼 칸막이만 쳐져 있었고 칸막이마다 변기처
럼 생긴 쇠통이 놓여 있었다. 팬티를 벗고 가운만 걸친 여자들
이 쇠통 위에 앉았다. 쇠통 속에는 마른 쑥이 타고 있었다. 쑥
을 태우는 연기가 질 속으로 스며들어서 질 근육의 수축작용
과 분비작용을 강화시켜주고 질 속에 물기를 돌게 해준다고
찜질방 트레이너는 말했다.

　　— 사모님, 다리를 활짝 벌리세요.

　트레이너가 여자들의 앉은 자세를 교정해주었다. 얼굴에 마
사지 팩을 덮은 여자들이 쇠통 위에 앉아서 졸거나 껌을 씹었
다. 그이가 다녀간 다음날, 가끔씩 질 안쪽이 쓰라려서 쇠통
위에 앉아보았지만 효과는 없었다. 그이의 성교는 격렬하지는
않다. 기둥을 박듯이, 내 몸속에 깊이 들어와서 오랫동안 몸
을 움직이지 않았다. 다리를 벌려서 그이의 몸을 받아내면서

나도 꼼짝하지 않았다. 베란다 창 너머에서 새벽 썰물에 강의 밑창이 빠지는 소리가 들렸고, 흐린 갯벌 위에 한쪽 다리로 서 있는 새 한 마리가 내 마음속에서 고요했다. 그 새를 안고, 물살에 씻겨 바다 쪽으로 떠내려가는 환각이 떠올랐다. 그이의 몸을 받고 있을 때는 몸이 가득 차도 통증이 없었는데, 그이가 빠져나간 자리는 쓰라렸고 메말라서 버석거렸다.

오후에는 언니를 따라서 도심지 백화점에 가거나 함께 점심을 먹었다. 오후 한시가 지난 한산한 시간에 식당에 들어가서 두 시간이 넘도록 천천히 먹었다. 입맛이 까다로운 언니가 메뉴를 선택하는 데는 시간이 많이 걸렸다. 종업원을 불러서 음식의 재료와 소스 종류와 익히는 정도를 물어보고 나서 다른 식당으로 가기도 했다. 백화점에서 한나절씩 옷과 화장품을 고르고 나서 아무것도 사지 않고 돌아오는 날도 있었다. 새 아파트에서는 강의 흐름이 두 번 뒤집히면 하루가 갔다. 물이 빠질 때 강은 낮게 내려앉았고 밀리는 강은 백화점과 호텔들이 들어선 도심 안쪽에까지 부풀었다.

가을에, 남편은 전무에서 대표이사로 승진했고 그이는 해고되었다. 남편은 대표이사에 취임한 다음날부터 나이먹고 뒤처져 있는 사원들을 정리했는데, 그이는 그 첫번째 대상이었다. 두 달 뒤에 딸이 결혼하게 되어 있으므로 그때까지만 자리를 유지할 수 있게 해달라고 남편에게 간청했더니 남편은 사표는 두 달 후에 수리할 테니까 우선 짐을 정리하고 업무를 인계하라고 말했다고 한다. 저녁의 성교가 끝난 후, 그이는 파자마 차림으로 베란다 앞 테이블에 앉아서 해고당한 이야기를 꺼냈다. 남의 일을 말하듯이 그이의 목소리는 낮고 조용했다. 나는 그이와 마주 앉아 와인을 마시면서 그이의 속옷에 내 머리카락이 붙지 않았는지를 살폈다. 몇 년 전에 집을 장만할 때 퇴직금을 당겨써서 더 받을 것은 없고 사표를 제출할 때 남편이 전별금이라면서 오백만원을 지갑에서 꺼내주었는데, 딸아이의 혼수를 장만하는 데 쓰겠다고 그이는 말했다.

그이가 느리게 말을 이어가는 동안에 나는 그이의 잔에 와인을 부어주었다. 그이가 나에게 차를 따라주듯이, 그렇게 집중되고 고요한 자세로 따라주고 싶었지만 그이의 몸짓이 흉내내지지 않았다. 그이가 강 쪽으로 고개를 돌린 채 말했다.

— 엄마 없는 딸을 시집보내기가 쉽지 않군.

강물이 또 돌아서려는지 하구 쪽이 부풀어 보였고, 내륙으로 향하려는 물의 먼 곳이 저녁 햇빛에 반짝였다.

……엄마가 왜요? 라고 물으려는 물음을 나는 속으로 밀어넣었다. 그가 또 말했다.

— 걔 엄마는 둘째를 낳다가 죽었어. 수혈사고였지. 아주 오

래 전이야.

나는 그이의 부인에 관하여 묻지 않았고 그이도 아내의 일을 말하지 않았었다. 그이의 부인이 오래 전에 죽었으므로 나의 사랑은 불륜을 모면하는 것일까. 그리고 그이의 부인이 죽은 줄 모르고 있던 동안의 일들도 모두 사면되는 것일까를 생각하다가 그 질문이 견딜 수 없이 쓸쓸해서 내버렸다. 사랑, 사랑이라고 말하고 나니까, 강물이 다 빠져버린 썰물의 갯벌이 눈앞에 나타난다. 죽음조차도 다 사람이 지어낸 헛된 말이어서, 그이의 부인이 죽지 않고 살아서 동네에서 가까운 찜질방 쇠통에 앉아 밑에 쑥 연기를 쏘이고 있거나 남편의 속옷에 묻어온 앙고라 털을 들여다보고 있을 것만 같았다.

― 혼수감 챙겨주기가 어려워.

― 전문회사가 있어요. 거기다 부탁하는 게 편할 거예요.

직장에서 해고된 후 그이는 낮시간에도 내 아파트에 다녀갔다. 나는 여전히 그이의 속옷에 붙는 내 머리카락을 걱정했고 그이 앞에서 앙고라 스웨터를 입지 못했다. 남편은 연말 안에 이혼 절차를 끝내고 재산과 호적을 정리하자는 뜻을 타이핑된 편지로 알려왔다. 연말까지는 삼 개월이 남아 있었다.

늦가을에 시아주버니 칠순잔치가 있었다. 별거의 사실을 집

안 어른들에게 알리지 못한 남편은 내가 그 칠순잔치에 동행해줄 것을 요구했다.

　—이봐, 다음주가 형님 칠순이야. 가뵈어야 되지 않겠어.

라고 전화로 말할 때 남편의 어조는 이혼 애기를 꺼낼 때의 미안해……처럼 일상적이었다. 시댁 어른들은 당신들의 방식대로이기는 했지만 며느리인 나에게 착하고 정 많게 대해주신 분들이었다. 나는 남편이 스스로 집안에 이혼을 알리고 기정사실화해주기를 바랐고 그때까지는 시댁 어른들을 어른으로 대해드리기로 작정하고 있었다. 그쪽이 모두에게 편안할 듯했다. 그러나 잔치 하루 전날 시댁 마당에서 들기름으로 전을 부치는 일은 감당할 수 없었다. 남편은 잔치 당일날 고향마을 면소재지에서 나와 만나 형님 댁으로 함께 가자고 제안했고 나는 동의했다.

　면소재지 버스터미널 앞에서 남편은 새카만 8기통 승용차 안에 앉아 있었다. 남편은 운전기사 없이 직접 차를 몰고 있었다. 내가 차 도어를 두들기자 남편이 뒷자리의 문을 열어주었다.

　—왜 한복을 입지 않고서……

라고 남편은 말했고 나는 대답하지 않았다. 나는 남편이 운전하는 자동차의 뒷자리에 앉아서 시아주버니 댁으로 향했다.

하루 먼저 도착한 손아래 동서가 마당에서 전을 부치고 있었다. 들기름 냄새가 집 안에 자욱했다. 명주 한복으로 호사하신 시아주버니 내외가 대청에서 잔칫상을 받고 계셨다. 시부모님이 모두 돌아가셨기 때문에 문중은 장남인 시아주버니께 시아버지를 모시던 가례를 베풀었다. 같은 항렬 동생 내외가 모두 시아주버니 앞에 나아가 절했고 조카와 사촌동생들은 마당에 깐 멍석 위에서 절을 올렸다. 나는 남편과 나란히 시아주버니 앞으로 나아가 절을 올렸다. 시아주버니는 나이든 제수의 절을 받기가 버거웠던지

  ─아이고 원 시숙(媤叔)간에 절이라이……

하시면서 앉은자리에서 고개를 숙여 맞절로 받으셨다. 나는 촌수를 알 수 없는 시댁 친척 여자와 음식상을 맞들어 사랑채로 날랐고 뒤란 텃밭에서 부추를 잘라와 젓국에 버무려 상 위에 올렸다.

  저녁때 남편은 회사에 급한 볼일이 있다면서 서울로 돌아갔다. 나는 돌아가는 남편의 자동차를 함께 타고 시댁을 나와서 면소재지 버스터미널 앞에서 남편과 헤어졌다.

  ─내릴 테야? 편한 대로 해.

  나는 남편이 운전기사를 데리고 오지 않은 이유를 그때 알았다. 내가 내리자 남편은 다시 시동을 걸어서 고속도로 쪽으

로 향했다.

　경주로 가는 막차가 남아 있었다. 언니의 큰아들은 결혼해서 경주에서 살고 있었다. 첫아기가 첫돌이 되어서 언니는 손자의 돌잔치를 보려고 아들집에 내려갔고 나는 경주에서 언니와 만나기로 되어 있었다. 언니의 큰아들이면 내 조카인데, 조카라고 부르기가 머뭇거려지는 젊은 남자였다. 조카는 대학을 졸업하고 나서 직장 없이 빈둥거리면서 외제 승용차를 몰고 다니며 돈을 펑펑 썼고 언니는 아들의 행실에 간여하지 못했다. 형부가 비행기 사고로 죽은 뒤 형부의 회사에서는 창업공신이며 순직사원인 형부의 공로를 기리느라고 새로 지은 공장의 구내식당 경영권을 큰아들인 조카에게 주었다. 공장은 포항에 있었고 조카는 포항에서 가까운 경주에 자리를 잡았다. 식당 경험이 없는 조카는 지배인을 고용해서 운영을 모두 맡겼고 수익금만 챙겼다. 종업원 오천이 넘는 공장의 구내식당 수익금은 적지 않을 것이었다. 조카는 경주의 고적과 불교문화재에 깊이 빠져들었다며 랜드로버 지프차에 카메라를 싣고 야외로 쏘다녔고, 집 안에 사진현상시설까지 들여놓고 있었다. 조카는 군대에 갔을 때 외출 나와서, 훈련을 받다가 총을 강에 빠뜨렸는데 변상을 해야 한다면서 언니에게 오백만원을 뜯어갔다. 언니는 총을 잃어버린 아들이 벌이라도 받게 될까봐 겁에 질려서 선선히 돈을 내주었다. 나중에 군대에 갔다 온 내 동창생 아들한테 들으니 군수품을 잃어버린 사병은 영창에 가는 벌을 받기는 하지만 돈으로 배상받는 제도가 군대에는 없다고 했다. 형부가 죽고 나서 언니에게 돌아온 보상금이며 퇴직금은 대부분 조카가 가져갔다. 조카는 언니의 시댁 사람들과 싸워서 시댁에서 몰아간 부의금 절반도 기어이 받아내 차지했다. 조카는 돈을 받아낸 날 언니에게 전화를 걸어와, 이래서 여자들한테 집안일을 맡길 수 없다니깐……이라고 말했다고 한다.

—이건 아무래도 키가 커야 어울리겠지. 가져라.

조카네 집에서 돌잔치를 치르던 날 언니는 구찌 핸드백을 젊은 며느리에게 선물로 주었다. 그이를 처음 만나던 날, 남편 회사의 회장 부인이 나에게 보내는 선물이라며 그이가 건네준 핸드백이었다. 나는 아무래도 그 물건이 나하고 인연이 없는 것 같아서 외국여행 다녀온 친구가 준 물건이라고 둘러대고 언니에게 주었었다. 에나멜을 입힌, 여름용 백이었다.

—아, 재키 스타일이네.

언니의 젊은 며느리는 핸드백을 팔에 걸고 거울 앞에서 이리저리 비춰보았다. 퍼스트레이디 시절의 재클린 케네디가 사교 모임 때마다 들고 나타나서 유명해진, 곡선이 부드럽고 끈이 긴 스타일이었다. 거울 앞에 선 조카댁을 보니까 구찌 핸드백이 제자리를 찾아간 느낌이었다.

첫돌이 된 아기는 아들이었다. 발육이 빠른 편이어서 서너 걸음씩 뒤뚱거리며 걸었고 옹알이가 분주했다. 식탁에서 조카는 황룡사 창건의 의미, 석가탑의 비례미와 균제미, 에밀레종 비천상 부조의 아름다움, 한국 석탑의 발전과정에서 감은사 삼층석탑이 갖는 조형적 의미를 쉴새없이 말했고 언니와 나는 듣기만 했다. 주방이고 거실이고, 조카가 찍어온 경주 고적 사진이 패널로 걸려 있었다.

저녁 식탁에서 아기가 집어먹은 가이바시라가 목에 걸렸다. 숨이 막힌 아기는 울지도 못하고 얼굴이 빨갛게 달아올라서 버둥거렸다. 젊은 며느리가 어쩔 줄 모르고 비명을 질러댔고, 조카는 전화로 119구조대를 불렀다. 언니가 아기를 안고 입을 벌려서 손가락을 넣었다. 가이바시라는 토해지지 않았고 아기는 팔다리가 뒤틀려 있었다. 언니가 아기의 두 발을 모아서 한 손으로 잡고 거꾸로 쳐들었다. 언니는 손바닥으로 아기의 등을 세게 때렸다. 언니의 어느 구석에 저런 힘과 민첩함이 숨어 있었던가 싶었다. 언니가 다시 아기의 등을 때리자 아기는 덜 삭은 젖과 함께 가이바시라를 토해내고 울음을 터뜨렸다. 아

기가 토해낸 젖에 언니의 치맛자락이 젖었다. 조카는 다시
119에 전화를 걸어 출동 요청을 취소했다. 아기는 당찬 울음
소리로 오래 울었다. 언니는 아기를 안고 얼러주면서 우는 아
기의 입 안을 들여다보았다. 분홍빛 잇몸을 뚫고 좁쌀만한 앞
니 세 개가 돋아나 있었다. 희고 작은 이였다. 언니는 손가락
을 아이 입 안에 넣고 이를 꼭꼭 눌러보더니, 다시 홀린 듯이
아기의 입 속을 들여다보았다.

　―애, 이 이를 좀 봐. 꼭 쌀알 같구나.

　언니는, 멀어서 아득한 것들을 그윽이 바라보듯이 아기의
입 속을 멀리 보내는 시선으로 바라보았다. 언니의 얼굴에
웃음기가 번지더니, 이내 무어라고 말할 수 없는 슬픈 표정
으로 바뀌어갔다. 내가 본 언니의 얼굴 중에서 가장 슬픈 얼
굴이었다.

　―어쩜 이렇게 풀싹처럼 돋아날 수가 있니.

　서울로 올라가기 전에 나는 언니를 데리고 경주 남산에 갔
다. 삼릉(三陵) 쪽에서부터 산길을 따라 올라갔는데, 바람이
불고 날씨가 쌀쌀해서 꼭대기까지 가지는 못하고 중턱에서 돌
아내려왔다. 삼릉에 세워진 안내판을 보니까, 신라 8대 아달
라왕, 53대 신덕왕, 54대 경명왕, 그렇게 박씨 성 가진 임금 세
명이 묻혀 있는 능이었다. 8대왕에서 54대왕까지는 칠백 년의

세월이 흘렀는데, 무덤은 다 똑같았고 무덤 위에 내리는 가을의 햇빛도 다 똑같았다. 능 둘레에 구부러진 소나무들이 높이 솟아서 숲은 어둑시근했고, 빛들이 소나무 가지 사이로 스며들고 있었다.

—언니, 이게 그 유명한 경주 소나무야.

언니는 또 먼 것들을 멀리 보는 시선으로 소나무 사이로 내리는 가을빛을 바라보았다. 나는 언니를 나무와 나무 사이 볕 바른 잔디 위에 세워놓고 사진을 찍었다. 뷰 파인더 속에서 언니의 머리와 어깨 위에 가을빛이 자글거렸다. 신라 8대 아달라왕 때 소나무 가지 사이로 스며들던 그 가을빛이었다.

—언니, 웃어봐.

언니는 억지로, 조금 웃는 듯했는데, 나는 언니의 웃음기가 가시기 전에 셔터를 눌렀다. 십오 분쯤 산길을 올라가니까 햇빛이 바르고 앞이 트인 자리마다 불상들이 나타나기 시작했다. 바위에 새겨진 불상들은 입체감이 없어서 조각이라기보다는 그림에 가까웠다. 불상의 옷자락과 입가의 엷은 웃음은 사람이 파놓은 것이 아니라 바위의 안쪽에서 저절로 스며나온 것처럼 보였다. 그 선(線)들을 따라서 가을 햇빛이 모여 있었고, 빛들은 바위의 안쪽으로 파고들어가는 듯싶었다. 산 아래 세상을 향해 빈 손바닥을 펼쳐 보이고 있는 불상 앞에서 언니는 혼자 중얼거리듯이 말했다.

— 얘, 저 얼굴을 좀 봐. 저 손바닥을 좀 봐. 어쩜 저렇게 배어나오듯이 그려놓을 수가 있니?

나는 그때 언니가 또 생리혈을 흘리는가 싶어서 불안했지만, 언니는 아무 일 없었다.

등산로 입구 기념품가게에서 언니는 작은 안내책자를 한 권 샀다. 경주박물관에서 관광객들에게 유적지를 설명해주려고 만든 책자였다. 경주의 불적, 왕궁이 소개되어 있었고 얘깃거리 많은 고장의 옛이야기들도 실려 있었다. 책장을 넘기던 언니가 책을 내 앞으로 내밀며 말했다.

— 얘, 이걸 좀 봐. 풀뿌리 밑이 연화장세계(蓮華藏世界)래.

나는 언니가 내민 페이지를 들여다보았다.

원효 스님이 살아 계실 적에 경주 변두리 가난한 산동네에 사복(蛇福)이라는 불구자가 살았다. 그 어머니가 죽자 사복은 원효를 불러서 장사를 치렀다. 사복은 "불경을 싣고 가던 우리집 늙은 암소가 이제 죽었다"고 원효에게 말했다. 두 사람은 상여를 메고 산으로 올라갔다. 사복이 풀뿌리 한 개를 뽑으니 풀 뽑힌 자리 밑으로 고요하고 정갈한 세계가 나타났다. 사복은 그 속으로 상여를 메고 들어가 어머니를 장사지냈다.

그런 얘기가 적혀 있었다. 나는, '불경을 싣고 가던 우리집 늙은 암소'라는 말이 우스워서 깔깔 웃었다. 불경(佛經)이라니. 암소라니.

─언니, 월경(月經)에 왜 경 경(經)자를 쓰는 거야?
라고 나는 느닷없이 언니한테 물었다.

─애, 너는 그걸 무슨 말이라고 하는 거니?
라고 언니는 대답했다. 산 아래 마을에 날이 저물었고, 포항 쪽에서 뜬 비행기가 노을 속으로 잠겨가고 있었다. 언니는 비행기 스미는 하늘 쪽을 오래 바라보았다.

─내려가자. 추워.

─언니, 내 스카프 줄까?

─괜찮아. 너 내가 전에 사준 캐시미어 스웨터 입니?

─응, 지금도 속에 입고 있어, 언니.

산을 내려와서 우리는 경주역으로 갔다. 서울로 가는 새마을호 열차를 기다리는데 연주한테서 휴대폰으로 전화가 걸려 왔다. 들뜬 목소리였다.

─엄마, 내가 서울서 다니던 고등학교 있잖아. 고등학교 때 담임선생님이 전화를 했는데, 내가 미국 명문대학에 입학했다

고 학교 정문에 내 이름을 현수막에 써서 걸어놓았대. 엄마 이름, 아빠 이름도 같이 씌어 있대. 엄마, 학교에 한번 가봐. 가서 사진 찍어놓아.

─그래 엄마가 꼭 가볼게. 사진도 찍구.

아파트 아래 강물이 지금쯤 어디까지 밀려 내려갔을지를 생각했다. 아파트 문을 열고 불을 켜기 전의, 그 캄캄한 어둠을 생각했다. 열차에 오르기 전에 약국에 들러서 언니를 위한 오버나이트 패드를 사서 핸드백에 넣었다. 나는 언니 몰래 화장실에 가서 그이에게 전화를 걸었다.

─여기 경주예요. 지금 올라가면 밤 열두시쯤 도착할 거예요. 밤에 올 수 있어요?

그이는 기다렸다는 듯이 선선히 대답했다.

─그래 갈게.

대구를 지나자 날은 어두워졌다. 저무는 들판에 등불이 흘러갔고 기차가 강을 건널때 물가에서 한쪽 다리로 서 있는 키 큰 새의 모습이 차창 너머로 보였다. 내 옆에서 언니는 곤히 잠들어 있었다.

머나먼 俗世

공이 울렸다. 관중석에서 함성이 일었다. 빈 몸속을 바람이 쓸어가는 듯했다. 강력 조명이 쏟아져들어왔다. 링 바닥에 대 각선으로 써놓은 니르바나(NIRVANA)의 광고 문구가 나트륨 불빛에 드러났다. NIRVANA의 N 쪽이 챔피언인 홍코너였고 A 쪽이 도전자인 내 쪽의 청코너였다. 세컨드가 내 등을 밀었 다. 나는 나아갔다. 갑자기 시야가 좁아졌다. 홍코너 쪽에서 일어서는 챔피언 김득수의 머리와 상체만이 보였고, 그 너머 로는 아무것도 보이지 않았다. 관중의 함성도 들리지 않았다.

나는 링 가운데로 스텝을 밟아들어갔다. 나는 라이트 스트 레이트를 겨누는 자세로 오른쪽 어깨를 안쪽으로 당겼다. 왼 주먹과 왼팔로 상체를 막았다. 챔피언 김득수는 오른편 주먹으로 얼굴을 가리고 레프트 스트레이트를 앞세웠다. 김득수가 왼쪽으로 돌면서 두 팔의 위치를 바꾸었다. 그가 레프트 스트레이트로 들어오는지 라이트 훅으로 들어오는지는 알 수 없었다. 그가 두 팔의 위치를 바꿀 때마다 내 방어의 포즈는 바뀌었다. 나는 그를 따라 왼쪽으로 돌면서 라이트에서 레프트 쪽으로 공격의 방향을 옮겼다. 그가 나를 물고 돌았고, 내가 그를 물고 돌았다. 그의 두 팔이 수공(守攻)을 바꾸면 내 팔의 위치가 바뀌었다. 내가 두 팔의 위치를 바꾸면 그의 팔이 바뀌었다. NIRVANA 광고 문구의 R자 위에서, 고개를 돌려서 김득수의 레프트 스트레이트를 피했다. 그의 왼팔이 뻗어나오는 순간, 어떻게 고개를 돌렸는지는 기억이 없다. 그의 왼팔이 다시 공격 위치로 돌아가려는 순간 나는 상체를 숙이면서 어퍼컷을 내질렀다. 김득수가 가벼운 스텝으로 반 보 옆으로 돌면서 내 어퍼컷을 피했다. 김득수는 빠른 스텝으로 반 걸음씩 물러서고 한 걸음씩 다가왔다. 나는 코너 쪽으로 밀려났다. 김득수는 레프트 훅, 라이트 훅, 원투 스트레이트를 이어가면서 달려들었다. 함성이 일었다. 함성은 먼 우레 소리처럼 들렸다. 나는 잽으로 맞받아치면서 왼쪽으로 돌아 코너를 빠져나왔다. 코너를 빠져나오자 NIRVANA의 N이 시작되고 있었다. 적의 코너였다. 거기서부터 광고 문구가 끝나는 내 청코너 쪽은 아득해서 보이지 않았다. 김득수가 내 라이트 스트레이트를 피하며 레프트 훅을 내질렀다. 허공을 가르는 내 오른팔에서 땀방울이 부챗살처럼 퍼졌다. 나는 물러서면서 김득수의 레프트 훅을 피했다. 김득수의 스트레이트를 잽으로 막아칠 때, 땀에 젖은 글러브가 부딪치면서 안개가 뿜어져나왔다. 나트륨 불빛 아래서 안개 저쪽은 몽롱했고 김득수의 상반신이 안개 너머에서 어른거렸다.

김득수는 리치가 길었고, 키가 컸다. 내가 어퍼컷이나 훅으로 김득수를 치려면 나는 김득수의 리치 안으로 파고들어가야 했지만, 내가 김득수의 스트레이트를 피하려면 나는 김득수의 리치 밖에 머물러야 했다. 나의 스텝은 갈팡질팡하면서 그의 리치의 경계를 넘나들었다. 1라운드의 끝판에, 링 바닥 광고 문구의 R자 위에서 나는 레프트 잽으로 김득수의 턱을 돌렸다. 위력은 없었으나 그의 자세가 순간적으로 흔들렸다. 다시 원투 스트레이트로 몰아붙이려는 순간 공이 울렸다. 1라운드가 끝났다. 먼 것들이 겨우 보였다. 나는 코너로 돌아왔다.

— 개 밥 줘라.

내 큰스님은 하루 종일 말씀이 없으시거나, 그 한마디만 하셨다. 내가 포구마을 선착장으로 내려가서 낚시꾼들을 따라서 섬으로 들어오는 젊은 여자들을 한나절씩 바라보고 오는 날에는 큰스님께서 손수 개 밥을 주셨는데, 그런 날에 스님은 개 밥 주라는 그 한마디도 하지 않으셨다. 절은 남해 한려수도 서쪽 풍도(風島)라는 섬 안에 있는 해망사(海望寺)였다. 섬은 육지에서 멀지 않았지만, 주민이 십여 가구뿐이어서 정기 여객선은 닿지 않았다. 이따금씩 군청의 행정선이나 외지에서 오는 낚싯배가 드나들 뿐 선착장은 늘 비어 있었고 섬을 빙 둘러막은 해안단애 밑으로 파도가 파먹은 동굴이 뚫려 있었다. 섬 한가운데 왕버들이 자라는 연못이 박혀 있었고, 해망사는 그 연못이 내려다보이는 산 중턱에 남향으로 들어앉아 있었다. 믿을 수 없는 내력에 따르면 육백 년 전에 이 터에 절이 처음으로 들어섰다는데, 옛 건물은 홍수에 무너져 주춧돌 하나 남아 있지 않았지만 상륜이 부러진 오층석탑이 절 마당에 서 있었다. 큰스님이 운수(雲水)로 떠돌던 젊은 시절에 이 버려진 절터로 흘러들어와 스무 평짜리 법당과 방 세 칸짜리 요사채 한 동을 지었다고 하는데, 이십오 년 전의 일을 내가 본 것은 아니다.

해망사에서, 내가 확실히 알 수 있는 일은 아침저녁으로 개 밥을 주어야 한다는 것뿐이었다. 이십오 년 전에 큰스님이 이 섬의 폐사지로 들어올 때 육지의 어느 기찻길 가에 버려진 나를 포대기로 업고 들어와 절에서 길렀다는 말을 포구마을의 늙은 어부에게 잠깐 들은 적이 있었지만 그 어부도 오래 전에 죽고 없었다. 나는 태어나자마자, 난데없이 중옷을 걸치고 이 섬 속의 절에서 난데없는 늙은 중을 위해 행자 노릇을 하고 있는 꼴이었다.

해망사 법당은 홑처마에 맞배지붕이었다. 군더더기가 없이 깔끔했고, 골기와는 맑고 고요했다. 용마루 선은 부드러웠고, 치켜올려진 처마 끝이 삼엄한 시선으로 바다 쪽 허공을 찔렀다.

절 아래쪽 호수에서 늙은 왕버들 한 그루가 물 밑에 뿌리를 박고 솟아올랐다. 왕버들은 뭍의 모든 나무들로부터 홀로 떨어져 물 위에서 신록을 피우고 낙엽을 떨구었다. 가을의 끝으로 스러져가는 왕버들은 그 잎 속에 감추어져 있던 모든 시간의 색깔을 밖으로 뿜어내다가 그 색이 다하는 순간에 물 위로 나뭇잎을 떨구었다. 왕버들은 스스로 일어서고 또 사위는 왕국처럼 보였다. 큰스님은 저녁 공양을 하기 직전에 법당 마당을 쓸도록 일과를 정해놓으셨다. 법당 마당에 나뭇잎 하나 떨어져 있지 않을 때도 나는 저녁마다 싸리비로 마당을 쓸었다. 큰스님의 법도는 마당에 비질 자국을 선명히 그려놓고 밤을 맞이하는 것이었다. 법당 마당을 쓰는 저녁에 절 마당 아래쪽 연못에서는 노을에 젖은 왕버들이 물 위로 잎을 떨구고 있었다. 그 나무는 이 세상의 시간과 공간이 아닌 곳을 떠돌아다니다가 별 대수로울 것도 없는 잠시의 인연을 풀어헤치기 위해 이 산 속의 연못에 잠시 불시착해 있는 듯싶었다. 나무는 불타오르듯이 스러져갔다. 나는 난데없이 내 앞에 펼쳐진 세상과 맞닥뜨렸다. 이 어인 일인가. 이 어찌 된 일인가. 큰스님은 법당에 앉아서 오랫동안 왕버들을 바라보고 계셨다. 나무가 마지막 잎을 떨구어가던 어느 날 저녁에 나는 비질을 멈추고 큰스님께 다가가서 물었다.

—스님, 오래 전에 저를 포대기에 업고서 이 절로 들어오셨습니까?

스님은 시선을 왕버들 쪽으로 향한 채 고요히 웃으셨다. 스님의 얼굴에서 웃음기가 가시고 눈빛이 빛났다. 스님은 나를 찌를 듯이 바라보셨다.

—너 요즘 한가한 모양이구나.

요사채 마루 밑에서 개가 기어나왔다. 늙고 게으른 잡종견이었다. 개는 삼 년인가 사 년 전 가을에 제 발로 이 절에 들어왔다. 포구마을 어민이 도시로 나갈 때 버리고 간 개일 터인데, 어느 집 개였는지는 알 수 없었고, 남아 있는 주민들에게 잡아먹히지 않은 것도 알 수 없는 일이었다. 개는 이름이 없었다. 스님이 작명을 금하셨다. 늙은 개는 겨울바람에 나뭇가지 부러지는 소리나 밤부엉이 우는 소리를 따라 짖지 않았다. 개는 요사채 마루 밑에 길게 누워서 앞발을 핥거나, 이따금씩 비질 자욱이 선명한 절 마당에 제 발자국을 찍으며 천천히 어슬 렁거렸다. 개가 다가왔다. 스님은 턱을 들어 개를 가리키며 말씀하셨다.

— 밥 줘라.

나는 부엌으로 들어가 누룽지를 꺼내 개 밥그릇에 담아주었다. 개는 먹지 않았다. 그날 이후로 나는 내 입도(入島) 경위와 포대기에 관하여 스님께 묻지 않았다.

내 큰스님의 법명은 어려울 난(難), 깨달을 각(覺), 난각이었다. 사미계를 받으실 때 조실이 내려준 법명이었다.

— 좋은 이름이다. 안 그러냐?

라고 말씀하시면서 큰스님은 히히히 웃으셨지만, 그 법명이 너무도 사치스럽다고 해서 일절 입에 담지 못하게 하셨다.

해망사 주지 난각은 왕버들 잎이 다 떨어지도록 법당에 앉아서 연못 쪽을 내려다보며 가을을 보냈다. 스님은 불상을 향해 세 번 절하고 나서 왕버들 쪽으로 돌아앉곤 했다. 연못 위에 붉은 잎들이 깔리고, 잎을 거의 다 떨군 나무의 검은 뼈대가 저녁 햇살에 빛났다. 저녁에 마당을 쓸면서 법당 안을 들여다보면 노을에 비친 스님의 얼굴은 떨어져내리는 왕버들 잎처

럼 감추어졌던 모든 색깔이 일시에 드러나 보였다. 그때 나는
문득 이 절 마당이 날아다니는 담요처럼 스님과 왕버들과 법
당을 싣고 이 섬을 떠나 제 본래 갈 길로 날아가버릴 것만 같
은 조바심을 느꼈다. 법당 안이 완전히 캄캄해진 뒤에야 스님
은 요사채로 건너오셨다. 내가 허리를 주물러드리면 스님은
이내 잠드셨다. 스님의 잠은 깊고도 달았다.

　—난 잠이 좋아서 장좌불와(長坐不臥)는 못 해. 그러니 난
각이지.

라고 말씀하시면서 스님은 소리내어 웃었다. 맑고 편안한
웃음소리였다. 노을에 비친 스님의 얼굴과 스님의 웃음소리는
잎 지는 왕버들나무처럼 나오는 사소한 관련도 없어 보였다.
나는 난데없이 중옷을 걸치고 난데없는 절 마당을 쓸고 살았
지만 그 절에 편입될 수 있는 자는 아니었던 모양이다. 스님과
왕버들과 개는 본래 그러한 것처럼 내 편은 아니었다. 이 어인
일인가, 대체 이 어찌 된 일인가…… 스님이 잠들면 나는 절
밖으로 나와 캄캄한 산 속을 몇 시간이고 달렸다. 모래를 담은
군용 배낭을 숲속 나뭇가지에 걸어놓고 주먹으로 때렸다. 그
것이 복싱이라는 생각은 없었고 몸이 기진해야 겨우 잠들 수
있었다. 자정이 넘어서 요사채로 돌아오면 옆방에서 스님은
고른 숨소리로 잠들어 있었다. 낮에 선착장에서 본 젊은 여자

들의 나신이 어둠 속에 떠올랐다. 검은 안경을 쓴 여자들은 햇빛 속에서 깔깔대며 웃었다. 여자들이 남자들을 따라서 갯바위 뒤로 숨었고, 낚싯배는 돌아갔다. 나와 관련이 없는 것들이 나를 밀쳐내고 있었다. 어둠 속에서 여러 여자들의 깔깔대는 나신들이 뒤엉켰다. 수음으로 잠을 설치고 다시 툇마루로 나오면 잎을 모두 떨군 왕벚들 가지에 보름달이 걸려 있었다. 연못과 달 사이에서, 벌거벗은 나무 한 그루가 홀로 우뚝했다. 그때 하산(下山)의 충동은 먼 치통처럼 막막하고도 확실했다. 다시 마을로 내려간 늙은 개는 주민들에게 먹혔는지 열흘째 돌아오지 않고 있었다. 일 년 뒤, 내가 절을 떠나던 날까지 개는 돌아오지 않았다.

공이 울렸다. 장내 아나운서가 2라운드를 알렸다. 다시 시야가 좁아졌다. 김득수는 라이트 스트레이트를 앞세우고 다가왔다. 그의 리치의 권역은 바다처럼 넓었다. 그는 몸통 전체를 돌리면서 뻗어내는 스트레이트를 쉴새없이 내질렀다. 그 스트레이트 한 방이면 모든 것이 끝날 수도 있었다. 그는 5차 방어에 성공한 챔피언답게 자신의 체급에서 안정되어 있었고, 떨어져서 길게 치고 다가가면 물러서는 아웃복서였다. 칠 개월 전, 나는 라이트급에서 체중 조절에 실패했다. 며칠씩 굶어가며 섀도복싱으로 땀을 빼도 체중은 이내 육십 킬로그램을 넘어왔다. 어려서부터 해망사 뒷산을 뛰어다닌 뼈의 무게가 대부분이었다. 뼈는 감량할 수가 없었다. 내 몸은 라이트웰터급으로 계량되었다. 낯선 체급에서 내 몸은 나에게 서먹서먹했고, 나는 내가 맞아본 적이 없는 낯선 위력의 힘들이 날뛰는 링 위로 올라섰다.

나는 상체를 흔들어 김득수의 잦은 스트레이트를 피했다. 그의 주먹이 허공을 칠 때마다 나는 한 스텝씩 다가가서 레프트 훅, 라이트 훅, 어퍼, 어퍼, 잽을 내질렀다. 김득수는 빠르고 정확한 스텝으로 물러서면서 긴 리치를 뻗어 나를 밀어냈다. 그는 한 스텝 물러서면서 원투 스트레이트를 빠르게 연결시키는 스매싱 블로 한 방을 탐색했다. 나는 바싹 다가가서 허리를 돌리며 몸통 전체로 치고들어가는 어퍼, 어퍼, 훅, 라이트, 레프트를 노렸다. 내가 다가가면 그는 돌면서 물러났다. 그의 리치의 경계에서 내 스텝은 디딜 곳이 없이 공중에 떠 있었다.

NIRVANA 광고 문구의 I자 위에서 나는 김득수와 클린칭되었다. 누가 먼저 감았는지는 기억이 없다. 클린칭되는 순간, 내 몸에 닿는 그의 살은 뜨거웠고 땀에 젖어 있었다. 그의 숨에서는 수캐의 비린내가 끼쳐왔다. 그의 몸에 닿는 내 살의 촉

감도 그러했으리라. 아마추어 시절에 내 코치는 늘 말했다.

—복싱은 투지의 싸움이다. 투지는 적개심이다. 적개심은 맹렬하게 집중되어 있어야 한다.

—시선이 중요하다. 적개심은 눈으로 집중돼야 한다. 상대의 동작을 순간적으로 읽어야 하고, 몸이 거기에 반사적으로 대응해야 한다. 상대의 다음 순간의 동작까지도 미리 읽어야 한다. 시선이 일 초라도 옆으로 돌아가면 죽는다. 공이 울리면 상대의 대갈통과 몸통만이 보여야 한다.

김득수가 5차 방어에 성공했다는 소식을 나는 코치한테 들었다. 그때 코치는 비디오를 분석해가면서 김득수의 긴 리치를 피해가는 요령을 설명해주었다. 나는 김득수를 링 위에서나 링 밖에서나 만난 적이 없었다. 그가 챔피언이라는 사실만으로도 막연한 적개심이 떠오르기는 했지만 그렇게 집중되지 못한 적개심은 내 코치가 원하는 수준의 투지는 되지 못했다. 1라운드의 공이 울리고 갑자기 좁아지는 시야 안으로 챔피언 김득수의 상체가 보였을 때 먼 적개심은 송곳처럼 명료해졌다. 그의 가벼운 잽이 내 턱을 치고 지나가자 실체를 갖춘 적개심은 내 두 눈에 타올랐고 팔다리에 팽팽히 차올랐다. 그는 다른 많은 복서들을 때려누인 챔피언이었을 뿐 나와는 무관한 자였으나 내 팔다리는 그를 향한 적의로 경련이 일었다. 그의 어퍼, 어퍼, 레프트, 라이트를 피해 돌아서는 순간이었던가, 누가 먼저 감았는지 알 수도 없이 클린칭되는 순간 내 몸에 와 닿는 그의 살은 땀에 미끈거릴 뿐 아무런 적의도 느낄 수 없었다. 그의 땀은 그의 살갗을 적셨고 나의 땀은 나의 살갗을 적셨다. 그의 땀과 나의 땀이 비벼질 때, 나는 스텝을 물려서 적의가 빠져나가려는 뒷다리를 겨우 수습했다.

레프리가 다가와서 브레이크!를 외쳤다. 그와 나는 한 스텝씩 뒤로 물러섰다. 나는 잽, 잽, 어퍼로 파고들었다. 김득수는 물러섰다. 나는 링 바닥 NIRVANA의 V자 꼭짓점을 돌아나갔다. 리치가 닿지 않는 먼 곳에서 김득수의 왼쪽 옆구리가 허해 보였다. 김득수의 주먹에 쓰러지더라도 V자 언저리에서는 다운되지 않기로 나는 작정하고 있었다.

NIRVANA는 울서대학교 의과대학 연구진들이 개발한 발기부전치료제였다. 알약을 넘기는 순간에 발기 효과가 나타났고 발기 지속시간과 정액 분출력에서 NIRVANA는 유럽산 치료제들을 압도했다. NIRVANA는 시판 일 년 만에 국내시장의 육십 퍼센트를 점유했다. 울서대학 연구진들은 생명의 날 기념식장에서 표훈되었고 제약회사 사장은 금탑산업훈장을 받았다. NIRVANA 회사는 순간 반사력과 순간 폭발력, 지구력을 브랜드 이미지로 정했다. NIRVANA는 모든 복싱 체급의 챔피언 쟁탈전을 파이트머니로 후원했고 링 바닥에는 홍코너에서 청코너 쪽으로 가는 대각선 방향으로 NIRVANA의 영문 알파벳 일곱 글자가 깔렸다. 제약회사측은 다운에 다운을 거듭하며 12라운드까지 진행되는 게임을 원하고 있었다. 또 복서가 다운되거나 KO될 때 NIRVANA의 한가운데, 말하자면 V자 위에 고꾸라져서 TV 카메라들이 일시에 광고 문구 위에 집중되기를 바랐다. 제약회사 광고담당 상무가 다운과 KO의 위치를 유도하기 위해 코치들에게 로비를 했다는 소문도 있었다.

나는 V자 꼭짓점을 돌아나와서 R자 앞다리 쪽으로 김득수를 몰아붙였다. 허리를 돌리면서 들어가는 짧은 훅이 김득수의 복부에 명중했다. 김득수는 스텝의 리듬을 잃고 뒤로 물러섰다. 그가 물러서자 나는 그의 가격 거리 안이었다. 다시 잽, 훅, 잽으로 다가서는 순간, 눈앞에 캄캄한 절벽이 일어섰다. 김득수는 보이지 않았다. 절벽이 깨어져나가면서 태양이 폭발하듯 섬광이 일었다. 섬광이 걷히면서 다시 절벽이 일어섰다. 김득수, 김득수가 보이지 않았다. 죽여라 죽여, 암흑 속에서 함성이 일었다. 나는 보이지 않는 김득수를 향해 어둠 속으로 주먹을 내질렀다. 내 주먹은 허공을 쳤고, 김득수는 보이지 않았다. 두 다리가 체중을 받치지 못하고 흔들렸다. 다시 섬광이 일면서 절벽에 절벽이 포개졌다. 죽여라 죽여, 함성이 일었다. 스텝 위치를 더듬거리는 왼쪽 다리는 이 세상이 아닌 곳을 디디고 있었다. 링 바닥을 더듬는 발바닥이 몸통에서 너무 멀었다.

다시 김득수가 눈앞에 나타났다. 레프리는 카운트 파이브를 헤아리고 있었다. 나는 다운되었고 카운트 파이브가 흘렀고, 다시 일어선 나는 다운되었던 오 초 동안을 기억하지 못했다. 나는 다시 스텝을 수습했다. 레프트, 라이트, 잽, 잽으로 다가갔다. 공이 울렸다. 2라운드가 끝났다. 나는 두 팔을 늘어뜨리고 NIRVANA의 대각선을 따라 청코너로 돌아갔다.

바다에서 빛들은 부서지면서 태어났다. 바람이 잠든 날에 물결은 시간에 실려 출렁거렸고 바람이 물결을 흔드는 날에도 물결 위에서 부서지는 빛들은 바람에 불려가지 않았다. 빛들은 가득히 부서지고 태어났다. 이따금씩 해류를 거스르는 고래 떼가 솟구치고 잠기면서 빛의 바다를 가로질러 원양으로 나아갔다.

풍도 선착장은 빛이 자글거리는 바다 쪽으로 뻗어나간 콘크리트 뚝방 이십 미터였다. 어민 가구가 줄어들자 선착장 주변 포구마을의 어업무선국 분소와 출입항 신고초소는 철수했고 선착장 끝 무인 등대에 전원이 끊겼다. 등대 꼭대기에 매달린 풍향계가 몰려오는 바람의 저쪽을 가리키며 이리저리 돌아갔다. 인기척 없는 콘크리트 뚝방에서 놓아먹이는 염소들이 흘레붙었고 갈매기들이 그물 더미를 헤집으며 퍼덕거렸다.

절에서 포구마을까지는 걸어서 삼십 분이 걸렸다. 나는 푸성귀, 컵라면, 소주, 모기향 따위를 구하기 위해 닷새에 한 번꼴로 포구에 내려왔다. 마을에는 가게가 없었고, 주민들이 물건을 팔았다. 포구마을에 내려올 때마다 나는 빛이 들끓는 바다와 알 수 없는 곳을 가리키며 돌아가는 무인 등대의 풍향계와 뚝방 끝에 주저앉아서 먼 바다를 바라보는 새카만 염소에 주눅들곤 했다. 세상은 발 디딜 곳 없어 보였고 멀고 낯설어서 교신되지 않았다. 이 어인 일인가. 새카만 염소를 바라보면서 나는 염소처럼 몽매하고 갑갑했다. 링 위에서 상대방의 스트레이트 펀치에 머리를 맞았을 때처럼 난데없는 절벽이 눈앞에서 일어서는 것 같았으나, 그렇게 말해도 그 포구와 풍경이 나를 때리는 강도와 질감은 설명되지 않는다. 저물어서 사위어가는 바다를 뒤로하고 나는 서둘러 절로 돌아가곤 했다. 해안 단애 꼭대기에 올라앉은 새들이 내 등 뒤에서 끼룩끼룩 울었다. 몸이 맹렬하게 작동되고 있을 때 나는 겨우 그 풍경의 압박을 잊을 수가 있었다. 나는 포구에서 절까지의 삼 킬로미터 산길을 늘 뛰어서 다녔다.

현상수배자 장일식은 흑염소가 교미하는 그 선착장에 내려서 절로 들어왔다. 그는 낚시꾼 차림으로 낚싯배에서 내린 뒤 육지로 돌아가지 않았다. 선착장에는 검문 경찰이 없었다. 그가 절로 숨어들기 전에 큰스님 난각과 미리 교신이 있었는지 나는 알지 못했다. 나는 늘 큰스님의 일을 일절 물어보지 않았다. 저녁 무렵에 그는 절 구경을 하러 온 낚시꾼처럼 법당 안을 기웃거리더니 마당을 쓸고 있던 나에게 다가왔다. 그는 챙이 긴 모자를 깊이 눌러쓰고 있었다. 큰 키가 구부정했고 하관이 빨았고 턱수염이 가운데로 밀집되어 있었다. 그가 다가오는 느낌은 파충류처럼 차갑고 섬뜩했다.

—주지스님은 어디에 계시오?

—웬일로 큰스님을 찾으시오?

—낚시하러 왔다가 배를 놓쳤는데 절에서 묵어갈 수 있겠소? 난각 스님께 여쭤봐주시오.

그는 큰스님의 법명을 알고 있었다.

—보다시피 손님을 모실 만한 절이 못 되오. 마을로 내려가보시오.

—마을에 여인숙이 없더이다.

—큰스님께는 미리 통지를 하시었소?

그는 대답하지 않았다. 큰스님이 요사채에서 마당으로 내려

왔다. 그는 나와의 대거리를 끊어버리고 큰스님에게 다가갔
다. 큰스님이 그를 맞는 태도는 생면부지의 객을 대하는 것 같
지는 않았다. 큰스님은 그를 데리고 법당 뒤쪽 산신각 안으로
들어갔다. 나는 개 밥을 주고 나서 저녁 예불을 준비하느라고
법당 마루를 걸레로 닦았다. 그날 큰스님은 저녁 예불을 거르
셨다. 큰스님은 자정이 훨씬 넘어서야 산신각에서 요사채로
건너오셨다.

그날부터 장일식은 절에서 묵었다. 나는 큰스님의 분부로
요사채 아랫방을 도배하고 걸레질 쳐서 그를 들여앉혔고, 저
녁마다 그의 방 아궁이에 장작불을 땠다. 그가 풀어놓은 소지
품은 낚시도구뿐이었는데, 손때가 묻지 않은 새것이었다. 그
가 절에 온 다음날 큰스님은 그를 데리고 법당에 꿇어앉아 오
랫동안 독경하셨다. 독경이 끝나자 큰스님은 삭도를 갈아서
그의 긴 머리카락을 밀었고 승복을 내려주셨다. 나는 큰스님
과 장일식의 일들을 묻지 않았고, 스님도 말씀이 없으셨다. 큰
스님은 다만 나에게 수좌(首座)의 예로써 그를 모시라고 분부
하셨다. 선방이 따로 없는 궁벽한 절에서 수좌의 예라고 해봐
야 공양 올리고 군불 때주는 것 이외에는 별것이 없었다. 그가
심한 요통을 앓고 있었으므로 새벽에도 그의 방 아궁이에 군
불을 넣어야 하는 일이 좀 성가시기는 했다. 그는 휴대전화가

없었고, 그에게 오는 우편물도 없었다. 승복을 걸치기는 했으나 그는 아침 저녁 예불에 나오지 않았다. 그는 가끔씩 운동복으로 갈아입고 어기죽거리는 걸음으로 산 속을 어슬렁거리거나 포구 선착장으로 내려가 낚시질을 했다. 그는 잡은 물고기를 절에 가져와 회쳐 먹었다. 그가 요통을 앓고 있어서 그랬는지, 큰스님은 그의 낚시질과 육식을 나무라지 않으셨다.

날라리 땡초 장일식이 내란예비음모, 반국가단체구성, 현주건물방화, 특수공무집행방해, 특수도주의 혐의로 수배된 1급 시국사범이라는 사실을 나는 그의 한약을 지으러 육지로 나왔다가 알았다. 큰스님은 나에게 약값으로 오십만원을 주면서 심부름을 시켰다. 입시치성 때도 아무런 시주가 없는 절에서 큰스님이 어떻게 그런 돈을 지니고 있었는지 나는 모른다. 장일식의 걸음걸이가 불안정하기는 했지만 기동을 못 할 정도는 아니었다. 큰스님은 말씀하셨다.

— 의사한테, 환자가 기동할 수 없어서 대신 왔다고 말하고 증세를 소상히 일러라.

나는 낚싯배를 얻어타고 육지로 건너왔다. 육지 쪽 포구는 제법 벅적거리는 어항이었다. 포구는 생선 비린내와 고기 굽는 누린내와 쓰레기 썩는 냄새가 뒤섞여 있었다. 장일식을 수배하는 포스터는 어업무선국 게시판에 붙어 있었다. '반국가

단체구성 수괴 장일식'이라는 제목 아래 장일식의 얼굴 정면
사진이 컬러로 인쇄되어 있었다. 수괴급 지명수배자답게 포스
터는 장일식 한 명만을 찾고 있었다. 사진 속에서도 장일식의
얼굴은 하관이 빨았고 눈빛이 날카로웠고 턱수염이 가운데로
밀집되어 있었다. 포스터는 그의 인상의 특징을 "턱이 뾰족하
고 턱수염이 자라면 염소 수염처럼 가운데로 몰린다. 허리가
아파서 걷는 자세가 구부정하다"라고 적어놓았다. 사진 아래
로 그의 인적사항과 혐의 내용이 적혀 있었다. 장일식은 스물
아홉 살로 나보다 세 살이 많았고, 울서대학교 법학부를 중퇴
했다. 유무전환론(有無轉換論)이라는 혁명이론을 소책자로
발행해서 전국 학교와 교회와 야학에 돌렸다. 인간은 무(無)
에서 유(有)로 나아갈 수 있고 무와 유는 다르지 않다는 것이
그 혁명이론의 골자였다. 전환의 실천전략은 돌멩이로 파출소
를 부수어 권총을 탈취하고 그 권총으로 지역예비군 무기고를
부수어 소총을 확보하고 다시 그 소총으로 경찰서와 소규모
군부대의 무기고를 부수고 중화기를 끌어내서 혁명을 수행한
다는 것이었다. 다중은 혁명의 전위가 아니며 다만 토양일 뿐
이고 순정한 혁명의 종자들만이 전위를 감당할 수 있다는 것
이 그의 인성론이었다. 그는 점조직으로 하부를 동원해서 전
국 4개소의 파출소를 화염병으로 습격했고 그중 2개소를 하

루 이상 점거했었다고 포스터에는 적혀 있었다. 사찰 주지들에게 큰스님의 편지를 전하거나 교구 본사에서 행정사항으로 호출이 왔을 때 이외에는 내가 육지 쪽 항구로 넘어올 일은 없었다. 육지의 냄새는 언제나 비린내와 누린내였다. 술집 여자들이 골목에 쪼그리고 앉아서 오줌을 누었고 고깃배들은 분주히 방파제를 넘어 흉어의 바다를 드나들었는데, 그 너머의 바다는 태어나고 부서지는 빛으로 가득 차 있었다. 장일식을 수배하는 포스터를 읽을 때 나는 웬일인지 섬과 바다와 육지가 하얗게 증발해버리는 듯한 어지럼증을 느꼈다. 화장 짙은 술집 여자들이 저무는 선착장에 나와서 입항하는 어선들을 기다리고 있었다.

―이 약은 몸속의 삿된 기운을 쓰다듬어 재우고, 들뜬 열기를 사(赦)하여주는 약이오. 대추를 넣어서 달여 먹이시고, 늘 방을 뜨겁게 해주시오.

늙은 한의사는 두 달치 첩약을 지어주며 그렇게 말했다.

여름에, 왕버들은 기름진 잎으로 피어나 물 위에 그림자를 드리웠다. 바람에 흔들리는 잎들이 빛을 튕겨냈고 버들은 그 안쪽의 빛을 뿜어내는 발광체처럼 보였다. 잎들이 흔들리면 물 위의 빛들이 흔들렸다.

그해 여름에 온 산에 매미가 들끓었다. 매미의 종족 전체가 울음의 꼬리를 회전시켜가며 맹렬히 울어댔다. 아무것도 전하지 않는 그 소리는 시간과 공간 속에 어떠한 여백도 허용하지 않았다. 봄부터 절에 얹혀 있던 떠돌이 학승 한 명은

─저 육시랄 놈의 매미……

라고 중얼거리며 절을 떠났다. 가을에, 매미들은 모조리 죽었고 절의 적막은 매미 소리처럼 맹렬했다. 여름이 다 가도록 큰스님은 법당 마루에 앉아서 푸르게 빛나는 왕버들을 바라보고 계셨다. 그것이 스님의 묵언수행이었다.

─나무에는 길이 있되, 그 길이 세상에 닿지 않는구나.

매미가 다 죽어버린 어느 날 큰스님은 겨우 그 한마디를 하셨는데, 나 들으라고 하신 말씀은 아니었다. 장일식은 날마다 포구마을 선착장에 내려가서 낚싯대를 드리우거나, 돌멩이에서 중화기에 이르는 유무(有無)의 먼 길을 더듬는지 고래 뛰는 먼 바다를 망연히 바라보고 있었다. 그가 하루 종일 절로 돌아오지 않는 날 나는 보온병에 탕약을 담아서 바닷가로 가져다주었다. 그가 탕약을 삼킬 때 비쩍 말라 핏줄이 드러난 목이 흔들렸고 턱수염이 약물에 젖었다. 나는 늘 절에서 선착장까지를 뛰어서 오갔고, 저물면 산으로 올라가 샌드백을 쳤다. 몸이 기진하지 않으면 잠들지 못했다.

공이 울렸다. 시야가 좁아졌다. 나는 NIRVANA의 동선을 따라 링의 안쪽으로 스텝을 밟았다. 김득수는 사나운 공세로 몰아쳐왔다. 내가 2라운드에서 한 번 다운되었으므로 그는 3라운드쯤에서 게임을 끝내버릴 셈인 모양이었다. 그는 멀리서 곧게 들어오는 레프트, 라이트 스트레이트를 쉴새없이 내질렀다. 나는 잽, 잽, 어퍼, 어퍼로 파고들었다.

— 바싹 붙어라. 저 자는 리치가 길다. 떨어지면 죽는다. 큰 걸 노리지 마라. 파고들어서 짧게 끊어쳐라. 짧아도 클 수가 있다.

2, 3라운드 막간에 내 마우스피스를 뽑아내고 입 속으로 물을 부으면서 세컨드는 그렇게 말했다. 김득수는 긴 리치로 나를 타격할 수 있는 위치를 탐색하기 위해 짧은 스텝으로 계속 물러섰다. 나는 파고들었다. 내가 바싹 다가서면 그는 허리를 돌리며 긴 리치를 옆으로 휘둘러 뻗어왔다. 그의 팔이 옆으로 돌아갈 때 나는 어퍼, 어퍼, 훅, 훅으로 달려들었다. 그의 가격 거리 안이 나의 가격 거리였고, 그의 리치가 곧게 펴지는 허공의 한 점이 나의 사지(死地)였다. 사지는 쉴새없이 허공에서 명멸했다. 글러브끼리 부딪칠 때마다 땀의 안개가 뿜어졌다. 나트륨 강력 조명 아래서 안개는 무지개로 펼쳐졌다. 나는 무지개를 헤치며 전진 스텝을 밟았다. 링에서는 시간을 느낄 수

가 없었다. 한 라운드가 삼 분이라는 규정은 관중석의 시간일 뿐, 링 안에서 시간은 무의미했다. 시간은 존재하지 않았거나 바다보다 넓어서 헤어날 수 없었고, 느낄 수 없고 만질 수 없는 시간 속에서 김득수의 팔이 뻗어올 때마다 무수한 사지들이 번뜩였고 또 사라졌다.

—삼십 초, 아그레, 아그레.

내 세컨드가 등 뒤에서 고함쳤다. 라운드가 삼십 초 남았으니 어그레시브하게 밀고 들어가라는 사인이었다. 그 고함 소리에 나는 다시 현실의 시간 속으로 돌아오는 듯했지만, 시간은 다시 바다로 펼쳐졌다. 시간은 그 바다의 아득한 저쪽 대안으로 흘러가는 듯싶었다.

김득수의 라이트 스트레이트를 피해 돌아서는 순간 그의 오른쪽 옆구리에 허당이 드러났다. 나는 팔을 구십 도 각도로 구부린 훅으로 그 허당을 내질렀다. 그의 옆구리에 꽂히는 내 주먹의 질감은 묵직했다. 순간 김득수의 스텝이 무너졌다. 김득수는 휘청거리며 뒤로 물러섰다. 나는 한 스텝 다가서면서 짧은 어퍼 어퍼로 그의 턱을 쳐돌렸다. 원투 원투! 으깨라 으깨라 으깨! 함성이 일었다. 김득수가 다시 공세의 포즈를 수습하고 다가섰다. 그는 스텝의 리듬을 회복하지 못했다. 그는 내 짧은 훅의 사정거리 안으로 다가왔다. 나는 짧게 올려치는 훅으로 그의 복부를 타격했다. 예쁘다 예뻐! 다시 함성이 일었다. 김득수는 NIRVANA의 N자 위에 쓰러졌다. 쓰러진 그의 몸통은 구워지는 오징어처럼 오그라들면서 버르적거렸다. 버르적대는 그의 몸통을 바라보면서, 적개심이 빠져나가는 내 두 다리는 링 바닥에 주저앉을 듯이 허허로웠다. 김득수는 카운트 세븐 만에 일어섰다. 다시 파고드는 순간 공이 울렸다. 3라운드가 끝났다. 나는 코너로 돌아왔다.

장일식의 병은 악화되었다. 나는 두 달에 한 번씩 육지 쪽 포구로 건너가 그의 한약을 지어 날랐다. 어업무선국 게시판에 붙은 수배 포스터가 해풍에 찢겨 너덜거렸다. 장일식이 육지로 건너가서 치료를 받을 수는 없었고 육지의 의사를 데려올 수도 없었다. 춥거나 비 오는 날 장일식은 몸을 일으키지 못했다. 나는 요강으로 그의 똥오줌을 받아냈다. 나는 그를 부축해서 요강에 앉혔고, 요강을 비워주었다. 그의 마른 몸은 가벼워서 위태로웠다. 그의 물똥은 소화되지 않은 탕약을 쏟아냈다. 똥은 새까맸고 악취를 풍겼다. 그 똥의 악취는 지난 여름의 매미 울음소리처럼 다급하고 맹렬했다.

—생로병사로구나.

큰스님은 요강에 올라앉은 장일식의 머리를 쓰다듬으며, 그

한 말씀을 하셨다.

그해 겨울에 눈이 많이 내렸다. 밤마다 눈이 쌓여 아침에 장지문을 열면 새롭게 빛나는 흰 숲에 눈이 부셨다. 길이 끊어졌고 낚싯배는 오지 않았다. 나는 아침마다 마당의 눈을 치웠고 눈이 마르면 흙마당을 쓸어 비질 자국을 그렸다. 장일식은 구들에 누워 그 겨울을 지냈다. 큰스님이 가끔씩 장일식의 방에 다녀가셨다.

— 네 병은 견딜 만하냐?

— 그저 겨우…… 봄에는 육지로 건너가려 합니다.

— 여기서 견디어라. 돌멩이를 던져서 어찌 세상을 바꾸겠느냐. 저절로 바뀌는 것이 전환이다. 저 나무를 봐라.

— 세상이 어찌 나무와 같겠습니까.

큰스님과 장일식의 대화는 대체로 이런 따위였다. 나무와 돌멩이. 나는 알아들을 수 없었다. 창 밖으로는 간밤에 쌓인 눈이 숨막히는 빛을 뿜어냈고 얼어붙은 연못 위에서 왕버들은 눈 쌓인 우듬지 위로 움을 틔우고 있었다. 나는 버들에 새잎이 돋기 전에 하산하기로 작정했다.

다시 육지 쪽 한의원에 약을 받으러 가던 날, 나는 장일식을 신고했다. 그를 그의 자리로 보내주어야 한다는 생각뿐이었다. 절과 왕버들과 들끓는 바다의 빛들이 애초부터 나와는 무관했으므로 내가 그것들로부터 돌아선다는 것 또한 그것들과 무관한 일인 듯싶었다. 파출소는 어업무선국 옆 건물이었다. 슬리퍼를 신고 허리띠를 풀어놓은 소내 근무자 두 명이 장기를 두고 있었다. 나는 길을 묻는 척 멈칫거리다가 파출소를 나왔다. 나는 마을버스를 타고 읍내 경찰서로 갔다. 경찰서 정보과에서 나는 장일식의 입도 경위와 염소 수염과 척추질환을 설명했다. 나는 한의원에서 받은 첩약을 형사에게 보여주었다. 정보과 형사는 아연 긴장했다. 서장에게 보고했고, 서장은 도 경찰국에 보고했다. 형사는 나의 애국심을 치하했고 나를 스님이라고 불렀다. 그는 신고자의 신원을 철저히 감추어주겠다고 약속했다.

—스님은 빨리 절로 돌아가 계시오. 스님이 떠나 있는 시간이 길어지면 저쪽에서 의심할 수가 있소. 가서 평상시처럼 약을 달여 먹이시오.

나는 서둘러 절로 돌아왔다. 나는 숯불을 피워 탕약을 달였다. 장일식은 그날 따라 허리가 덜 아팠는지 지팡이를 짚고 법당 마당을 어슬렁거렸고, 큰스님은 채마밭에 배추씨를 뿌리셨다. 형사대는 저녁 무렵에 들이닥쳤다. 여섯 명 모두들 낚시꾼 차림이었다. 네 명은 일주문과 법당 뒤쪽 산길을 막았고 두 명이 법당 앞으로 다가왔다. 나는 저녁 예불을 준비하느라고 마당을 쓸고 있었다.

— 절 구경 좀 하고 가렵니다.

형사대들은 법당 댓돌에 쭈그리고 앉아 있던 장일식에게 접근했다. 원아조득월고해(願我早得越苦海), 고생바다 어서 건너가고 싶어라. 장일식의 뒤쪽으로 법당 기둥의 주련은 그렇게 신음하고 있었다. 형사는 바싹 다가갔다. 장일식은 승복을 걸치고 있었다.

— 스님, 면도를 하셔야겠군요.

장일식의 시선이 흔들렸다.

— 스님, 허리는 좀 어떠신지요?

장일식은 자리에서 일어섰다.

— 너, 장일식이지.

그가 몸을 돌리려는 순간, 형사가 발길로 복부를 걷어찼다. 장일식은 낮에 마신 탕약을 토해내면서 법당 댓돌 위로 고꾸라졌다. 형사들은 장일식의 승복을 벗기고 준비해온 경찰 전투복으로 갈아입혔다. 형사들은 승복을 찢어서 장일식의 입에 재갈을 물렸다. 큰스님은 채마밭에서 붙잡혔다. 형사들은 큰스님을 마구 대하지는 않았으나 동행을 요구했다.

— 서울까지 가야 하니 옷을 갈아입으시오. 승복 차림으로는 모시기가 곤란하오.

1급 지명수배자의 은닉과 도피방조도 처벌된다는 것을 그때 나는 처음 알았다. 형사들은 큰스님과 장일식을 낚싯배에 싣고 섬을 떠났다. 배가 떠날 때 선착장까지 따라간 나에게 큰스님은 말씀하셨다.

—성불하여라.

그 다음날 새벽에 나는 하산했다. 복서가 되려는 작정은 없었지만 절에서 자라난 내가 이 세상에서 할 수 있는 짓은 주먹질밖에 없었다. 어려서부터 절 뒷산을 뛰어다녀서 폐활량이 컸고 기초체력이 월등했다. 나는 하산한 지 이 년 만에 프로로 데뷔했다.

라이트웰터급 챔피언 타이틀 매치가 열리는 날 아침에, 계체량을 마치고 휴게실에서 허벅지 마사지를 받고 있을 때 우연히 눈에 띈 조간신문에 장일식의 사건이 실려 있었다. 장일식은 최종심에서 무기형을, 해망사 주지 난각은 이 년형을 언도받고 있었다. 사진 속에서 장일식의 눈빛은 찌를 듯이 날카로웠는데, 어디를 바라보고 있는지는 가늠하기 어려웠다.

공이 울렸다. 시야가 좁아졌다. 나는 전진 스텝을 밟아서 4라운드의 링 안쪽으로 나아갔다. 나는 김득수의 레프트 라이트, 레프트 라이트를 피해 나갔다. 그의 가격 거리 안이 나의 가격 거리였고, 나의 가격 거리 밖이 그의 가격 거리였다. NIRVANA 의 R자를 돌아나오면서 나는 레프트 잽을 내질렀다. 잽은 허공을 찔렀다. 왼팔을 다시 방어 위치로 수습하는 순간 눈앞에서 절벽이 일어섰다. 절벽과 섬광이 포개졌고 다시 절벽이 일어섰다. 죽여라 죽여라 죽여, 함성은 먼 우레처럼 들렸다. 두 다리가 몸통으로부터 아득히 멀어졌다. 나는 암흑을 향해, 보이지 않는 김득수 쪽을 향해 주먹을 내질렀다. 다시 벼락 같은 섬광이 일었다. 나는 쓰러졌다. 링 바닥의 마루는 흔들리지 않아서 편안했다. 어둠 속에서, 잡초에 파묻혀 폐허로 변한 해망사 법당과 기름진 여름 잎으로 빛나는 왕버들의 환영이 떠올랐다. 레프리가 카운트 텐을 다 헤아린 후에도 나는 일어서지 못했다. 내가 쓰러진 자리는 NIRVANA의 한복판, V자의 계곡 사이였다.

강산무진
江山無盡

병원 정문 앞에서 주차관리인이 호루라기를 불면서 진입차량을 정지시켰다. 영안실로 통하는 후문이 따로 없어서, 장지로 가는 운구대열이 병원 정문으로 나왔다. 운구대열의 꽁무니를 향해 거수경례를 보내고 나서 주차관리인은 진입차량을 통과시켰다. 나는 지하 삼층 주차장에 차를 세우고 로비로 올라갔다. 새로 지은 병원 건물에서 매캐한 날것의 냄새가 났다. 청소부들이 바닥에 쭈그리고 앉아서 타일에 묻은 얼룩을 닦아냈다.

재벌회사가 의료산업에 진출하면서 처음으로 지은 종합병원이었다. 진료과목이 내과 외과 소아과처럼 전공의들의 전문분야에 따라 나뉘어 있지 않고 신체부위와 장기별 질환에 따라서 분류되어 있었다. 로비 한가운데 세워진 안내판이 신체 부위별로 가야 할 층수를 가르쳐주고 있었다. 자궁유방검진실은 일층이었고 간센터와 심장센터는 이층, 신장 폐 방광 척추는 삼층이었다.

자궁유방검진실 앞에는 독일에서 수입한 초정밀 레이저 검진설비가 가동되었다는 현수막이 걸려 있었고 여자들이 소파에 앉아서 차례를 기다렸다. 동창생들인지 헬스클럽 회원들인지, 동갑내기 또래로 보이는 여자들이 수다를 떨면서 까르르 웃어댔다. 뜨개질을 하거나 책을 읽는 여자들도 있었다. 따라온 아이들이 입술 사이로 껌풍선을 내밀었다. 손거울을 꺼내 들고 입술화장을 고치던 여자가 팔에 매달리는 아이를 나무라며 밀쳐냈다. 나는 여자들이 줄지어 앉은 복도를 지나서 이층 간센터로 올라갔다.

몸속에서 희미한 구역질 같은 증세가 맴돌기 시작한 것이 언제부터였는지 기억할 수 없었다. 본래부터 그랬던 것 같기도 했지만, 실제로 발생한 증세가 아니라 증세의 그림자나 환각 같기도 했다. 구역질의 그림자가 맴도는 곳이 명치 쪽인지 창자의 먼 끝쪽인지 목구멍 언저리인지 알 수 없었다. 야근에서 돌아오는 새벽이나 비 오는 일요일 저녁에 아파트 거실에서 와인을 마시며 TV 연속사극을 볼 때, 구역질은 안개나 연기처럼 몸속 깊은 곳에서 피어오르기도 했지만, 대부분은 그러다가 종잡을 수 없이 사그라졌다. 안개 같기도 하고 연기 같기도 한 그것이 몸 밖으로 새어나올 듯이 목구멍 쪽으로 스멀거리며 퍼져오르면, 어금니를 지그시 물어서 그것을 몸 안으로 밀어넣었다. 구역질을 몸 안으로 밀어넣으면 하품이 나왔고, 벌려진 입을 다물면 눈물이 나와 있었다. 입을 벌리고 뱃속을 훑어올려도 아무것도 게워낸 것이 없어서 구역질은 하품이나 트림 같았다. 월요일마다 오후 내내 계속되는 중역회의 동안에 방귀를 참고 있으면 트림이 나왔는데, 트림 끄트머리에 구린내가 배어나왔다. 뱃속에 가스를 품고 있으면 방귀건 트림이건 어쩔 수 없이 새어나오게 마련일 터이고, 내 구역질은 그와 다름없었다. 일종의 하품이나 방귀나 트림인 줄 알았다.

어금니를 뺀 자리에 임플란트를 심으려고 치과에 갔을 때, 구역질은 폭발했다. 토목공사를 하듯이 잇몸을 파헤치고 턱뼈의 하부구조에 굴착작업을 하던 치과의사는 아, 아, 아 하면서 내가 입을 크게 벌릴 것을 요구했다. 입을 벌릴 때마다 창자가 뒤집히는 듯한 통증과 함께 구역질이 목울대를 넘어왔고 구역질이 겨우 가라앉으면 신물이 올라왔다. 양치질을 하고 나서,

아아아에 맞추어 다시 입을 벌리면 뱃속에서부터 낯선 짐승이 발길질을 하며 튀어나오듯이 구역질이 목구멍을 찔렀다. 아아아, 아아아 하면서 치과의사는 자꾸만 작업을 중단했다. 구역질이 멈추지 않자, 간호사가 위턱과 아래턱 사이에 재갈을 물렸다. 내 입은 쇠재갈 사이에서 별수 없이 벌어졌고 목구멍을 넘어오지 못하는 구역질은 창자를 훑어오르며 날뛰었다. 간호사가 턱 밑으로 흘러내리는 침과 눈물을 닦아주었다. 전동 드라이버로 임플란트 나사못을 조이면서 치과의사는 말했다.

— 간이 좀 상하신 모양입니다. 종합검진을 한번 받아보십시오. 요즘은 기계가 좋아서 두 시간이면 전신 체크가 됩니다.

여름휴가의 마지막 날 병원에 가서 종합검진을 받았다. 사장의 조카가 생명보험회사 영업소장 노릇을 하고 있었다. 사장의 체면을 세워주느라고 한 달에 십만원씩 내는 보험을 계약했더니 우선 종합검진을 받아오라는 요구와 함께 검진료 오십 퍼센트 할인권을 주었는데, 그날이 할인권 유효기간의 끝날이었다. 혈액검사, 소변검사, 허파 MRI 촬영, 위 내시경 검사를 하는 데 하루가 꼬박 걸렸고 그 다음날 PET(양전자방출단층촬영) 검사를 받았다. PET는 머리끝부터 발끝까지 모든 신체부위와 장기 안의 암세포뿐 아니라 암으로 발전할 수 있는 악성변종세포를 정밀히 촬영해내는 첨단장비라고 간호사는 말했다. 닷새 후에 담당의사를 면담하고 검사결과를 설명받는 일정을 간호사가 메모해주었다. 간호사가 말했다.

—닷새 후면 다음 월요일입니다.

항만노조는 일 주일에 걸친 파업을 끝내고 작업에 복귀했다. 부산과 인천항에 야적되어 있던 컨테이너들이 선적되기 시작했다. 남미로 가는 겨울용 중저가 스웨터와 파카, 내복, 양말, 장갑이 일 주일째 부두에서 적체되어 있었다. 물량이 밀려서 이동식 크레인까지 동원되었지만 선적에는 이틀이 꼬박 걸렸다. 화물선이 초과 대기료를 요구했고 바이어들은 클레임을 걸어왔다. 인천에는 과장을 보냈고, 나는 부산항만 제4부두에서 선적작업을 관리했다. 밤에는 항만공단 직원들과 술을 마셨다.

부에노스아이레스와 샌디에이고의 기온이 급강하하지 않는 것이 다행이었다. 일 주일쯤 도착이 지연되어도 계절시장 진입에 별 영향은 없을 것 같았다. 칠레 지사장이 전해오는 장기 일기예보는 낙관적이었다. 환율 사정도 하락세의 끄트머리가 그다지 나쁘지 않았다. 칠레의 수입회사에 팩스를 보내서 부산항의 항만파업 사태를 설명하고 운송지연 배상액수에 합의했다. 남미 쪽이 추워지기 전에 화물을 도착시킬 수 있게 된 것은 다행이었다. 마지막 컨테이너를 보내고 서울로 올라오자 사장은 내 노고를 치하하는 술자리를 벌였고 내년부터는 거래 항구를 평택으로 바꾸는 방안을 검토해서 보고하라고 지시했다. 평택항에 팀장을 보내서 사정을 알아오게 했다. 닷새는 그렇게 지났다. 하품이나 트림처럼 나도 모르는 사이에 몸 밖으로 새어나갔는지, 구역질은 몸속에서 기척이 없었다.

간센터 앞 게시판에 진료대기자 명단이 붙어 있었다.

'김창수(남·57) : 9시 30분'

그것이 나였다. 간호사가 진료실 문을 열고 내 이름을 불렀다. 나는 진료실 안으로 들어가서 의사 앞에 앉았다. 늙은 의사는 컴퓨터 화면으로 사진을 들여다보고 있었다. 마우스를 조작하는 의사의 손가락에 털이 돋아나 있었다. 의사가 내 얼굴을 찬찬히 들여다보았다.

—무슨 일을 하시나요?

—옷을 만드는 회사에 다니고 있습니다.

—생산업체인가요?

—생산업체입니다만 저는 수출 쪽입니다.

—큰 회사입니까?

—글쎄요, 중저가 의류업계에서는 매출순위가 꽤 높지요.

―직위가 높으십니까?

의사가 왜 이러나 싶어서 나는 좀 불쾌했다. 의사는 컴퓨터 화면을 들여다보고 있었다.

―정년이 가까워서 상무로 끝날 것 같소이다.

―정리할 일들이 많으실 것 같아서, 아예 말씀드리겠습니다.

― ……

―좀 늦으셨습니다. 육 개월쯤 전에 오셨더라면 좋았을 텐데……

― ……

―간에서 암세포가 나왔습니다. 위장 쪽으로 전이도 보입니다. 자각증세가 없으셨던가요?

―가끔씩 구역질 끝에 하품이나 트림이……

―간은 원래 자각증세가 없습니다. 그래서 더 무섭지요.

―어느 정도인지요?

―어제 병원 스태프들이 상무님 사진을 돌려보면서 최종 판단을 했습니다. 지금까지는 느리게 진행되어왔는데, 앞으로는 좀 빠르게 번져나갈 것 같습니다. PET는 오진이 없습니다.

―입원을 해야 합니까?

―삼 개월이나 사 개월 후에는 입원하셔야 할 것 같습니다. 그때부터는 장기투병을 각오하셔야 합니다. 그 안에 주변을

정리하시면서 사흘에 한 번씩 병원에 오셔서 통원치료를 받으십시오. 길게 생각하셔야 합니다. 우선 일에서 풀려나고, 가족들과 마음을 합치는 것이 가장 중요합니다.

—……

—가족들 이외에는 암을 알리지 마십시오. 암환자라는 걸 주변에서 알게 되면 신변을 정리할 때 불이익을 당하는 수가 있습니다. 제가 워낙 많은 환자들을 봐서 하는 말입니다.

의사가 메모지를 꺼내서 주의사항을 적어주었다. 술 담배 섹스를 끊고 잠을 많이 잘 것, 피로를 느끼지 않을 정도로 가벼운 산책을 할 것, 청국장을 많이 먹을 것, 고등어 꽁치 방어 같은 등 푸른 생선을 많이 먹을 것…… 나는 여자들이 줄지어 앉아 있는 자궁유방검진실 앞 복도를 지나서 병원을 나왔다.

담뱃갑 안에 일곱 개비가 남아 있었다. 일곱 개비를 다 피우고 나면 담배를 끊어야겠다고 생각했다. 남은 생애의 시간 속에서 피울 수 있는 담배 일곱 개비가 그다지 적지 않게 느껴졌다. 그것이 적지 않게 느껴지는 것은 어쨌든 아직은 일곱 개비가 남아 있기 때문인 것 같았다. 몸속에 깊이 스몄다가 토해지는 담배연기는 호흡처럼 편안하고 친숙했다.

전쟁이 끝나고 피난지 부산에서 식구들이 다시 서울로 돌아왔을 때 나는 초등학생이었다. 인민군이 주둔하고 있던 학교 건물은 서울수복작전 때 국군의 폭격으로 부서졌다. 운동장에 미군이 준 천막을 쳐놓고 3부제 수업을 했다. 겨울이면 천막 안에 조개탄 난로를 땠다. 천막 뒤쪽이 찢어져서 찬바람이 들어왔다. 어떤 아이들은 늘 조개탄 난로 옆에만 앉았고, 내 자리는 늘 천막교실 맨 뒤쪽 바람구멍 앞이었다. 교사들은 아이들의 자리를 바꾸어주지 않았다. 숙직실 뒷마당에 널린 M1 탄피를 몽당연필에 끼워서 글씨를 썼는데, 겨울이면 놋쇠가 차가워서 손이 시렸다.

길거리에는 미군들이 내버린 럭키스트라이크 담뱃갑이 바람에 날려다녔다. 새빨간, 진홍색 동그라미의 가장자리에 검은 선을 그려넣은 디자인이었다. 럭키스트라이크의 그 진홍색은 내 유년을 뒤흔든 충격이며 혼란이었다. 이 세상에는, 이 세상 것이 아닌 것처럼 그렇게 찬란하고 영롱해서 인간을 세상 밖으로 밀쳐내버리는 색깔이 길바닥에 나뒹굴고 있었다. 학교에서 돌아오는 길에, 나는 바람에 불려가는 그 담뱃갑을 주웠다. 그 새빨간 동그라미를 가위로 오려서 팽이에 붙여서 돌리기도 했고 공책 겉장에도 붙였다. 그 색깔은 눈을 찌를 듯이 선명했지만, 다가갈 수 없는 원색의 충만으로 아득히 멀었다. 주간잡지 광고 속에서 럭키스트라이크는 지금도 진홍색 동그라미의 상표를 그대로 쓰고 있다. 남은 담배 몇 개비가 지나간 모든 담배를 환기시키기도 하는 것인지, 간암 판정을 받고 돌아와서 생애의 마지막 담배를 피울 때 어째서 오십 년 전 유년의 길바닥에 나뒹굴던 담뱃갑 색깔이 떠올랐는지 모르겠다.

럭키스트라이크의 색깔과 함께 오십 년 전 내 유년의 거리에서 짧은 치마에 반소매 차림으로 미군 지프차를 타고 가던 여자들의 몸냄새도 떠올랐다. 지금은 모두 세상을 떠났거나 팔십에 가까운 노파가 되었을 그 여자들을 망각 속에서 불러낸 것이 럭키스트라이크의 색깔이었는지 아니면 아침에 병원 복도에 줄지어 앉아 있던 여자들의 화장품 냄새였는지는 분명치 않다. 오십 년 전의 색깔과 지금의 냄새가 합쳐지면서 다시 오십 년 전의 여자를 불러들이는 모양이었다. 내 어머니와 이모들이 '양갈보'라고 불렀던 그 여자들은 향기로웠다. 초콜릿을 얻어먹으러 미군 지프차에 매달려 손을 내밀 때, 차에 타고 있던 그 여자들의 향기는 찌르는 듯했고 감싸는 듯했으며, 밀쳐내는 듯했고 끌어당기는 듯했다. 내 어머니와 이모들의 그 희뿌연 무채색의 삶에 비할진대, 그 여자들의 향기는 완연한 실체로서 날카롭고 선명했다. 그 오십 년 전의 거리에서 미군들에게 얻어먹은 초콜릿의 맛은, 장님의 개안(開眼)처럼 놀라운 것이었고 나의 유년은 그 향기로운 여자들의 벗은 팔다리 앞에서 쩔쩔매었다. 의사는 주변을 정리하라고 말했는데, 오 십 년 전의 색깔과 냄새를 불러들이는 것이 '정리'에 해당하 지는 않을 것이다. 나는 필터까지 타들어간 담배를 재떨이에 버렸다. 담배는 여섯 개비가 남아 있었다.

술병으로 몸살이 났다고 핑계를 대고 이틀 동안 병가를 냈 다. 방 안으로 비스듬히 들어오는 아침 햇살 속에서 정오가 되 도록 누워 있었다. 오븐에 데운 팬케이크를 시럽에 적셔서 점 심을 먹었다. 커피를 마셔도 좋은지 의사에게 전화로 물어보 려다가, 그냥 마셨다. 사 개월 후면 겨울이 시작될 것이었다. 파출부를 불러서 겨울옷들을 정리했다. 라면박스에 넣어서 동 사무소 재활용센터로 보냈다. 파출부가 놀라서 물었다.

— 이 멀쩡한 옷들을요?

— 겨울이 오기 전에 더운 나라로 이민을 가게 될 것 같소.

— 제가 몇 벌 가져가도 될까요?

— 입던 것들인데, 괜찮겠소?

회사 인사부에 전화를 걸어서 퇴직에 관련된 정산사항들을 알아보았다. 겨울용 수출물량이 모두 선적되어 출항했기 때문 에 업무상 인계사항은 없었다. 수출대금은 한 달 후에 회사 법인통장으로 온라인 입금될 것이었고, 미수금 독촉은 경리부장의 소관이었다. 회사를 여러 번 옮겨다녀서 내 근무연속은 칠년에 불과했다. 퇴직금은 오천만원 정도였다. 회사에서는 명예퇴직제도를 시행중이었다. 정년이 오 년 미만인 고액 봉급자들이 사표를 제출하면 근속연수에 따른 퇴직금 이외에 정년때까지의 잔여급여의 반액을 위로금으로 지급하는 제도였다. 말이 좋아서 명예퇴직이지, 고액 봉급자들의 사직을 권고하는 제도였다. 나는 정년까지 이 년이 남았으므로 명예퇴직을 신청하면 위로금 액수는 팔천사백만원 정도였다.

회사는 8월 말에 전 사원에 대해서 정기 신체검사를 실시했다. 회사가 지정한 종합병원에 가서 정밀진단을 받아야 하는데, 거기서 업무를 추진하기 어려울 정도의 질환이 발견된 사원들은 육 개월간의 대기기간을 거쳐서 해직되었다. 명예퇴직 위로금을 받으려면 정기 신체검사 전인 8월 중순쯤에 사표를 제출해야 했다.

회사는 연말에 한 번씩 보너스를 지급했는데, 10월 1일 이후에 퇴사하는 사원들은 연말까지 근무한 것으로 인정해서 일년치 보너스 전액을 퇴직시에 지급했다. 내 일 년치 보너스는 천오백만원 정도였다. 8월 중순에 명예퇴직을 신청하면 일 년치 보너스 천오백만원을 포기하는 대신 명예퇴직 위로금 팔천사백만원을 받을 수 있었다. 8월 말 회사 신체검사에서 암이 적발되면 대기발령 상태에서 연말 보너스를 받을 수는 있겠지만 명예퇴직 대상자에서는 제외될 것이었다. 8월 중순까지는 두 주일이 남아 있었다.

결국 서둘러 회사를 정리할 수밖에 없었다. 이틀 동안의 병가를 마치고, 회사에 나가서 명예퇴직 신청서와 사직서를 제출했다. 서류를 들여다보던 경리부장이 말했다.

—상무님, 10월 초까지만 근무하시면 명퇴위로금에 연말 보너스까지 받으실 수 있을 텐데요.

—그야 뭐…… 이민을 가게 될 것 같아서 말이야. 정리할 시간이 필요해.

인사하러 사장실에 들렀더니 사장은 출타중이었다. 간단한 편지를 써서 비서에게 맡겨놓고 집으로 돌아왔다. 회사를 떠날 때 내가 받은 돈은 명퇴위로금 팔천사백만원과 퇴직금 오천만원을 합쳐서 일억삼천사백만원이었다.

"가족들 이외에는 암을 알리지 마십시오. 암환자라는 걸 주변에서 알게 되면 신변을 정리할 때 불이익을 당하실 수가 있습니다."

라던 의사의 말은 빈말이 아니었다.

의사가 처방해준 약은 네 가지였다. 약국에 가서 처방전을 내밀자, 약사가 비닐봉지에 약을 담아주었다. 약의 무게는 포장용기까지 합쳐서 한 근이 넘어 보였다. 가루약은 식전 한 시간에 하루 세 번, 물약은 식후 삼십 분에 하루 세 번, 빨간 알약은 점심 식후 삼십 분에 하루 한 번, 그리고 수면제는 새벽까지 잠이 안 오는 밤에 복용하라는 것이었다. 약사가 약의 종류별로 복용시간을 메모해주었다. 약사의 메모를 냉장고 문짝에 자석으로 눌러서 붙였고 작은 글씨로 옮겨써서 지갑에도 넣었다.

수면제를 먹고 잠든 날 아침은 잠에서 깨어나도 의식은 멀리서 뭉그적거렸다. 마음이 너무 희미해서 불러들일 수가 없었다. 마음은 먼 호롱불 같기도 했고 짙은 안개 같기도 했다. 멀고 희뿌연 곳에서 담배를 피우고 싶다는 욕구가 스멀거리며 다가왔다. 그 욕구가 허깨비인지 실체인지는 알 수가 없었고 다만 간절했다. 오븐에 데운 팬케이크를 시럽에 적셔서 점심을 먹었다. 의사의 권유대로, 등 푸른 생선을 먹어보려고 고등어통조림을 사다놓았는데, 양념을 하지 않은 생선이 너무 비려서 많이 먹을 수가 없었다.

점심을 먹고 나서 산책을 나갔다. 장마가 걷힌 대낮에 8월의 폭양이 내리쬐었다. 포장도로와 고층건물 벽면들이 빛을 뽑어냈다. 빛의 밀도는 세상에 가득 차서 넘쳐났다. 흔들리는 열기 속에서 거리의 풍경이 부풀어 보였다.

아파트 단지 후문 쪽에서부터 야산에 꾸민 공원이 시작되었고 공원 한가운데 박물관이 들어서 있었다. 야생 수초를 심어놓은 인공수로 옆길을 따라서 박물관 마당으로 걸어들어갔다. 수련이 핀 연못 가장자리 벤치에서 노인들이 장기를 두고 있었다. 혼자 나온 모시 적삼 차림의 노인은 부채질을 하면서 어딘지를 멍하니 바라보았다. 노인들과 떨어진 벤치에 앉아서 점심 식후 삼십 분에 먹는 빨간 알약을 삼켰다. 벤치 뒤쪽 테니스장에서 공이 튕기는 소리가 들렸다. 맑고 힘찬 소리였다. 공은 속이 비어 있을 터인데, 빈 공이 튕겨져나가는 소리는 속이 가득 차 있었고 가벼웠다. 공을 따라서 빠르게 움직이는 발소리도 들렸고, 달리던 발바닥이 흙에 미끄러지면서 급히 멈추는 소리도 들렸다. 좀 전에 삼킨 약에 무슨 각성제라도 섞인 것인지, 테니스공 튕기는 소리가 귓속에 꽂히듯이 선명하게 들렸다.

폭양 아래서 연못을 뒤덮은 수련이 활짝 피어 있었다. 꽃들은 붉은색이었는데, 붉다기보다는, 흰색으로부터 또는 아무런 색도 아닌 것으로부터 붉은색으로 이동하는 과정에서 돋아나는 모든 색깔로 피어 있었다. 색깔들이 꽃으로 피어나서, 꽃과 더불어 가는 길은 멀어 보였고 색깔들은 그 먼 길을 끊임없이 가고 있는 것처럼 보였다. 노랑꽃 수련도 피어 있었다. 연못 가장자리에 꽂힌 팻말을 보니까 '노랑어리연꽃'이라는 재래종 수련이었다. 노란 꽃은 이동하는 색깔이 아니라, 이미 먼 길을 지나와서 노란색으로 가득 차서 멈춰 선 색깔처럼 보였다. 그 노란색의 핵심부는 무언가가 맹렬한 속도로 돌아가고 있는 것처럼 어지러웠다. 노랑어리연꽃을 들여다보면서, 아무래도 의사가 준 약에 각성제나 환각제가 섞인 것이 아닌가 싶었다.

수련을 언제 처음 보았는지 기억이 없었다. 언젠가 한번 보았던 꽃 같기도 했고, 평생 처음 보는 꽃 같기도 했다. 늘 보아온 꽃이 평생 처음 보는 꽃처럼 보이는 것이든지, 평생 처음 보는 꽃이 늘 보아온 꽃처럼 보이는 것이든지 둘 중에 하나일 테지만, 오래 전에 본 꽃을 아예 잊어버린 경우일 수도 있었다. 오래 전에 본 꽃이라 하더라도, 색깔들은 다시 머나먼 길을 이동했을 터이므로 박물관 연못에 핀 수련은 평생 처음 보는 꽃이라고 해야 맞을 것도 같았다. 꽃술의 안쪽은 따스해 보였고 거기에서 햇빛이 들끓었다. 윤기 나는 잎들이 물 위에 떠서 빛을 반사했다. 오리들이 연잎 사이를 흘러다녔다. 약기운이 몸에 퍼지면서 어깨가 나른하게 내려앉았고 더위가 무거워서 이마에 땀방울이 맺혔지만, 연잎들의 그림자가 드리워진 물 밑쪽은 폭양 아래서 서늘해 보였다. 더위라든지 추위라든지 하는 것이 다만 말뿐이고 애초부터 존재하지 않는 것 같기도 했는데, 바람이 수면을 건너올 때마다 물비린내를 품은 더위가 끼쳐왔다.

박물관 건물에는 '가야토기 특별전―AD2~4세기'라는 현수막이 세로로 걸려 있었다. 바람이 불 때마다 현수막에서 빛들이 출렁거렸다. 고등학교 이학년 수학여행 때 경주박물관을 구경한 적이 있었다. 그때 경주박물관은 번쩍이는 신라의 금은방 같은 느낌이었다. 번쩍임의 느낌은 이미 남아 있지 않았고, 그 느낌의 기억만이 남아 있었다. 그후로는 단 한 번도 박물관에 가본 적이 없었다. 가야토기가 어떻게 생긴, 무슨 그릇인지는 알 수 없었지만, 그 고대국가의 흙그릇 특별전을 알리는 현수막 위에서 빛과 바람은 출렁거렸다. 옆 벤치에서 장기를 두는 노인들이 물러달라 안 된다 다투는 웃음소리가 들렸고, 테니스가 단식에서 복식으로 바뀌었는지 공을 쫓아가는 발소리가 포개졌다.

오후 세시 무렵에 집으로 돌아왔다. 베란다 커튼을 열어놓아서, 아파트 거실에는 햇빛이 가득했고 부엌 식탁 위에는 먹다 남은 고등어통조림이 말라 있었다. 산책에 두 시간쯤 걸렸다. 의사가 말했듯이, 피로를 느끼지 않을 정도의 가벼운 산책이었다.

점심 식후 삼십 분에 물약을 먹고 나서 은행에 가서 적금을 해약했다. 내년 3월이면 만기가 되어서 일억원을 받게 되어 있는 적금이었다. 금년 겨울 전에 입원을 하게 되면 병실에서 적립금을 내기가 번거로울 것이었다. 12월치까지 사 개월분 적립금 이백오십만원을 일시불로 미리 지급하고 12월 31일자로 해약했다. 사 개월치 이백오십만원을 일단 서류상으로 적립했다가 12월 31일자로 해약하면 이자를 제하더라도 지급총액이 오십만원쯤 더 많아진다고 창구 여직원이 계산기를 눌러가며 설명해주었는데, 복잡해서 잘 알아들을 수는 없었다. 내년 1, 2, 3월치 적립금과 이자를 제하면 지급총액은 구천육백오십만원이었다.

—수표 한 장으로 드릴까요?

—아니오. 오천만원짜리 자기앞수표 한 장만 주고 나머지는 통장으로 이체해주시오.

창구 직원이 오천만원짜리 수표 한 장과 사천육백오십만원이 이체된 통장을 내주었다.

사 년 전에 이혼한 아내의 은행 계좌번호를 적어둔 메모를 잃어버렸다. 지난 봄에 제 어머니의 계좌번호가 바뀌었다고 결혼한 딸아이가 전화를 걸어왔는데, 그때 써놓은 쪽지를 찾을 수가 없었다. 아내와 헤어질 때 아파트는 내 소유로 하는 대신 위자료를 삼억에 합의했었다. 그때, 잔금 사천만원을 지급하지 못했다. 나는 사 년 만기 적금을 들었고, 사 년 후에 만기가 되면 이자를 합쳐서 오천만원을 주겠다고 아내에게 제안했었다. 아내는 내가 차용증서를 써주는 조건으로 동의했다. 메모 쪽지를 찾지 못하면, 딸을 불러서 오천만원짜리 수표를 보내주어야 할 것이었다.

저녁때 주식을 처분했다. 전자주와 자동차주였는데, 성장 가능성이 있는 우량주들이었다. 인터넷에 들어가서 시세차트를 검색했다. 지난 두 달 동안 다소간의 등락이 있기는 했지만 시세는 꾸준히 올랐고 거래물량도 늘고 있었다. 전망이 좋은 주식들이어서 당장 처분하기는 아까웠지만 연말이 되면 어떨지 불안했다. 연말까지는 십팔 주가 남아 있었다. 증권회사에 전화를 걸어서 상담을 요청했다. 주식 총액을 열여덟 덩어리로 나누어서 매주 한 덩어리씩 처분하면 시세의 등락에 따른 위험을 탄력 있게 피해가면서 수익을 극대화할 수 있을 것이라고 상담원은 말했다. 나는 상담원이 제시한 방법으로 매각을 의뢰했다. 상담원은 매주 주식을 매각하는 요일과 시간을 증권회사의 판단에 맡겨줄 것을 요청했고 나는 수락했다. 매주 매각시점으로부터 사십팔 시간 이내에 대금을 온라인으로 송금하겠다고 상담원은 말했다. 연말 안에 주식은 매주의 시세에 따라서 저절로 처분될 것이었다.

이혼하고 헤어진 아내를 아내라고 불러도 되는 것인지를 생각하는 일은 쑥스럽고 우습다. 전처(前妻)라는 말이 있어서 그 말에 거덜난 인연의 흔적이 남아 있기도 하지만, 전처와 남이 어떻게 다른 것인지도 알 수 없는 일이다. 아내라면 현재의 처를 가리키는 말일 터인데, 현처(現妻)라는 말이 무너질 수도 있는 인연을 바탕으로 삼고 있다면 '전처'가 내포하는 인연의 고리가 '현처'보다 가벼운 것도 아니지 싶었지만, 잘 알 수 없는 노릇이었다. 하기야 아내에서 타인으로 돌아가는 과정의 온갖 우여곡절을 인연이 아니라고 할 수도 없을 것이었다.

딸에게 전화를 걸어서 내 아파트로 오라고 했더니, 바쁘다면서 내일 회사로 찾아오겠다고 대답했다. 암 판정을 받고 회사를 그만둔 일을 딸에게는 말하지 않고 있었다. 딸은 삼 년 전에 결혼했다. 딸의 남편은 다국적회사들의 소송과 계약을 대행하는 로펌의 변호사였고, 홍보학과를 나온 딸은 무궁화

네 개짜리 호텔의 홍보 책임자로 일하면서 자기 자신의 홍보 대행회사를 꾸려가고 있었다. 작년 연말에 그 호텔의 매출이 업계 1위를 기록했다는 기사가 딸의 사진과 함께 신문에 난 적이 있었다. 이혼한 아내를 딸의 결혼식장에서 만났는데, 그때 찍은 가족사진에는 신혼부부를 가운데 놓고 그 양쪽에 갑사한복을 차려입은 아내와 나, 그리고 사돈댁 내외가 도열해 있었다.

딸은 밤 열시가 넘어서야 내 아파트에 왔다.

— 아빠, 주차장이 꽉 차서 차를 큰길가에 세워놓았어요.

딸은 주차단속을 걱정하고 있었다. 등이 파이고 소매가 없는 여름옷을 입은 딸의 몸에서 짙은 화장품 냄새가 났다. 도톰하게 늘어진 아랫입술과 둥근 턱은 아내를 빼다박은 듯이 닮아 있었다. 피부가 약해서 일찍부터 눈가에 주름이 잡히는 것도 딸은 아내를 닮아 있었는데, 딸의 주름은 성형수술로 지워지고 없었다. 헤어진 아내의 몸의 흔적이 딸의 얼굴에 남아 있었는데, 그 인연의 흔적은 끈질기고도 낯설었다.

— 네 엄마는 가끔 보냐?

— 지난번 생신 때 점심 대접해드렸어요.

아내가 재혼한 후로 딸은 아내가 새남편과 사는 집에 발길을 끊었고, 만날 일이 있으면 밖에서 만났다.

서랍에서 수표가 든 봉투를 꺼내 딸에게 내밀었다.

─이거 네 엄마한테 전해라.

─뭐지요?

─이혼 위자료 잔금이다. 너무 늦어서 미안하다고 전해라. 영수증 받아서 나한테 우편으로 보내다오.

─왜 온라인으로 보내시지 그러세요?

─온라인 번호를 잃어버렸어.

딸이 핸드백에서 휴대전화를 꺼냈다.

─엄마한테 전화해서 알아드릴게요.

딸이 전화를 걸었다. 엄마예요? 저 지금 아빠 집에 와 있어요…… 아빠가 위자료 잔금 보내신다는데, 통장번호를 잃어버렸대요…… 지금 가르쳐주세요. 오천만원이요? ……액수는 전 몰라요…… 딸의 말투에는 전화 한 통으로 처리할 수 있는 일인데도 밤늦게 불려온 일과 이혼한 부모 사이에서 돈심부름을 해야 하는 일의 짜증이 섞여 있었다.

딸이 통장번호와 은행 이름이 적힌 메모지를 내 앞으로 내밀었다.

─이 번호로 보내세요.

─알았다. 고맙다.

딸이 소파에서 일어서더니 화장실로 들어갔다. 변기에 물

내리는 소리가 그처럼 요란스런 것이었는지를 처음 알았다. 십오층 화장실에서부터 일층 지하로 빠져나가는 물소리가 거실 공간 전체를 배수 파이프 끝쪽의 어둠 속으로 빨아당기는 듯싶었다. 물이 끝나는 마지막 소리가 꼬르륵 잦아졌고 배수관에서 퍽퍽퍽 바람 빠지는 소리가 들렸다. 딸이 다시 소파로 돌아왔다.

　—아빠, 담배 끊으셨어요?

　—그래, 한 닷새 됐다.

　—금연 초기에는 조깅이 좋대요.

　—가벼운 산책을 하고 있다.

　—파출부는 꼬박꼬박 오지요?

　—그래, 이틀에 한 번씩. 반찬도 입맛에 맞아.

　—오래 데리고 있으세요. 그만한 사람 구하기 쉽지 않아요.

　—제 발로 나갈까봐 걱정이다.

　—그 사람 있어서, 아빠 혼자 계셔도 저도 맘이 편해요.

　파출부는 아내와 헤어진 후 딸이 수소문해서 구해준 사람이었다. 딸은 늘 파출부의 안부를 묻는 일로 나의 안부를 대신했다.

　그날, 돌아가려는 딸을 다시 불러앉혀놓고 간암 판정과 회사에서 퇴직한 일을 말했다. 딸은 내 안색을 찬찬히 살피며 들었다. 내 얼굴을 들여다보는 딸의 얼굴에 살아 있는 아내의 얼굴이 힘겨웠다.

　—다른 병원에도 한번 가보세요. 동창생 남편들 중에 전문의가 있어요.

　—PET는 오진이 없다더라.

　—엄마한테 알릴까요?

　—그야…… 네가 알아서 해라.

　딸이 다시 휴대전화를 꺼내들었다. 나는 딸을 말렸다.

　—나중에, 나 없는 데서 알리든지……

　딸이 번호를 누르다 말고 폴더를 닫았다.

　—오빠한테는요?

　—알려야겠지만, 힘들어하지 않겠니?

　—그래도 알려야지요. 장남인데……

　아들은 딸보다 다섯 살이 위였다. 대학을 졸업하고 나서 바로 미국으로 유학 갔다. 어렸을 때부터 논리적 사고력이 뛰어났고 공부하기를 좋아했다. 미국 대학원에서 수학을 전공하고 거기서 교수로 눌러앉을 계획을 가지고 있었다. 몇 년 전에 보내온 편지에 아들의 학위논문 주제는 '노자의 무(無)와 아르키메데스의 영(零) 사이의 거리에 대한 고찰'이라고 적혀 있었는데, 그게 무얼 연구하는 공부인지는 알 수 없었다. 아들의 논문은 MIT에서 부적격 판정을 받았고 아들은 결국 학위를 받지 못한 채 교수자리를 포기하고 대학에서 물러났다. 지금은 미국 시민권을 가지고 LA 한인타운에서 살고 있다. 아들은 MIT 대학원에서 십 년 이상 공부한 지식인의 신분으로 병술을 파는 주류 소매업을 하고 있다. 최근에는 술가게 옆에 작은 세탁소를 차렸다는 소식을 전해왔다. 아일랜드계 여자와 결혼해서 두 아이를 두었는데 돈에 쪼들리는지 어쩌다가 보내오는 편지마다 아쉬운 소리를 늘어놓았으나 무리하게 빚을 안고 구입한 아파트 할부금을 매달 감당해야 하는 나도 여력은 없었다. 아내와 이혼할 무렵에 나는 봉제완구 수출회사에 다니고 있었다. 동창생인 사장에게 사정해서 이자를 제하고 퇴직금을 가불받아 위자료를 지급했는데, 나중에 딸에게 들으니 아내는 그 위자료 중 절반쯤을 아들에게 보내주었다고 한다.

— 창식이한테는 네가 알려라. 오래갈 병이니까 너무 호들갑 떨지는 말고…… 내가 다 알아서 차근차근히 정리하고 있다고 전해.

딸은 밤 열한시께 돌아갔다. 새벽에 수면제를 먹고 잠들었다.

9월 5일에 8월치 달력을 뜯어냈다. 저녁 무렵에 공원을 지나서 박물관 쪽으로 산책을 나갔다. 아파트 단지 후문 옆 은

행에 들러서 오천만원을 아내에게 보냈다. 날이 저물고 빛들이 사위어서 공원 숲은 먼 안쪽까지 들여다보였고 나무들 사이가 깊었다. 처서를 지난 초가을 공기가 말라서 가벼웠다. 숨을 들이쉬면, 날이 선 공기 한 가닥이 몸 안으로 빨려들어와서 창자의 먼 끝쪽에까지 닿았다. 국수를 한 가닥씩 빨아당겨서 삼키는 것처럼, 공기는 한 올씩 갈라져서 몸 안으로 들어왔다. 장기 두는 노인은 나오지 않았고, 테니스장에서 공 튕기는 소리가 들렸다. 빠르게 움직이는 발소리 사이로 공을 놓친 여자가 안타까워하는 비명소리도 들렸다. 밥 때가 되어서, 젊은 주부들이 놀이터의 아이들을 데리고 집으로 돌아갔다. 저녁의 시간들은 물러서는 것처럼 다가왔다. 맞은편에서 달려와서 스쳐 지나가는 기차처럼 시간이 두 갈래의 방향으로 흘러서, 앞쪽으로 달리는 시간의 기차와 반대쪽으로 또다른 시간의 대열이 내 몸을 싣고 거꾸로 달리는 것이 아닌가 싶었다. 약기운 때문인지, 시간으로부터 버림받은 몸이 또다른 시간에 실려서 뒤쪽으로 흘러가고 있는 듯했다. 암은 외부에서 침입한 병균이 아니고 몸 안에서 스스로 태어나서 자라고 번식하는 생명체라니까, 내 몸속에는 내가 탑승할 수 없는 또다른 시간의 대열이 흘러가고 있는 모양이었다. 박물관 앞 마당 연못 속의 수련은 꽃잎을 오므리고 흐린 날의 어스름 속에서 호롱처럼 떠 있었다. 물 위에 드리운 나무 그림자가 바람에 흔들렸고 수련은 오므린 봉우리로 밤을 지낼 모양이었는데, 땅 위의 빛이 사위면 스스로 오므리는 그 봉우리들의 안쪽에서 밤이면 등불이 돋아나고 낯선 시간의 꽃들이 다시 피어나는 것 같았지만, 오므린 봉우리의 안쪽은 들여다보이지 않았다. 오리들이 물 밖으로 나와 젖은 몸을 털고 부리로 깃을 다듬으며 저녁을 맞았고 이따금씩 수면 위로 올라와 연잎 사이에서 튀어오르는 작은 물고기들의 몸통에서 바늘 끝 같은 석양이 반짝거렸다.

박물관 건물에 걸린 현수막이 '가야토기 특별전'에서 '조선후기 회화 특별전'으로 바뀌어 있었다. 가야에서 조선후기까지는 천오백 년이 넘을 듯싶었는데 현수막은 며칠새 바뀌어 있었다.

입고 나온 옷이 얇아서 초저녁의 어스름이 차갑게 느껴졌다. 가벼운 감기라도 걸리면 병세가 급진전할 수도 있다는 의사의 말이 생각났다. 나는 한기를 피해서 박물관 안으로 들어갔다. 박물관에 들어가보기는 고등학교 수학여행 때의 경주박물관 이후 처음이었다. 그때가 조선후기에서 가야까지처럼 아득하게 느껴졌다. 퇴관시간을 삼십 분 앞둔 전시실 안에는 관람객이 없었다. 조선후기 회화 특별전은 제1전시실에서 열리고 있었다. 거기에 〈강산무진도 江山無盡圖〉*라는 산수화가 걸려 있었다. 가로 길이가 팔 미터가 넘는, 긴 그림이었다. 특별전을 위해서 다른 미술관의 소장품을 빌려온 것인데, 그림이 길어서 전시실 칸막이를 걷어냈다고 설명문에 적혀 있었다.

화가 이인문의 이름은 들어본 적이 없었다. 그림의 제목처럼 팔 미터가 넘는 긴 가로 화폭을 따라서 강산은 끝이 없이 펼쳐져 있었다. 눈으로 본 강산과 꿈에 본 강산, 꿈에도 보지 못한 강산들이 포개지고 잇닿으면서 출렁거렸다. 산들이 잦아지는 골짜기마다 마을이 들어섰고, 마을이 끝나는 곳에서 들이 펼쳐졌고, 들판 가장자리에서 다시 산맥이 일어섰다. 윤곽선을 풀어헤친 산맥은 연기처럼 엉키고 또 흩어지면서 허공 속을 흘러갔고, 기진해서 소멸해가는 산맥들이 하늘 속으로 빨려드는 잔영 너머에서 바다는 시작되고 있었다. 바다가 뿜어내는 안개가 먼 잔산(殘山)들의 밑동을 휘감았고, 그 안개 속에는 내가 모르는 시간의 입자들이 태어나서 자라고 번

---

* 〈강산무진도江山無盡圖〉: 조선후기 화가 이인문(李寅文, 1745~1821)의 산수화. 화가의 시선이 천지간을 정처없이 떠돌며 시간과 공간을 해체하고 재구성하면서 끝없는 산천의 전개와 운동, 시간의 운행 사이사이에 해운 어로 하역 농경 주거의 풍경을 묘사하였다. 가로 856cm, 세로 44.1cm로 두루마리 그림으로는 가장 긴 가로 화폭이다. 비단에 수묵담채. 국립중앙박물관 소장.

창했다.

미열이 올라와서 따스해진 몸이 추웠다. 전시실 안 소파에 앉아서 맞은편 벽에 걸린 그림을 왼쪽에서 오른쪽으로, 오른쪽에서 왼쪽으로 훑어보았다. 강산은 피어나서 잦아들고, 또 일어서서 끝이 없었다. 산수화를 눈여겨보기는 처음이었다.

화가가 이 세상의 강산을 그린 것인지, 제 어미의 태 속에서 잠들 때 그 태어나지 않은 꿈속의 강산을 그린 것인지, 먹을 찍어서 그림을 그린 것인지 종이 위에 숨결을 뿜어낸 것인지 알 수 없는 거기가, 내가 혼자서 가야 할 가없는 세상과 시간의 풍경인 것처럼 보였다. 전등이 꺼지고 관리인이 다가와서 퇴관을 요구했다. 저녁 일곱시 무렵에 집으로 돌아왔다. 의사가 말했듯이, 피로를 느끼지 않을 정도의 가벼운 산책이었다.

아내의 신앙이 기독교적인 것인지는 잘 모르겠다. 사실, 나는 아내의 행태가 무슨 종교에 속하는 것인지에 관하여 별 관심이 없었다. 아내의 신앙이 광기로 치닫게 된 발단은 아마도 지렁이 때문이 아니었던가 싶기도 하지만 그렇게 하찮은 것이 아니기를 바라는 마음도 없지 않다.

아내는 소심하고 겁이 많은 여자였다. 건널목에서 푸른 등이 켜져서 길이 열려도 멀리서 자동차가 다가오면 건너가지 못했다. 오래 전에 장인의 장례를 마치고 서울로 돌아오는 고속도로에서 택시가 화물트럭을 들이받고 뒤집히는 교통사고를 실시간으로 목격하고 나서부터 아내는 승용차를 타지 않았다.

아내는 고층아파트의 높이를 무서워해서 신혼 무렵에 전셋집을 자주 옮길 때도 오층 이상은 알아보지도 않았고 베란다는 늘 커튼으로 가려놓았다.

장마가 오래 계속되던 여름 저녁에 화장실에서 비명소리가 들려서 달려갔더니, 아내가 팬티를 내려서 하반신을 벗은 채 바닥에 쓰러져 있었다. 119구급대가 배를 누르고 팔다리를 주무르자 아내는 먹은 것을 토하고 똥을 싸면서 정신을 차렸다. 아내는 식은땀을 흘리며 가쁜 숨을 몰아쉬었다. 아내는 두 손으로 얼굴을 감싸쥐고 울었다.

—여보, 화장실 욕조에……

젓가락만한 지렁이 두 마리가 욕조 안에서 꿈틀거렸다. 한 마리는 욕조 타일 벽을 기어올랐고 또 한 마리는 배수구 밖으로 몸통을 반쯤 내밀고 대가리를 흔들며 기를 쓰고 있었다. 지렁이는 아파트 일층의 땅 밑에서부터 오층까지 배수관을 타고 올라온 것일까. 그 캄캄한 파이프 속에서 오층 욕조 배수구멍의 불빛이 보였던 것일까. 아니면, 파이프 안의 암흑 속에서 아무런 방향을 설정하지 않고 무작정 기어올라왔던 것일까. 파이프로 물이 쏟아져내려갈 때마다 일층으로 미끄러진 지렁이는 추락에 추락을 거듭하면서 기어이 오층까지 올라온 것일까. 검붉은 몸통의 마디가 퉁퉁 불어 있었다. 나는 집게로 지렁이를 집어서 비닐봉지에 넣어 쓰레기 투입구에 버렸다.

싱크대 배수구멍에서도 지렁이가 기어나왔다. 레인지 앞에서 찌개를 끓이던 아내는 또 비명을 지르며 쓰러졌다. 끓던 찌개냄비가 뒤집히면서 아내는 허벅지에 화상을 입었다. 119구급대가 아내를 병원으로 실어왔다. 나는 싱크대와 욕조 배수구멍에 살충제를 쏟아부었다.

지렁이는 더이상 올라오지 않았지만 아내는 이사를 가자고 졸라댔다. 배수관 안에서 지렁이들이 번식해서 우글우글대고 있을 것이라고 말하면서, 아내는 손으로 얼굴을 감싸쥐고 울었다. 아내는 새집을 구하지 못했다. 고층 아파트의 높이를 견디지 못하는 아내는 지렁이가 올라오지 못하는 꼭대기 층으로 옮겨갈 수도 없었고 땅에 가까운 오층 이하로 내려갈 수도 없었다.

지렁이 때문은 아니었을 것이다. 지렁이가 나오기 전에도 아내는 일요일마다 교회에 나갔고, 교인들의 초상 때 빠짐없이 문상 가서 찬송가를 불렀다. 지렁이의 출현 이후에 아내의 울음은 더 잦아지고 더 맹렬해졌다. 이혼한 영세민의 어린 아들이 비닐하우스에서 혼자 살다가 기르던 도사견에 물려 죽었다는 TV 뉴스를 보면서 아내는 울었다. 아내는 뉴스를 보다 말고 옆방으로 건너가서 울었다. 아내의 울음소리는 내장이 타는 듯이 맹렬하고 다급했다. 울음 사이에 아버지를 불렀다. 아버지 아버지를 잇달아 부르기도 했다. 아내의 울음은 질기고 길었다. 불타는 건물이 다 타서 스스로 무너지듯이 아내의 울음은 힘을 모두 소진시키고 나서야 긴 흐느낌으로 추슬러졌다.

미군 전투기들이 바그다드를 폭격할 때, 폴리스라인을 쳐부수는 노동자 시위대들이 쇠파이프로 전경을 마구 때릴 때, 여중생 두 명이 미군 장갑차에 깔려 죽었을 때, 화성 연쇄살인범이 여섯번째 살인을 저질렀을 때, 삼풍백화점 붕괴현장에서 구조대들이 옆구리가 터진 시체들을 끌어낼 때, 대구 지하철에서 방화사건으로 수백 명이 죽었을 때, 아흔 살이 넘은 종군위안부 할머니가 자연사했을 때, 아내는 불에 덴 아이처럼 울었다. 아내의 울음은 속수무책의 울음이었다. 울음을 우는 자도 속수무책이었고, 울음을 듣는 쪽도 속수무책이었다. 아내는 마치 울어야 할 소재를 일삼아 찾는 것처럼 TV 채널을 돌려가며 뉴스를 보았다. 아내는 이 세상에서 모진 매를 계속 맞

는 사람 같았다. 아내의 울음은 달래지지 않았다. 아내의 울음
은 배설이나 토사처럼 보였다. 내가 아내를 위해서 할 수 있는
일은 일 주일에 한 번씩, 우기(雨期)에는 두 번씩, 욕조와 싱
크대 물구멍에 살충제를 붓는 것뿐이었다.

   아내는 며칠씩 집을 비우고 기도원에 들어갔다가 목이 쉬어
서 돌아왔다. 아내가 기도원에 가는 횟수가 점점 잦아지자 딸
이 교회 목사를 찾아가서 제 어머니의 행태를 설명하고 '정상
적인 생활'을 회복할 수 있도록 도와달라고 요청했다. 그때 교
회목사는,

   "세상의 악과 폭력을 보고 슬퍼하는 것은 심성이 건전하다
는 증거입니다. 그게 정상적 인간입니다."
라고 말했다고 한다.

   이혼 얘기를 먼저 꺼낸 쪽은 나였고 아내는 결혼이란 애초
부터 존재하지 않았던 것처럼 선선히 응했다. 이혼은 말다툼
한 번 없이 합의되었다. 아내는 옷가지며 살림살이를 정리해
서 기도원으로 들어갔다. 이혼한 지 삼 년 후에, 아내는 기도
원 전도사와 재혼했다.

   추석 전에 어머니의 산소를 없앴다. 전쟁 때 사병으로 입대
한 아버지가 중부전선에서 전사한 후 어머니는 평생을 혼자서

사셨다. 중부전선 럭키고지 탈환전에서 전사했다는 통지가 왔을 뿐 아버지의 유해는 돌아오지 않았다. 어머니는 아버지의 제사를 모시지 않았다. 꼭 집 나간 사람을 기다리는 것 같구나⋯⋯라고 어머니는 말한 적이 있었다. 어머니는 간암으로 돌아가셨다. 의학적으로 입증할 수는 없지만 간질환은 통계상으로 유전적 성향을 보인다고 의사는 말했었다. 어머니의 묘소는 공원묘지 맨 위쪽의 여덟 평이었다. 공원묘지에는 소유권 등기가 없었다. 매장할 때 묘지 관리사무소와 임대계약을 맺었다. 임대보증금 천만원에 한 달치 사용료가 삼만원이었다. 사용료는 일 년치를 한꺼번에 온라인으로 보냈다.

내년 봄 한식까지는 육 개월이 남아 있었는데, 한식 때는 성묘 올 수가 없을 것이었고 결혼한 딸에게 묘지 관리를 맡길 수도 없었다. 유골을 파서 화장하고 묘지는 반납하겠다고 전화했더니 관리사무소에서 화장에 따른 절차를 알선해주었다. 공원묘지 안에 화장시설이 되어 있었다. 관리사무소에서 봉분 앞에 더운 쌀밥과 미역국, 주과포를 차려주었다. 나는 술잔을 올리고 두 번 절했다. 인부들이 가래질로 봉분을 밀어버리고 땅을 파내려갔다. 땅 속으로 뻗은 나무뿌리가 썩은 관을 친친 감고 있었다. 고무장갑을 낀 인부들이 삭은 염포를 걷어냈다. 땅 속에 습기가 없어서 시신은 말끔히 육탈되어 있었다. 백골에도 감정 같은 것이 살아 있었다. 두개골은 노여움을 띤 듯한 표정으로 이가 숭숭 빠진 턱을 벌리고 있었고, 머리맡에 바스러진 머리카락이 먼지처럼 쌓여 있었다. 어머니는 생시에 어깨가 둥글었는데, 육탈된 어깨뼈는 완강한 직각이었다. 허벅지뼈는 골반뼈에서 분리된 채 앙상한 두 줄기로 가지런했고, 손가락뼈와 발가락뼈는 마디가 분해되어 흩어져 있었다.

인부들이 유골을 거두어 나무상자에 넣었고 널조각과 염포를 끌어모아 불태웠다. 구덩이 속에도 휘발유를 끼얹고 불을 질렀다. 뼈를 태워서 가루로 빻는 데 두 시간이 걸렸다. 공원묘지는 산으로 둘러싸인 분지였다. 산꼭대기까지 포장도로가 깔려 있었고 산 위에 산골대(散骨臺)가 세워져 있었다. 높은 탑 위에 올라가서 뼛가루를 바람 속으로 뿌리는 자리였다. 나는 뼛가루가 담긴 단지를 안고 산골대로 올라갔다. 뼛가루는 허연 띠를 이루며 바람에 포개지면서 사라졌다. 묘지 관리소에 고용된 중이 바람을 향해 목탁을 치면서 천수경을 읽었다. 돌아올 때 관리사무소에 들러서 묘지값을 정산했다. 임대보증금 천만원 중에서 화장비용과 인부들 노임 이백만원을 제하고 팔백만원을 돌려받았다. 팔백만원에 대한 영수증을 써주었다. 사무소 직원이 매장 때 작성한 임대계약서에 '파기'라는 고무도장을 찍고 영수증을 첨부했다.

산소에서 돌아온 날 저녁에 아들의 편지가 도착해 있었다. 편지의 요점은 퇴직금으로 받은 돈과 주식과 아파트를 처분한 돈을 모두 가지고 LA로 와서 미국의 요양시설에 입원하라는 것이었다. 아들은 미국 시민권자이므로 직계가족을 초청하는 데 아무런 문제가 없으며 미국의 요양시설은 정부의 지원금으로 운영되기 때문에 환경도 좋을 뿐 아니라 한국에서보다 비용도 싸다고 아들은 설명했다. 또 하루 오십 달러 정도면 한국인 간병부를 고용할 수 있다는 것이었다. 서류를 갖추어 초청수속을 하는 데 시간이 걸리므로 내가 빨리 결정해줄 것을 아들은 요구하고 있었다. 출국 전에 아파트가 팔린다면 내가 미국으로 가져갈 수 있는 돈은 칠억오천만원쯤이었고 LA에서 주정부가 운영하는 공공요양시설에 입원하게 된다면 그 돈은 결국 아들의 몫이 될 것이었다. 서울에서 입원하면 간병부를 고용한다 하더라도 결혼한 딸은 나의 남은 시간들을 힘들어할 것이므로, 내가 미국으로 가고 돈이 아들의 몫으로 돌아가는 일은 어쩔 수 없이 자연스럽게 느껴졌다.

병원에 가서 내 계획을 설명했더니 의사는 말했다.

—간암 관리수준은 한국이나 미국이나 아무 차이 없습니다. 다만 그쪽이 훨씬 더 저렴하고 환경이 좋을 겁니다. 또 저희 병원은 아직 호스피스 제도가 없어서 끝까지 모셔드릴 수

가 없습니다. 미국은 호스피스 요양제도가 잘 되어 있어서 가족들을 고생시키지 않아도 될 겁니다. 가시려면 빨리 가시는 게 중요합니다.

한 달쯤 전에 암 판정을 받고 돌아와서 겨울 옷가지를 정리할 때 의아해하는 파출부에게 더운 나라로 이민을 가게 될 것 같다고, 빈말로 지껄여주었는데, 그 말이 결국 빈말이 아니게 되었다.

날이 저물어서 수련이 꽃잎을 오므려가고 있었다. 아직 덜 오므려진 틈새로 안쪽의 꽃술이 내비쳤고, 꽃잎의 안쪽에 흐린 어둠이 배어 있었다. 어둠은 밖에서 꽃봉오리 속으로 흘러들어간 것 같기도 했고, 봉오리 안에서 생긴 어둠이 꽃잎 틈새로 흘러나오는 것 같기도 했다. 작은 물고기들이 수면 위에서 퍼덕거릴 때마다 물위의 저녁 빛들이 반짝였고 수련의 꽃봉오리들이 흔들렸다. 물 위에서 흔들리던 그림자들이 고요해지고, 물고기들이 그림자에서 그림자로 건너갔다. 건너가는 물고기 뒤로 실처럼 가는 물결이 잡혔다. 박물관 관람을 마치고 돌아가는 여고생들이 연못가에서 주전부리를 하면서 사진을 찍었다. 한 아이가 웃으면 다른 아이들이 따라서 웃었다. 웃음은 물결처럼 빠르게 퍼져나갔고 웃음이 한바탕 지나가면 또다른 웃음이 일어섰다. 웃음소리에 물위에 파문이 일고 수련의 꽃대가 흔들리는 것 같았다. 여고생들이 다 돌아가자 수련은 꽃잎을 완전히 닫았다. 수련은 잠든 호롱처럼 물 위에 떴고, 봉오리 주변의 공기에 어둠이 점점 짙게 배어왔다. 테니스장 쪽에서 주인을 따라 산책 나온 개가 짖었다. 개는 보이지 않고 소리만 들렸다. 덩치가 큰 개인지 짖는 소리의 울림이 깊었고, 울림의 속이 비어 있었다. 컹 소리가 그 다음 컹 소리를 끌고 나오듯이 개는 컹컹컹컹 짖었다. 개 짖는 소리가 공기를 흔들다가 사라졌다. 사라지는 소리의 끝을 따라잡을 수가 없었다. 내가 놓친 소리의 끝이 낮고 가늘어서 들리지 않는 파장을 길게 끌어가며 어두워지는 아파트 위쪽 하늘로 흘러갔다.

박물관 후문에서 큰길을 건너가면 식당 골목이었다. 작고 오래된 가게들이 들어서 있었다. 떡볶이 오뎅 순대 튀김을 파는 가게 옆으로 만두 김밥 녹두전 스파게티를 파는 가게들이 줄지어 있었다. 문 앞에 프로판 가스통을 내놓고 만두를 찌거나 국물을 끓이는 집도 있었다. 간장 끓는 냄새와 생선 굽는 냄새, 치즈 냄새, 돼지고기 기름이 숯불에 타는 냄새가 났다. 나는 생선요리를 파는 식당으로 들어갔다.

─혼자십니까?

─고등어조림으로 주시오.

—조림은 일 인분이 안 됩니다.

—그럼 구이로 해주시오.

고등어구이는 중간 토막이 나왔다. 가운데를 양쪽으로 갈라서, 고등어 토막은 가지런한 뼈를 보였다. 토막의 위쪽으로 검푸른 살의 띠가 보였다. 의사가 권했던 등 푸른 생선이었다. 나는 젓가락으로 등 쪽의 검푸른 살을 뜯어서 입 안에 넣었다. 부드러운 육질이 비리고 향기로웠다. 고등어는 동해의 한류 속에서 사는 물고기이며 핵산이 풍부해서 성인병 예방에 효능이 있다고 식당 벽에 써붙여 있었다. 토막으로 잘려서 구워진 고등어가 살았던 동해바다가 생각나지 않았다. 동해는 떠오르지 않았고 〈강산무진도〉라는 산수화의 화폭 맨 위쪽에 안개처럼 뿜어져 있던 바다가 떠올랐다. 그 바다에서도 등 푸른 물고기가 잡히는 모양이었다. 저녁 일곱시쯤에 집으로 돌아왔다. 의사가 말했듯이, 피로를 느끼지 않을 정도의 가벼운 산책이었다.

아파트는 팔리지 않았다. 부동산 값에 거품이 일어서 값은 올랐지만 매매는 없었다. 딸에게 매도에 관한 대리인 권한을 위임하고 아파트가 팔리면 아들과 협의해서 나누어 갖도록 일렀다. 내가 미국으로 가져갈 수 있는 돈은 사억 정도였다. 달러를 송금할 수가 없어서 돈을 다니던 회사 경리부에 맡겼다. 경리부에서는 현금예치증을 써주었다. 그 예치증을 가지고 회사의 LA 지사에 가면 사억원에 해당하는 달러를 내주기로 되어 있었다. 병원에서 의무기록을 복사해주었다. 그 동안의 모든 검사결과와 사진 필름, 투약과 처치의 내역, 그리고 의사의 의학적 소견이 디스켓 한 장에 담겨 있었다. 미국에서 입원이 결정되면 그쪽 의사에게 제출해야 할 기록이었다.

내 짐은 옷과 책 몇 권이 담긴 트렁크 하나가 전부였다. 출국하던 날, 딸이 승용차를 몰고 와서 인천공항까지 태워다주었다. 자동차가 영종대교를 지날 때 딸이 말했다.

— 엄마가 공항에 나오시겠대요.

— 네 엄마가 웬일로……

— 아빠 위해서 기도해드린대요……

— 기도를?

이른 시간이어서 공항 출국장에는 탑승객이 별로 없었다. 항공사 프런트와 마주 보이는 에스컬레이터 옆에 아내가 교인들로 보이는 사람들과 함께 나와 있었다. 나는 아내 쪽으로 다가가지 않고 프런트 앞 소파에 앉아서 아내를 바라보았다. 딸이 아내 쪽으로 다가갔다. 아내가 내 쪽을 바라보았다. 아내와 교인들은 에스컬레이터 옆에서 둥그렇게 둘러섰다. 검은 양복을 입은 남자가 기도를 인도했다. 키가 컸고 몸매가 다부졌다. 그가 아내의 새남편일지도 모른다는 생각이 들었다. 남자의 기도 소리가 간간이 들렸다.

—주여, 길 잃은 어린양을 불쌍히 여기소서. 주여, 불쌍한 김창수의 죄를 사하여주시고 그의 앞길을 인도하소서.

아내와 교인들이 아멘을 합창하고 나서 찬송가를 불렀다. 교인들은 낮은 소리로 노래불렀지만 노랫소리는 건너편 소파에 앉아 있는 내 귀에까지 들렸다. 찬송가 소리가 나를 떠밀어 세상 밖으로 내모는 듯싶었다.

내 몸과 맘 다 버리고
영생에 나아가니
사대육신 흩어져도
나는 복되리.

지렁이가 나오는 아파트에서 욕조 물구멍에 들이붓던 살충제 냄새의 기억이 떠올랐다. 찬송가가 끝나고 검은 양복을 입은 남자가 다시 기도를 시작했다. 아내와 교인들은 합장한 채 고개를 숙이고, 기도 사이에 아멘을 합창했다. 나는 아내의 기도가 끝나기 전에 여권을 꺼내들고 출국장을 나섰다. 자동문

이 닫힐 때 딸이,

　—아빠……

라면서 말을 잇지 못하고 눈물을 닦았다.

　비행기는 정시에 이륙했다. 아득하고 가없는 산과 강들이 눈 아래로 흘러갔다. 비행기가 동해에 가까워지자 산과 강이 끝나는 저쪽에서 안개처럼 뿌연 바다가 보였다. 날이 흐려서 바다는 잿빛이었고, 구름을 뚫고 쏟아지는 빛의 다발이 눈 덮인 먼 산들 위에 얼룩무늬를 드리우고 있었다. 〈강산무진도〉는 살아 있는 내 눈 아래 펼쳐져 있었고 그 화폭 위쪽, 산들이 잔영으로 스러지고 바다가 시작되는 언저리에서 새빨간 럭키 스트라이크 담뱃갑이 바람에 날리는 환영이 보였다. 비행기가 동해 위로 나왔을 때 나는 유리창의 덧문을 내렸다. 바람이 역풍으로 강하게 불고 있어서 LA 도착시간이 한 시간쯤 지연될 것이라고 기내방송이 알렸다.

세속 도시의 네안데르탈인

해설—신수정(문학평론가)

1. 소설로의 귀환

　김훈의 첫 소설집 『강산무진』이 나왔다. 첫 장편 『빗살무늬 토기의 추억』(1995)이 나온 지 꼭 십 년 만이다. 돌이켜보면 그는 이 기간 동안 냉철한 통찰력과 아름다운 문체로 문명을 드날리던 문학기자에서 짧은 시간 동인문학상, 이상문학상, 황순원문학상 등 권위 있는 문학상을 한꺼번에 수상한 우리 문단의 대표적인 소설가가 되었다. 이 전신은 성공적이라고밖에 말할 수 없을 것 같다. 지금 어느 누가 『칼의 노래』(2001)와 『현의 노래』(2004)의 성취에 대해 이의를 제기할 것인가. 전장에서 혁혁한 공을 세웠으나 무고에 의해 서울로 압송되었다

가 다시 쉰넷의 나이로 백의종군하게 된 이순신의 내면을 일
인칭시점으로 묘사하고 있는『칼의 노래』는 새로운 밀레니엄
의 우리 소설이 거둔 가장 큰 성과라고 할 만하다. 당분간 우
리는 밖으로 용맹하되 안으로 쓸쓸하고 세사에 밝되 자신의
운명에 대해서는 한없이 무심했던 김훈의 이순신에서 벗어나
기 어려울 듯하다.『현의 노래』역시 마찬가지다.『칼의 노래』
를 잇는 '노래' 시리즈의 후속편으로서 이 소설은 무기인 칼
에 버금가는 악기, 가야금을 노래한다. 그에 따르면 악기와 무
기는 둘이 아니라 하나며 악기 속에는 한 시대의 고난과 살육
이 깃들어 있다. 악기를 다루되 그 상대편이라고 할 무기의 관
점을 폐기하지 않은 이 소설의 독특한 관점은 예술과 사회, 정
치, 경제의 관계에 관한 우리 시대 최고의 사유를 보여준다.
때는 바야흐로 김훈의 시대다.

　『강산무진』이 여기에 무엇을 더할 수 있을까. 아마도 완전
히 새로운 그 무엇을 더할 수는 없을 것이다. 그러나 우리는
이 소설집과 더불어 비로소『빗살무늬토기의 추억』에서 시작
되어『칼의 노래』와『현의 노래』를 지나 다시『강산무진』으로
뻗어나오는 하나의 삼각형을 상상해볼 수 있게 되었다. 이 삼
각형의 꼭짓점은 고대와 역사, 그리고 당대다. 그리고 그 각
각의 꼭짓점으로부터 발원해 다른 꼭짓점을 향해 나아가는

선상에는 각기 신화와 노래, 그리고 소설 등이 자리잡고 있다. 김훈의 문학은 이 삼각형과 궤적을 같이한다. 즉, 그의 문학은 신석기시대의 신화적 상상력에서 출발하여 조선과 가야로 재현된 칼과 금(琴)의 노래에 머물렀다가 『강산무진』과 함께 비로소 자신의 당대를 대상으로 한 소설적 상상력으로 돌아왔다고 볼 수 있다. 우리가 이 소설집을 신화와 노래로부터 소설로의 귀환이라고 부를 수 있는 것은 그 때문이다. 물론, 이 좁디좁은 소설로의 귀환이 그의 문학세계를 더 풍요롭게 할 것인지 아니면 더 구속하게 될 것인지 지금으로선 가늠하기 어렵다. 소설이란 기본적으로 관습적 형식에 기생하는 문학성이라는 제도의 산물이다. 그 제도적 경계가 안정감을 주기도 하지만 때로는 숨막히는 감옥이 되기도 하는 것은 어쩔 수 없는 사실이다. 다만 우리는 이로써 김훈이 넓은 의미의 문필가이기를 그치고 마침내 좁은 의미의 소설가가 되었다는 점만은 확신할 수 있게 되었다. 어쨌거나 이제 주사위는 던져졌다. 『강산무진』은 그를 가늠하는 출발점이자 도달점이 될 것이다.

2. 직업인의 언어

『강산무진』에서 가장 먼저 우리의 눈과 귀를 붙잡는 것은 아마도 여덟 편 제각각 다르게 설정되어 있는 전문적인 직업 세계의 다양함과 그에 대한 정밀하고 적확한 묘사일 것이다. 「화장」이나 「강산무진」 혹은 「언니의 폐경」 등에 등장하는 대기업 임원이나 「뼈」의 대학교수 등 소위 우리 사회의 엘리트들은 말할 것도 없고, 「배웅」의 택시기사나 「항로표지」의 등대장, 「고향의 그림자」의 선원과 형사 등 다른 소설에서 좀처럼 만나보기 어려운 직업군들이 등장하고 있을 뿐만 아니라 「머나먼 俗世」에서는 챔피언에 도전하는 복서가 소개되기도 한다. 이 다양한 직업군들은 김훈의 기자적 취재감각이 아니었다면 우리 소설 속으로 쉽사리 이동해올 수 없었을 것이다. 디테일의 정확성이 소설의 출발점이라는 것일까. 그는 소설 전편을 직업에 대한 구체적인 묘사에 할애하고 이 묘사를 통해 등장인물의 전형적인 성격이 개진될 수 있도록 만든다.

19시에 등대장 김철은 다시 옥외 시설물을 점검했다. 7급 직원 두 명이 김철을 따랐다. 발전실에서 관측장비 쪽으로 이동할 때 김철은 배수로 고랑을 따라서 기었다. 김철은 부하직원들에게 고함쳤다.

　— 발전실 굴뚝을 떼어내라.(95~96쪽)

　무림전자는 외환위기 직후에 부도액 오십억을 안고 무너졌
다. 연간 오천억이 넘는다는 매출액과 삼천억의 자산평가는 대
부분이 분식회계였다. 부도액 오십억이 큰 액수는 아니었다. 그
러나 금융감독기관이 적발한 분식회계 수법과 액수가 신문에
보도되자 거래은행들은 구제금융을 거절했고 분식된 자산을 담
보로 대출을 늘려주지도 않았다.(106쪽)

　「항로표지」는 위 인용문에서 보듯 소라도 등대장 김철이 구
사하는 전문용어와 무림전자 재무담당 이사였던 송곤수의 직
업과 관련된 용어로 이루어져 있다. 소설은 처음부터 끝까지
각자의 직업세계에서 고투하는 두 사내의 일상을 전문용어로
묘사하기만 할 뿐 그 둘을 잇는 그럴듯한 사건이나 모험을 보
여주려고 하지 않는다. 그러나 이런 이질적인 병치는 뜻밖에
도 각자의 인생의 '폭우' 앞에서 제 나름의 '항로표지'를 갈망
하고 있는 두 사람에 대한 애잔한 감정을 자아내는 데 성공하
고 있다. 딱딱한 전문용어들이 시로 변하는 순간이랄까. 김훈
은 남들이 쉽게 알지 못하는 전문용어로 소설적 언어를 대신

함으로써 소설적 언어에 대한 낭만적 환상을 깨뜨리고 전혀 새로운 형태의 서정을 획득하고 있다. 소설이 될 수 없다고 생각되는 언어로 소설을 써보는 것, 이는 그의 소설의 배면에 깔린 가장 기본적인 형식충동이다. 「항로표지」만큼 뚜렷하지는 않다고 하더라도 복싱의 시작과 끝을 소설의 기본 플롯으로 설정하고 있는 「머나먼 俗世」와 폭우 속의 원양어선을 그리고 있는 「고향의 그림자」 등 『강산무진』 속 소설들에는 모두 이런 충동이 내장되어 있다.

그의 첫 단편이자 대표작이라고 할 「화장」에서도 이러한 성격은 두드러진다. 뇌종양으로 투병하는 아내의 육체의 마멸과정과 화자의 회사 동료인 추은주의 육체에 대한 매혹이 화장품회사 상무인 화자의 직업세계의 업무처리와 더불어 세 겹으로 전개되고 있는 이 소설은 죽음이나 매혹과 같은 형이상학적 테마를 화장품 회사의 광고시안 결정과정상의 직업적 전문용어와 병치시켜나가는 솜씨가 대단하다. 한편에는 죽음이 있고 다른 한편에는 매혹이 있다. 이 두 측면은 육체의 서로 다른 양상에 다름아니다. 한편의 소설이 이 두 측면을 드러내는 방식은 여러 가지가 있을 수 있을 것이다. 죽음의 언어를 택하는 순간 소설은 인간 육체의 유한성을 입증하는 건조한 투병기가 될 가능성이 농후하다. 실제로 우리는 "항문 괄약근이 열려서, 아내의 똥은 오랫동안 비실비실 흘러나왔다. 마스크를 쓴 간병인이 기저귀로 아내의 사타구니를 막았다. 아내의 똥은 멀건 액즙이었다"(45쪽)와 같은 메마르고 참혹한 서술로만 이루어진 소설을 견디지 못할 것이다. 그렇다고 매혹의 언어를 선택한다면 어떻게 될 것인가. "빗장뼈 위로 솟아오른 당신의 목은 흰 절벽과도 같았습니다"(57쪽)와 같은 매혹의 언어는 "눈보라나 저녁놀처럼, 손으로 잡을 수 없는 말의 환영"(54쪽)처럼 현실의 표면을 매끄럽게 유동하고 말 뿐, 정작 그 구체적인 실체를 드러내 보여주지는 못한다. 그것은 소설이 아니라 차라리 시의 영역이라고 할 수 있을 것이다. 이 난제 앞에서 김훈이 택한 것은 죽음의 언어도 매혹의 언어도 아닌 전문 직업 용어다.

이 년 전에 재고 처리했던 쇼킹 핑크 계통의 립스틱 세 종과 울트라 마린블루와 코발트 블루 계통의 마스카라 네 종류와 여름용 선탠크림을 라벨과 용기와 포장만 바꾸고 십오억원의 선전비를 투입해서 시장으로 떠밀어내는 것이 올 여름의 영업내용이었다.(53쪽)

이 언어들은 아내의 죽음을 애도하는 것도 아니고 추은주의

해설 | 세속 도시의 네안데르탈인 361

육체를 예찬하는 것도 아니다. 그것은 애도와 예찬을 넘어서 오히려 일상적 현실에 붙박여 있지 않을 수 없는 인간 존재의 막막한 비애를 환기시킨다. 아내의 죽음 앞에서도 일상은 지속될 것이다. 아름다운 육체에 대한 매혹이 있다 한들 일상의 반복을 이길 수는 없을 것이다. 그 어느 것도 일상의 논리를 이기지 못한다. 따라서 「화장」에서 가장 안타깝게 여겨지는 사람은 뇌종양으로 고생하다가 일찍 죽은 아내도 아니고 곧 사라질 육체의 유한한 아름다움으로 충만한 추은주도 아니다. 이 모든 것들에도 불구하고 아내의 장례를 치르는 와중에 화장품 광고시안을 결정해야만 하는 화자 그 자신이 가장 애처로운 대상이다. 화장품회사 상무의 전문직업용어는 바로 이 비애의 서정과 만나 소설언어의 혁신을 가져온다. 스타일 리스트로서의 김훈은 언어에 대한 전면적 혁신과 함께 가는 것이다.

3. 세속성과 돈의 행방

김훈에게 있어 소설이란 기본적으로 세속성의 다른 이름이다. 소설은 직업세계로 구체화되는 세속적 일상을 떠나지 못한다. 소설의 시공을 당대로 끌어내리면 끌어내릴수록 이 점은 더욱 뚜렷해진다. 이 세속성은 「화장」의 화자가 지방 화장품 총판상들의 반발을 무마하기 위해 그들과 회사 법인카드로 술을 마시는 대목이라든가 「뼈」의 나이 많은 대학원생 오문수의 '패륜엽색행각' 등에 비교적 잘 그려져 있다.

그러나 누가 뭐라고 해도 우리 시대 세속성의 핵심은 돈의 행방으로 드러나게 마련이다. 돈은 엽색과 패륜을 능가하는 우리 시대 최고의 세속성이다. 「화장」의 마지막이 이를 잘 말해준다. 아내의 장례를 치르고 일상으로 복귀한 화자는 추은주의 퇴사 서류에 결재를 하게 된다. 그는 근무평점을 물어본 뒤 그녀의 퇴사를 용인하는 서류에 도장을 찍는다. 그리고 경리과 직원이 가져다준 아내의 장례식 부의금 오천육백만원을 들여다보며 딸의 혼수를 장만하느라고 빌려쓴 은행빚을 갚아야겠다고 생각한다. 「화장」의 말미를 장식하는 근무평점과 퇴사, 그리고 부의금과 혼수빚에 대한 언급은 추은주의 육체에 대한 예찬과 아내의 죽음에 대한 애도를 소설의 차원으로 재배치하는 중요한 장치들이다. 이 건조하고도 일상적인 마무리가 없었더라면 「화장」은 참혹한 투병기나 달콤한 로맨스와 구별되지 않았을 수도 있다. 김훈은 이 점을 너무 잘 알고 있고 또 소설 속에서 아주 빈번하게 활용하곤 한다.

그날 김장수의 영업매출은 사납금에 미달했다. 새벽 네시에 김장수는 연신내 차고지로 돌아가 일일 정산했다. 사납금 구만 오천원에서 육천원이 모자랐다. 초과연료비 오천원은 운전사 부담이었다. 월 고정급 육십오만원에서 사납금 미달액 육천원 을 빼는 정산서에 김장수는 서명했다.(15쪽)

내 일 년치 보너스는 천오백만원 정도였다. 8월 중순에 명예 퇴직을 신청하면 일 년치 보너스 천오백만원을 포기하는 대신 명예퇴직 위로금 팔천사백만원을 받을 수 있었다. 8월 말 회사 신체검사에서 암이 적발되면 대기발령 상태에서 연말 보너스 를 받을 수는 있겠지만 명예퇴직 대상자에서는 제외될 것이었 다. 8월 중순까지는 두 주일이 남아 있었다.(322~323쪽)

한때 대기업 식품회사의 하청업체를 운영하던 한 남자가 IMF로 도산을 하고 택시운전사가 되어 서울 시내를 돌아다닌 다는 이야기를 담고 있는 「배웅」은 그 남자가 하루 벌어들이 는 수입을 구체적으로 명시함으로써 그의 고단한 삶을 그대로 재현한다. 소설의 말미 한때 그의 직원이자 애인이기도 했던 윤애를 공항으로 배웅하는 그의 택시는 어쩌면 또 사납금에 미달될지도 모른다. 이 사납금이 전제되는 한 그가 윤애에게 베푸는 별것 아닌 호의는 절실한 사랑의 고백 이상의 무게를 띠게 될 것이다.

액수가 다르긴 하지만 표제작 「강산무진」역시 돈과의 관계를 통해 삶에 대한 성찰을 시도하고 있다는 것은 「배웅」과 다를 바 없다. 이 소설은 오십칠 세의 대기업 이사가 어느 날 갑자기 간암 판정을 받고 주변을 정리한 다음 치료차 아들이 있는 미국으로 떠나는 과정을 담담하게 서술하고 있는 작품이다. 그에겐 이혼한 전처와 아들과 딸이 있다. 그의 마지막은 아마도 이 가족 구성원간의 감정적 관계회복 차원에서 정리되는 것이 상례일 것이다. 그러나 김훈은 우리의 이런 가정을 조롱하고 뒤집는다. 죽음이 눈앞에 닥쳤다고 해서 인간의 근본 조건인 '돈'의 문제가 해결되지는 않는다. 따라서 인생을 정리한다는 것은 결국 자신이 가지고 있는 돈을 어떻게 처분하고 배분하느냐의 문제로 환원된다. 돈은 죽음을 관리하는 가장 문명화된 도구다. 그러므로 간암 판정을 받은 화자가 그에 대한 감정적 동요를 추스르기도 전에 퇴직금 정산작업에 착수하는 것은 온당한 처사다. 그는 적금을 인출하며 집을 부동산에 내놓고 보유한 주식을 처분한다. 이미 깨진 가족은 죽음으로 봉합될 수 없다. 다만 돈으로 감정적 정리를 대신할 뿐이다. 이혼한 전처에겐 미처 다 치르지 못한 위자료를 챙겨주고 아들과 딸에겐 일정 금액의 유산을 나눠준다. 화자의 고국에서의 마지막 몇 개월은 그야말로 재산을 처분하고 배분하느라 눈코 뜰 새 없이 바쁜 나날의 연속이다. 그나마 한식 전 자신의 어머니의 산소를 없애는 대목이 감정의 개입을 허용하는 유일한 대목일 것이다. 물론 김훈은 이 대목에서도 세속주의자의 면모를 잃지 않는다. 그는 이 대목 다음 공원묘지 여덟 평 임대보증금 천만원 가운데 이백만원을 인부들 노임으로 지급하고 팔백만원이 남았다고 '돈 계산'을 덧붙여 서술한다.

돈의 행방을 쫓는 것이 소설의 서사를 구성하는 핵심요건이라는 전제는 「언니의 폐경」에서도 발견된다. 오십대에 이른 두 자매의 고독한 노년을 육체의 변화과정으로 상징화하고 있는 이 소설에서도 돈의 행방은 그녀들의 고독한 실존을 드러내는 중요한 지표로 작용한다. 남편을 잃거나 빼앗긴 두 자매의 이야기가 슬픔과 울분으로 떨어지지 않을 수 있었던 것은 많은 부분 이 요건에 대한 인식 덕분일 것이다. 무엇보다도 이 자매들은 망부와 이혼으로 그 동안 그녀들에게 익숙했던 경제환경에서 벗어나 오십대에 비로소 경제적 독립을 완수한 사람들로 설정되어 있다. 따라서 그녀들의 삶의 근거가 되는 돈의 처리 및 관리 과정을 생략한다면 이들이 절감하고 있는 삶의 분위기와 내면세계가 공허해질 수도 있을 것이다. 김훈은 이 위험을 이혼한 화자가 새 아파트를 얻게 되기까지 돈을 어떻게 조달하는가를 밝힘으로써 넘어서고자 한다. 「언니의 폐경」에 따르면 화자의 십삼 평 아파트는 프리미엄이 없는 미분양 아파트로 일억이천만원짜리다. 화자는 적금을 해약해서 이 가운데 칠천만원을 마련하고 나머지 오천만원은 언니의 도움으로 해결한다. 이혼한 남편에게 그녀가 받는 생활비는 매달 이백만원이다. 김훈은 이러한 구체적 지표가 그녀를 말해주는 거의 모든 것이라고 말하는 듯하다. 이 지표의 명쾌함에 비하면 그녀가 남편의 부하직원과 나누는 사랑은 애매하고도 모호할 뿐이다.

4. 박물관적 상상력

그렇다면 인간이란 도대체 무엇인가. 존재가 그 또는 그녀의 직업이나 돈을 관리하고 처분하는 방식에 의해 구성된다면 인간이란 과연 무엇이란 말인가. 김훈의 소설들이 이런 질문에 즉답을 하고 있는 것 같지는 않다. 그는 결론을 내리거나 답을 마련하지 않는다. 다만 있는 그대로를 보여줄 뿐이다. 그

가장 지독한 예시가 죽음 앞에 선 육체를 대면하는 일일 것이다. 그래서일까. 『강산무진』에는 유독 죽음이나 치명적인 노환을 다루고 있는 작품들이 자주 눈에 띈다. 뇌종양으로 죽어가는 아내의 병후를 남편의 시선에서 서술하고 있는 「화장」은 물론이고, 어느 날 느닷없이 간암 판정을 받은 한 남자의 마지막 몇 달을 추적하는 「강산무진」, 그리고 악성건망증으로 자식 이외에는 사람의 얼굴을 기억하지 못하는 노모가 등장하는 「고향의 그림자」 등은 김훈의 관심사가 결국 인간 육체의 마지막 단계, 즉 죽음으로의 이행과정에 있음을 잘 보여준다.

슬라이드 속에서, 두개골 안쪽으로 들어찬 뇌수는 부유하는 유동체처럼 보였다. 뇌수는 아직 형태를 갖추지 못하고 흐느적거리는 원형질이었다. 인간의 지각과 기능을 통제하는 사령부가 아니라, 멀어서 아물거리는 기억이나 풍문처럼 정처 없어 보였다. 저것이 아내였던가. 저것이 아내로구나. 저것이 두통 발작 때마다 손톱으로 벽을 긁던 아내의 고통의 중추로구나. 슬라이드 속에서 종양이 번진 부위는 등불처럼 환했다.(69쪽)

「화장」에 따르면 죽음 앞에 선 아내는, 아니 인간은 "아직 형태를 갖추지 못하고 흐느적거리는"(69쪽) 뇌수에 다름아니다. 발작을 하고 두통에 시달리며 헛소리를 하거나 음식물을 토하고 똥을 싸는 아내의 육체가 그것을 입증한다. 아내와 더불어 자식을 낳고 전세집을 불리며 행복에 겨워하던 과거의 추억은 어쩌면 한갓 신기루 같은 것이었는지도 모른다. 인간이란 결국 기억이나 풍문처럼 정처 없어 보이는 뇌수덩어리에 불과하기 때문이다. 김훈은 이 깨달음의 참혹한 비애를 두 개의 문장 사이에 숨겨놓았다. 화자는 묻는다, 저 흐느적거리는 뇌수가 아내였던가. 그리고 스스로 답을 한다, 저것이 아내였구나. 이 두 문장은 「화장」이 도달한 인간 이해의 거리라고 할 수 있을 만큼 아득하다.

죽음을 통해 우리는 현대문명 속에 중첩되어 있는 기원의 시간을 비로소 감지하게 된다. 죽음이 아니면 존재와 영겁의 기원 사이의 유대감을 깨달을 일이란 이 첨단의 현대문명 속에 도무지 없다. 시간을 역진화해가는 존재의 퇴화만이 우리들을 먼 조상에게로 데려갈 수 있을 뿐이다. 그런 면에서 죽음 앞에선 현대인과 원시인들 모두 적어도 평등하다. 내가 그이며 그가 나이다. 「화장」의 화자가 아내의 투병을 지켜보며 동료 직원인 추은주의 육체에 사로잡히게 되는 것도 따지고 보면 그녀의 이름이 "이제는 지층 밑에 묻혀버린 먼 고대국가의 이름"(54쪽)을 상기시켰기 때문이다. 추은주는 한 사람의 개별자이기 이전에 이제까지의 여성 일반을 집적해놓은 여성성의 총체이기도 하다. "제가 당신의 이름으로 당신을 부를 때, 당신은 당신의 이름으로 불린 그 사람인가요. 당신에게 들리지 않는 당신의 이름이, 추은주, 당신의 이름인지요"(62쪽)라는 화자의 요령부득의 말은 이 사실을 염두에 두었을 때 비로소 해독된다. 그가 추은주에게서 본 것은 추은주가 아니라 그녀의 기원, 여성성 그 자체였던 것이다.

죽음을 눈앞에 두고 현대와 시원을 겹쳐놓는 김훈의 솜씨는 놀라울 정도로 기발하다. 「뼈」에서도 이를 확인할 수 있다. 지방대학 사학과 교수인 화자와 늙은 조교 오문수는 유적 발굴을 위해 기원사에 들러 그곳에서 풀을 뽑고 있던 속중 석정을 만나게 된다. 흥미로운 것은 이 속중의 첫인상에서 "피리를 불면서 AD4세기의 저쪽으로 흘러가던 돋을새김의 여자가 이쪽으로 돌아서서 돌을 박차고 뛰쳐나오는 환각"(135쪽)을 느꼈다고 묘사해놓은 대목이다. 김훈은 세속의 여인으로부터 저 신화시대의 여성을 소환해낼 줄 안다.

이를 '박물관적 상상력'이라고 할 수 있지 않을까. 그는 시간이 공간화된 장소에 대한 매혹을 굳이 숨기지 않는다. 『현의 노래』 서두에 서술하고 있는 것처럼 서울 서초동 국립국악원 안의 악기박물관이 아니었더라면 악기들의 노래는 결코 울려

퍼지지 못했을 것이다. 간암치료를 위해 조만간 미국으로 떠날 「강산무진」의 화자가 시간을 보내는 곳도 바로 박물관 앞이다. 그는 그곳에 걸린 '가야토기 특별전—AD2~4세기'와 '조선후기 회화 특별전' 현수막을 번갈아보며 그것들이 바뀌어 걸리는 시간 동안만 그가 이 땅에 기거할 수 있음을 알아차린다. 돌아보면 이 첨단의 현대문명 안에도 몇 겹의 시간대가 공존하고 있는 것이다.

박물관장은 대학신문에 실린 기고문을 통해서 '기원화'라는 이름의 여자 뼈가 대학박물관에 전시된 경위를 설명하고 그 학문적 의미를 강조했다. (……) 박물관장의 글은 매우 비과학적이었다. 골반뼈를 들여다보고 알 수 있는 것은 아무것도 없었다. (……) 뼈는 기원화의 생애에 관하여 아무런 정보도 전하지 못했다. 박물관 유리상자 속에서 깔때기를 활짝 벌린 그 골반뼈는 다만 푸르스름한 석회질의 결일 뿐이었다.(162~163쪽)

그러나 정작 이 박물관이 인간에 대해서 더 많은 것을 가르쳐주는 것은 아니다. 박물관은 다만 시간이 집적된 시간 창고일 뿐이다. 그 시간의 지층 속에서 살아 움직이는 인간의 생생한 자취는 박물관의 방부처리된 시간 속에서 질식당해버린다.

「뼈」의 결말이 말하는 바도 그것이다. 기원사 뒤 터에서 발굴된 AD4세기의 '뼈'들은 정작 그 주인의 생애에 대해서는 아무런 정보도 전해주지 못한다. 그것은 느닷없이 현대로 호출되어 후손들에게 자신의 골반뼈를 보여주게 된 이 뼈의 주인조차 미처 이해할 수 없었을 인생의 비의에 해당된다. 박물관적 상상력이 결국 허무와 만나지 않을 수 없는 것은 바로 그 때문이다.

5. 견자의 허무

드디어 우리는 '허무'에 도달했다. 김훈 소설과 허무는 제법 잘 어울리는 짝인 듯하다. 허무는 기본적으로 성숙한 어른만이 도달할 수 있는 경지다. 이 성숙에 관해서라면 그의 소설은 할말이 아주 많다. 무엇보다도 그의 소설에 등장하는 인물들은 대개 나이가 많다. 생의 말년에 이른 이순신과 우륵을 조명하고 있는 『칼의 노래』나 『현의 노래』는 말할 것도 없고 사십대 중반의 소방서 소장을 화자로 내세우고 있는 등단작 『빗살무늬토기의 추억』역시 그러하다. 이 점은 『강산무진』에서도 비교적 뚜렷하다. 상처를 한 쉰다섯의 화장품회사 상무

(「화장」), 간암 선고를 받은 쉰일곱의 중저가 의류업체 상무 (「강산무진」), 나이 마흔에 이른 소라도 6급 수로직 직원과 도산한 대기업 경영진 출신인 쉰다섯의 계약직 임시직원(「항로 표지」), 마흔일곱의 저녁반 택시운전사(「배웅」), 폐경에 이른 쉰다섯의 언니(「언니의 폐경」) 등 이 소설집은 적어도 마흔이 넘은 오십대 중반의 주인공들이 대부분이다. 예외라면 「머나먼 俗世」의 이십대 복서 정도를 들 수 있을 것이다. 그러나 고아 출신인 이 복서 역시 정작 그의 경험의 많은 부분은 나이든 해망사 주지 난각과의 교류에서 나온다는 점에서 굳이 예외적인 경우라고 할 만하지는 않다. 어떤 의미에서 이 청년은 시국사범을 은닉하며 외딴섬 주지로 살아가는 난각이라는 인물을 부각시키기 위한 일종의 소설적 대비효과로 볼 수도 있다.

그런 만큼 그의 소설들, 특히 장편소설들은 내레이션을 맡고 있는 인물의 황혼기에서 출발하여 그의 죽음으로 끝이 나는 경우가 많다. 그들의 전성기, 이른바 화려했던 청춘기는 소설의 실제적 시간과 관계없이 조만간 죽음을 맞이할 인물들의 의식 속에 잠겨 있는 하나의 추억으로만 떠오를 뿐이다. 이 점은 그의 소설을 다른 소설과 구별짓는 제일 뚜렷한 징표라고 할 만하다. 유럽의 성장소설을 분석하고 있는 프랑코 모레티에 따르면 소설은 서사시의 현자를 몰아낸 자리에 아무것도 모르는 천둥벌거숭이 청년을 들어앉히고 그들의 이야기에 귀를 기울이는 장르라고 할 수 있다. 이 청년들의 불확실성은 부르주아의 유동적인 신분체계와 상동관계를 이루며 그들의 불안에서 기인한 내적 고뇌, 즉 내면성의 영역을 소설 속으로 끌어들이는 계기가 되었다. 고전적인 의미에서의 소설이란 기본적으로 성장의 과정을 서사의 동력으로 활용할 수밖에 없는 것이다.

그러나 김훈의 소설은 오늘날 우리가 소설이라고 하는 장르에 기대하기 쉬운 관습적인 패턴들, 예컨대 청춘의 모험이나 방황, 연애와 절망, 이상과 현실 사이의 고뇌 등을 알지 못한다. 그들은 피비린내나는 전장이나 불기둥이 치솟는 화재의 현장에서 생과 사의 갈림길을 목도한 자들이다. 그게 아니면 적어도 폭풍우가 치는 바다에서 항로표지를 사수하기 위해 밤잠을 설친 경험 정도는 가지고 있다. 엄중한 병원의 관리체계 하에서 뇌종양이나 간암 따위로 죽어가거나 숨통을 죄는 자금의 압박 속에 결국 하던 일을 내팽개칠 수밖에 없는 부도상황에 몰리게 되는 경우도 허다하다. 말하자면, 그들은 금강경의 서두에 나오는 것처럼 "밥 때가 되자 밥을 먹고, 밥을 다 먹고 나서 설거지를 하고, 더러워진 발을 씻는 일"(132쪽)이 현묘하지도 장엄하지도 않다는 것을 아는 '부처의 제자'들이다.

이 '견자'들은 삶이 강요하는 굴욕에 관해서 오랫동안 숙고한 바 있으며 "인간의 생애가 어떤 필연성 위에 세워지는 것이라고는 이제, 말할 수 없"(『빗살무늬토기의 추억』, 27쪽)는 나이를 수락하기에 이르렀다.

아마도 삶의 필연성을 물을 수 있다면 그는 청춘이라고 해도 좋을 것이다. 중년은 삶이 부여하는 어떠한 변화의 기미에도 저항할 수 없다. 「항로표지」의 6급 수로직 등대장 김철은 외딴 소라도를 벗어나 육지로 가기 위해 2급 준교사자격검정시험을 준비하고 결국 육지의 학교 선생님으로의 전신에 성공한다. 그것이 더 많은 행복을 가져다줄 것이라고 생각해서가 아니다. 적어도 갈매기의 울음을 따라 하는 아들에게 아버지로서 줄 수 있는 최소한의 선물이 그것이라고 믿었기 때문이다. 앞으로 그를 대신해 소라도의 등대를 지킬 사람은 오십오 세의 계약직 임시직원 송곤수다. 그는 도산한 대기업 경영진 출신이다. 대기업의 경영진 출신이라고 해서 외딴섬의 임시직 등대지기가 되지 말라는 법은 없다. 삶은 때로 무엇을 숨겨놓고 있는지 알 수 없는 늪과 같다. 문제는 그것을 어떻게 받아들이느냐 하는 점일 것이다. 중년의 나이란 이 느닷없는 삶의 반전에 대책없음, 그것을 수락하지 않을 수 없음을 의미한다. 송곤수는 실체 없는 자금 대신 기계의 물질성이 지배하는 등대의 구체적인 세계 속에서 또다른 삶을 시작할 것이다. 「고향의 그림자」는 어떤가. 고의로 범인을 검거하지 않았던 강력반 형사는 결국 옷을 벗고 개인택시 기사로 전신한다. 사람들은 말한다. "야 힘들기는 마찬가지겠지만, 밥 먹기는 형사보다 나을 거야"(213쪽). 그는 대기업의 하청식품업체를 운영하던 「배웅」의 김장수처럼 사납금을 채울 필요는 없지만 삶이 막막하기는 마찬가지일 것이다.

김훈은 이것이야말로 허무라고 말하고 있는 듯하다. 허무란 좌절과 방황과는 그 격을 달리한다. 그것은 기본적으로 일상에 대한 수락을 전제로 한다. 전쟁이 치열한 전장의 한가운데에서도 삶은 지속되고 시장이 선다. 인간이란 어떤 끔찍한 상황에서도 밥을 먹어야 하고, 잠을 자야 하는 존재다. 허무란 이 존재에 대한 승인이다. 「화장」이 갈파하고 있는 것처럼 아내가 죽었다고 세상이 무너지지는 않는다. 장례를 치르는 틈틈이 눈을 붙이고 회사의 밀린 업무를 수행하며 새로운 일상을 맞을 준비를 해야 한다. 「언니의 폐경」이 말하는 바도 그렇다. 어느 날 갑자기 항공기 사고로 남편을 잃었다고 해서 또 느닷없는 이혼 요청에 별거를 하게 되었다고 해서 삶이 끝나는 것은 아니다. 삶은 또다른 일상을 예비해두고 있다. 이혼한 여동생을 돌보며, 또 전남편의 부하직원과 몰래 사랑을 나누

며 삶은 다시 지속된다. 아마도 전 재산을 처분하고 간암 치료
차 미국으로 떠난 「강산무진」의 주인공에게도 또다른 인생이
기다리고 있을 것이다. 비록 그것이 막막하지 않은 것은 아니
지만 중년에 이른 나이는 받아들이지 못할 인생이란 없다는
것을 안다. 김훈은 이 허무와의 대면이 소설의 가장 중요한 국
면이라고 말한다. 그것은 초월도 아니고 인내도 아니다. 다만
수락일 뿐이다. 그러나 이 수락을 통해 삶은 살 만한 것이 된
다. 소설은 이 수락을 통해 우리의 삶을 따뜻하게 위안한다.

6. 인류의 삶의 풍속도

〈강산무진도〉는 조선후기 화가 이인문의 산수화다. 화가의
시선이 천지간을 정처 없이 떠돌며 시간과 공간을 해체하고
재구성하면서 끝없는 산천의 전개와 운동, 시간의 운행 사이
사이에 해운, 어로, 농경, 주거 등의 풍경을 묘사하고 있다.
이 그림으로 표제를 삼은 「강산무진」의 각주에 그렇게 적혀
있다. 김훈의 몇몇 소설들은 그의 소설들이 기존 텍스트에 대
한 반성적 사유를 출발점으로 한다는 것을 보여준다. 『칼의
노래』는 『난중일기』의 구체성에서 출발하고 『현의 노래』는

『무기발달사』『한국철기의 역사』에서 태동되었으며,「항로표지」는 『항해교본』의 전문성이 없었더라면 나오기 어려웠을 것이다. 소설집 『강산무진』 역시 이름을 알 수 없는 다양한 참고문헌의 도움을 받아 세상에 나오게 된 것임에는 틀림없다. 그러나 그 가운데 이 모든 단편들을 하나로 묶는 가장 강력한 텍스트를 하나 고르라면 역시 「강산무진」에 나오는 〈강산무진도〉를 들지 않을 도리가 없다. 간암으로 조만간 죽을 운명에 처한 전직 대기업 상무 김창수가 산책길에 들른 박물관에서 우연히 보게 되는 〈강산무진도〉는 그에게 너무 깊은 감동을 선사한 나머지 '미열'을 느끼게까지 한다. 긴 화폭을 따라 끝없이 펼쳐진 강산은 산들이 잦아지는 골짜기마다 다시 들어선 마을과 그 마을이 끝나는 곳에서 다시 펼쳐지는 들판, 그리고 그 들판 가장자리부터 다시 일어나는 산맥 등을 모두 한 화폭에 담으며 존재 "혼자서 가야 할 가없는 세상과 시간의 풍경"(339쪽)을 재현한다.

어쩌면 김훈의 첫 소설집 『강산무진』은 글로 쓴 〈강산무진도〉를 겨냥하고 있는지도 모르겠다. 이전의 장편소설들에서 원형적 이미지로 사유되던 속절없는 세상의 풍경은 이 소설집에 이르러 세속도시의 일상적인 디테일을 획득하고 현대성의 구체적인 한 표상으로 자리잡게 된다. 그러나 그렇다고 해서 이 표상들이 과거의 시간과 공유하는 이미지가 완전히 사라진 것은 아니다. 아이로니컬하게도 우리는 『강산무진』에 등장하는 현대인들의 표정으로부터 오히려 호모사피엔스의 등장과 더불어 인류사의 저편으로 사라진 네안데르탈인의 흔적을 발견한다. 자신보다 더 강력한 무기와 더 우월한 지능으로 무장한 새로운 종족으로부터 생존을 위협받으며 조만간 멸망의 길을 걷지 않을 수 없게 될 원인들이 받았을 불안과 고통을 생각하면, 그들이 경쟁과 억압 속에서 의기소침해진 현대인의 먼 조상이라도 된 듯 가슴이 막막해져오는 것을 막을 수 없다. 『강산무진』은 이 현대의 네안데르탈인들이 세속도시를 견디고 기어가며 부유한 흔적이다. 하나의 생이 넘어진 곳에 다시 다른 생이 시작되고, 또다른 생과 더불어 한 번도 예기치 못했던 또 다른 일상이 펼쳐진다. 그렇게 보자면 이 소설집은 당대를 배경으로 한 인류의 영원한 삶의 풍속도라고 할 수 있을 것이다. 우리는 이 소설집의 끝에서 시간의 유장한 흐름 속에서도 변하지 않는 인류의 원형질을 발견하게 될지도 모른다. 『강산무진』은 우리 안에 내재되어 있는 이 '자연' 속으로 우리를 인도한다.

작가의 말

교정원고를 겨우 읽었다. 내 팔목을 움직여서 쓴 글이었다.
서둘러 이사를 해야겠다고 생각했다.

벗들아,
이제 헤어져야 할 시간이다. 늙은 江의 下流에서 나는 너무
오랫동안 주저앉아 있었다. 그러므로 벗들아, 이제 헤어지자.

나는 江을 거슬러서 上流로 가려 한다. 모든 낱말과 시간이
다시 새롭게 태어나는 그 始原의 물가로.

2006년 봄에,
김훈은 쓰다.

수록작품 발표지면

배웅 「바자」 2006년 3월호

화장火葬 「문학동네」 2003년 여름호 ┃ 2004 이상문학상 수상작

항로표지航路標識 「창작과비평」 2005년 겨울호

뼈 「문학동네」 2006년 문학동네 봄호

고향의 그림자 「현대문학」 2005년 1월호

언니의 폐경 「문학동네」 2005년 여름호 ┃ 2005 황순원문학상 수상작

머나먼 俗世 「문학동네」 2004년 겨울호

강산무진江山無盡 「내일을여는작가」 2006년 봄호

김훈

1948년 서울 출생. 자전거 레이서. 장편소설 『칼의 노래』 『달 너머로 달리는 말』 『하얼빈』,
소설집 『저만치 혼자서』, 산문집 『라면을 끓이며』 『연필로 쓰기』 『허송세월』 등이 있다.

문학동네 소설집
강산무진
ⓒ 김훈 2006

1판   1쇄 │ 2006년 4월 17일
1판 23쇄 │ 2025년 12월 30일

지은이 김훈
책임편집 조연주
저작권 박지영 주은수 형소진 오서영 조경은
마케팅 정민호 서지화 한민아 이민경 왕지경 정유진 정경주 김혜원 김예진 이서진
브랜딩 함유지 박민재 이송이 박다솔 조다현 김하연 이준희
제작 강신은 김동욱 이순호 │ 제작처 한영문화사(인쇄) 신안제책(제본)

펴낸곳 (주)문학동네 │ 펴낸이 김소영
출판등록 1993년 10월 22일 제2003-000045호
주소 10881 경기도 파주시 회동길 210
전자우편 editor@munhak.com
대표전화 031)955-8888 │ 팩스 031)955-8855
문학동네카페 http://cafe.naver.com/mhdn
인스타그램 @munhakdongne │ 트위터 @munhakdongne
북클럽문학동네 http://bookclubmunhak.com

ISBN 89-546-0138-3 03810

＊ 이 책의 판권은 지은이와 문학동네에 있습니다. 이 책 내용의 전부 또는 일부를
　재사용하려면 반드시 양측의 서면 동의를 받아야 합니다.

잘못된 책은 구입하신 서점에서 교환해드립니다.
기타 교환 문의: 031) 955-2661, 3580

www.munhak.com